超越自我，向光而行

主　编：凌波微语　齐帆齐
副主编：赵舒娴　周永锦
编　委：朱　芸　艾　寒　刘青山

文化发展出版社
Cultural Development Press

·北京·

图书在版编目（CIP）数据

超越自我，向光而行 / 凌波微语，齐帆齐主编．——北京：文化发展出版社，2024.2
ISBN 978-7-5142-4181-5

Ⅰ.①超… Ⅱ.①凌… ②齐… Ⅲ.①散文集－中国－当代 Ⅳ.① I267

中国国家版本馆CIP数据核字(2023)第246232号

超越自我，向光而行

主　编　凌波微语　齐帆齐

出版人：	宋　娜		
责任编辑：	范　炜　尚　蕾	责任校对：	岳智勇
责任印制：	邓辉明	封面设计：	邓小林

出版发行：文化发展出版社（北京市翠微路 2 号　邮编：100036）
发行电话：010-88275993　　010-88275711
网　　址：www.wenhuafazhan.com
经　　销：全国新华书店
印　　刷：唐山楠萍印务有限公司

开　　本：710mm×1000mm　1/16
印　　张：20.5
字　　数：263 千字
版　　次：2024 年 2 月第 1 版
印　　次：2024 年 2 月第 1 次印刷

定　　价：92.00 元
ＩＳＢＮ 978-7-5142-4181-5

◆ 如有印装质量问题，请电话联系：010-67290766

目 录

爷爷留给我的巨额财富 / 001

阿诗的梦 / 005

30+ 开始写作,我身上发生的 5 个正向改变 / 009

平凡的快乐 / 012

无需回应式友情 / 017

我们言语的魔力有多大? / 022

母亲,是一本写不完的书 / 028

魏晋风流 / 031

味道 / 034

北京行 / 040

出书要趁早 / 047

所有的经历,都是上帝赠予的礼物 / 050

山花烂漫,泥土芬芳——从乡村教师到乡村名师的华丽蜕变 / 055

异石传说 / 060

匿名告状信 / 066

唯有爱和美食不可辜负 / 073

心底深处的那片净土:故乡的"橙海" / 076

山上的家,给了我一生的辽阔 / 079

东北印象之与猪崽共舞 / 083

感念心里那一粒种子 / 087

余秀华：她像不染风尘的少年，乘着春风，驾着浪漫，归去来 / 091

他乡，故乡，此心安处是吾乡 / 096

最后的二十公里 / 100

遇见 / 103

我的外婆 / 107

看《谁家有女初长成》，解读为何很多女性会误入"杀猪盘" / 111

雪花那个飘 / 120

观书有感 / 123

姥姥家院子里的山丁子树 / 126

改变我一生的竟然是这件小事！ / 131

三月雾色来倾城 / 136

黑白之境 / 139

内向的人自带光芒 / 142

我人生中的第一张照片 / 146

报恩的猫咪 / 151

清明节，看了一部电影，理解了父辈，懂得了人生 / 154

阅读，开启我写作的新世界 / 160

长歌当哭，我的老爸他走了…… / 164

记忆里，有个传奇老人 / 169

写作，要坚持长期主义 / 172

一位温籍商人的"诗和远方" / 177

车间风波 / 181

36岁，人生的两个版本 / 185

一位七十岁老人的求学申请 / 190

爷爷那弯弯的镰刀 / 195

饥饿的女儿 / 199

外婆大人 / 204

该如何生存才不被卷 / 207

在命运面前，她选择勇敢面对 / 211

一位人民教师的故事 / 215

成为母亲后我的改变 / 218

家庭教育离不开高质量的陪伴 / 222

我能做的对你最好的事情，是照顾好自己 / 225

为什么说写作是普通人最好做的副业 / 228

工作有一种更高级的灵魂和意志，那就是热爱 / 232

写作，疗愈伤痛，成就自我！ / 237

父亲去世 20 年，我才明白什么叫"子欲养而亲不待" / 243

再遇杭州初雪 / 250

旅行，不只在远方 / 254

二大爷偏瘫后的最后时光 / 258

山那边有什么 / 262

仓央嘉措，我梦中的情郎 / 265

苏轼为什么是我心中的挚爱 / 268

如果时间也有记忆 / 272

把秋天活成自己的意境 / 274

我想成为一枝紫罗兰 / 277

谢谢你，爸爸 / 281

《围城》：每个男人都需要一位女性启蒙老师，方鸿渐也不例外 / 288

风雨中的坚持 / 292

书到用时方知好　/ 296

那个唯一懂我痛的人　/ 299

陶公祠游记　/ 303

我的妈妈生病了　/ 306

写作对于我来说意味着什么　/ 309

愿未来可期，风雨同在　/ 312

国庆节的粽子别有味　/ 317

爷爷留给我的巨额财富

刘国栋（笔名：粮食豆豆）

虽然爷爷去世已经很多年了，但我的心中，依然保留着爷爷的身影。他对周围所有人都是那么和蔼可亲的，他温和的说话方式、自律的生活习惯，让我十分敬佩。他对我的影响没有随着时间流逝而变得模糊，反而越发清晰可见。想到这些，我的内心总是温暖的。以下点点滴滴记忆的文字，送给爷爷和从那个时代走来的所有人。

（一）小卖部、手提文件包和记账本

我出生在天津市东丽区军粮城镇的一个村庄。大概在我刚上小学的时候，爷爷在我家附近的集市上开了一间小卖部，距离我家步行10分钟的路程，其实就是一间面积为五六平方米的铁皮屋子。

小卖部里有许多好吃的，有各种零食、水果、糕点还有酒水，等等，记忆中的爷爷每天都会提着一个黑色皮包，营业一结束，晚上回到家总会戴上老花镜，并拿出皮包里面的记账本，工工整整地记录当天小卖部的收支情况。村里人给他取了个外号叫作"老钱包"，估计就是这个原因。小的时候经常有人戏谑地问我:"你爷爷叫什么?"虽然我当时心里有些不舒服总是闭口不说,但现在想想,人们也是出于善意,为平淡的生活增添一些生活乐趣而已。

爷爷有许多个账本,因为每天都记录,所以账本变得厚厚的,有的纸张都发黄了。换作现在,我一定会把它们全都保存着,因为上面的每一笔收支都是爷爷对整个家庭的付出。

记得有一年临近过年的时候,小卖部进了一批糕点(我们俗称"槽子糕"),附带非常多的包装纸和包装盒,包装盒的封面是红色的,喜庆极了。当时爷爷、奶奶、我的父母还有我在家里分装糕点,忙得不亦乐乎。在那个年代,国民收入已经有了很大的提高,但这些糕点还是非常珍贵的,人们一般在节庆前夕买来送人。

而我能够参与备货环节,贡献出自己的一份力量,当时觉得特别有存在感。幸福是什么?不就是一份对家庭、朋友和工作的贡献感吗?我对财商教育感兴趣,和我爷爷以及从小的家庭生活环境有很大的关系。

(二)爷爷有机器猫的口袋

小时候,爷爷每天从小卖部回来,都会怀揣着一袋小零食,尤其冬天的时候,爷爷的肩上总会披一件绿色的军大衣,零食就放在黑色皮包或军大衣的口袋里,拿出的零食袋上还有爷爷的体温。

对一个孩子来说,没有比看到零食更让人感到幸福的事情了,所以我每天都期待着。期待着爷爷赶紧回家拿出我心心念念的零食,如果还能回到过去,我真想问问爷爷:"外面天这么凉,您冷吗?赶快吃晚饭吧!"

由于我家小卖部里也卖各种水果,所以我总是第一批尝鲜的人。很多之前没有见过的水果爷爷都会往家里拿,像猕猴桃啊、柠檬啊,还有冬天的荸荠、甘蔗从来都是不缺的。

我家在农村的院子里还有两间厢房。冬天，爷爷会在里边存放一筐一筐的香蕉。刚批发来的香蕉是生的，皮是绿色的，很硬。冬天时要在厢房里生炉子，让它们在一定的温度下慢慢催熟，每次我和爷爷到厢房里去看香蕉的时候，爷爷总会掰下一个熟了的香蕉给我吃。

我现在时常想，我们之所以会善待别人，是因为我们曾被温柔地善待过，而这种力量会在将来我们遇到困难的时候给予我们莫大的勇气。

（三）不折不扣的DIY"美食专家"

说起美食，我觉得我的爷爷是一个当之无愧的"美食专家"。家里的许多餐饭都是爷爷在做的，尤其是奶奶半身不遂之后。

还记得他做的虾头酱，当时虾是很贵的一种海鲜，但是虾头很便宜，爷爷就从集市上买来虾头，用刀剁成酱放上作料腌制起来。做成的虾头酱放在玻璃罐头瓶子里，每一次吃都鲜美无比，尤其是就着刚烙的大饼，那简直就是人间美味。

冬天的时候，爷爷会酱一锅鱼，想来应该是梭鱼，就是把梭鱼放到大锅里，再放上盐、花椒、大料等作料熬制，然后装在大盆里，放到院子中。酱出的鱼是雪白色的，汤汁经过一晚上的低温会变成鱼冻儿，晶莹剔透又爽口，味道好极啦。

还记得有一年，爷爷弄来6只鸡，宰杀之后炖成了鸡肉，我家吃了好长时间。现在回想起来那时用大锅炖出的鸡肉真是美味啊！

爷爷还自己做过麻酱烧饼，可能是考虑到当时麻酱的价格比较贵，放的麻酱不是很多，味道也不像市面上买到的那么浓郁，但是别有一番风味，甜淡适口，绵软而不腻。

还记得有很多次都晚上10点多了，调皮的我和爷爷说饿了，爷爷二话不说，起身就去给我煎了一个鸡蛋，真的是无比好吃。

（四）一份保单，为孙计深远

有一天，妈妈拿出了两份保险合同。一份是爸妈给我买的商业养老保险，而另一份是爷爷给我买的。

爷爷给我买的这份保险当时的保费是360元，能够保障我在60岁以后每个月得到几十块钱的养老金。虽然不多，但是对我来说，这几十块钱甚至比成千上万都珍贵，我到老也会念着爷爷的好。因为这是爷爷维持家计之外对我的额外照顾，而他自己却没有一份这样的保险。同时，这说明了爷爷拥有超前的眼光和智慧。

除此，爷爷还是一个非常自律的人。除了每天记账，用心经营一家生计，在我上小学的放假期间，当时爷爷的身体还不错，每天早上5:00准会把我叫起来，带着奶奶和我去晨练，我们这里把晨练叫作"溜早儿"。我们三人会去村外"溜早儿"，当时还能够看到放羊的，买新鲜羊奶，时不时在空气中能闻到淡淡的羊粪味道，现在想想，这些简单的事情却是一种奢望。

在写这篇文章的过程中，我无数次泪目，人只有在失去的时候才会懂得珍惜，当时年少无知，不知身边有一位充满智慧的老先生，也不懂得主动求知，好在从小在爷爷的身边，天天看着爷爷的行为和待人接物的做法，听着爷爷讲的话语和人生态度，所有的这一切，也撑起了我的美好的童年。

有人说能够证明一个人来到这个世界的唯一方式，就是能被别人记住。时至今日，我无比珍惜当初和爷爷相处的每时每刻，我想说我会永远记住他，温柔平和慈祥的爷爷。因为爷爷，我看到的每一位老人都像他，因为爷爷，我学会了自律、善良、勤奋并热爱生活。

阿诗的梦

张莹（笔名：归玉）

在梦里，阿诗又遇见了他。

最近，阿诗经常做梦，梦到的是一个高个子男人。他黑瘦黑瘦的，一米七八左右的个子，戴一副金属框眼镜，总是用他那修长的手拍拍阿诗的头。恍惚之间，阿诗还听到了他的声音："别害怕。"

"为什么叫我别害怕？"

阿诗不记得梦里面的具体内容了。但是，这个男人貌似在哪里见过。哦！对咯，那个男人好像是隔壁奶茶店的一个店员！阿诗一边上班，一边出神地想着。

阿诗，一个21岁的单身女孩，白马镇南门街道幸福路上的饰品店营业员，因为家里贫穷，初中没念完就辍学去市里打了4年工。虽说她当店员向客户推销产品时，面对客户能说会道的，但私下里，同事们和老板都知道，阿诗是个非常文静的女孩。

还好，理货比较简单，要是老板看到她上班时间开小差了，肯定要扣她的工资的！刚好，老板今天忙着自己孩子中考的事，不在店里。而且今天饰品店的客户寥寥无几，阿诗这才多了很多想七想八的时间。

昨天的梦真美！梦里，这个男人突然出现在阿诗的面前，拉着她的手就往外跑。"走，带你去一个你喜欢的地方。""到底是哪里呀？"阿诗慌忙地问，没有得到答复，就是一路向前跑。

他们一路笑啊，跑啊，阿诗觉得路边的风景越来越美，越来越多的花、树、蝴蝶。然后，等她想仔细看清那个男人的模样。"哎！快醒醒，别发呆啦！"一起上班的收银员小萱用手在阿诗面前晃了晃。阿诗回过神儿来，不好意思地皮皮一笑。

小萱既是阿诗的同事，也是阿诗很好的朋友。半年前，阿诗和前男友分手了。她是在听闻渣男劈腿事件之后分的手。她在闺蜜们的支持下，来到这个饰品店附近租房，在这儿上班，她发誓再也不相信男人了。

伤心了一段时间，还好有好朋友、好同事小萱。小萱也是她的倾诉对象，所以她的事小萱基本都知道。她还有些记不清楚的事情，也许小萱比她知道的都多。

阿诗机械地整理着货架上的饰品，今天马上要下班了，等会儿自己回家煮点儿好吃的，对，带上小萱，一起吃。

想到这儿，阿诗这个小吃货还有点小激动呢！正偷着乐，突然店里冒出来一个瘦高个子的小伙子，戴着眼镜，还挺斯文的样子，就是皮肤有点黑。

"你好，我在旁边的奶茶店工作，看着你很久了。"说着，小伙子很阳光地笑了一下。"你好，我叫阿懂，我们一起去吃个饭吧。正好我也下班了。"天哪！这声音好熟悉，莫非就是梦里的那个"别害怕"？

阿诗还没反应过来，便礼貌性地"嗯"了一声。

随后，阿诗的梦居然成真了，阿懂追求阿诗，狂热的那种。

恋爱中的女人是幸福的没错了。阿诗的思绪再也不涣散了，该工作的时候工作，下班了阿懂就来接她，两个人牵着手，奔跑，玩乐。慢慢地，两个月过去了，两人正式确立了恋爱关系。

阿诗因着阿懂的了解而惊喜，她喜欢的颜色、喜欢的口味、喜欢的电影，阿懂对这一切都了如指掌，每次的约会都安排得那么无可挑剔。这么完美的恋爱阿诗有时想是不是还在梦里，恍惚之间，却这么真实，近在眼前。不，这不是梦，是现实。

但是幸福却是来得快，去得也快。每次约会越是完美，阿诗的不安全感就越强烈。她总觉得阿懂有什么事情瞒着她。都说女人的直觉很准的，阿懂是不是在哪里见过？不是梦里，是很早很早以前？

"懂，你是不是有什么事瞒着我？"

"你是不是心里有别人啦？老是敷衍我的问题。"

阿诗的疑惑像叠加起来一样，越来越多，甚至有些不可理喻了。之后的约会，阿诗每次都不停地纠结这一点。阿懂也开始觉得不耐烦了。

难道，像很多恋人一样，阿诗和阿懂也会遇到热恋的温度冷却下来的时候吗？答案是肯定的。但是，他们的爱情故事跟别人的又不大一样。

因为阿懂心里清楚，他不能再次失去阿诗了，他要珍惜。在阿诗的追问下，阿懂终于下定决心，要把真相告诉阿诗了。

阿懂这次请了小萱来帮忙。三个人约在一起吃午饭。阿懂先开口："其实，我就是你的前男友。"原来，半年前，阿诗在骑电动车去上班的路上因突然下雪出了车祸，阿诗被撞晕了。醒来后，阿诗选择性失忆了。每次阿懂接近她，她总说不认识，说她自己有男朋友！阿懂痛苦万分，便和她的闺蜜小萱编了个劈腿的理由，重新追求了阿诗一回。

"当然"，小萱补充道，"重返你身边之前，在你住院治疗的半年里，阿懂一直在等你恢复记忆，从未放弃过。"

听了这些，阿诗先是觉得信息量有点大。"你不会是骗我的吧？"然后，敲敲自己的脑袋，仿佛有一点点想起来了。

阿懂又认真地说："你可以问店老板，小萱也可以做证哦！"

她笑着拉起阿懂的手："没关系，只要你心里有我，我们地老天荒，海枯石烂都会在一起。我们遭遇不幸后再次相遇，以后我们永不分离。"阿懂被俏皮的阿诗甜到了，紧张的心情放轻松了。其实，他好担心阿诗知道真相会怪他骗自己。

回家的路上，阿懂还是照常伸出手，轻轻拍拍阿诗的头，这回将她搂在怀里，更紧了。

既然伤痛过去了，那就应该庆幸自己的遭遇，还没有那么悲惨。阿诗是个乐观的女孩。她所有优点中的这一点，也是最吸引阿懂的地方。

之后呢？之后的故事我们就留给阿懂和阿诗一起去创造了。唯一知道的一点是：对阿诗来说，做不做梦，已经不重要了。牵着的手，那一端是阿懂，就够了。

30+ 开始写作，我身上发生的5个正向改变

周永锦（笔名：陶子心语）

我 30+ 才开始写作，在此之前完全不知道写作有何价值，走上写作之路也算是误打误撞吧。

在我没有写作之前，生活浑浑噩噩。幸运的是，我在这样的迷茫阶段，没有选择放纵自己，而是为自己开启了一扇新的大门。

写作一年以来，我能够感受到我的正向改变，每天我的体内都发生着神奇的变化，仿佛被施了魔法一般。

第一，我更加热爱阅读了。

我们都说输出倒逼输入，在没有写作以前，我虽然断断续续地阅读，但是速度很慢。说出来不怕大家笑话，我有时甚至一年都读不完一本书。书籍放在书架上，落满了厚厚的灰尘。

但是日更以来，因为每天都要写作，所以就逼迫着我去阅读。这样慢慢读下来，一年竟也读了十来本书。

现在我开始选择专题性的书籍、感兴趣的书籍，每个月几乎都会买书。

在一次直播中听一位成功作者的分享，他因为写作去看了很多以前想都没有想过要看的书籍，比如《孙子兵法》。

因为每天都要输出，所以读起来很有动力，阅读效果很好，输出才是真正的学习嘛。

第二，我变得更加积极向上了。

我写作前是稍微有点抑郁的，总是会陷入一个比较低沉的情绪状态当中，甚至会深夜痛哭，感慨人生。

但是写作以来，当我将那些痛苦的事情诉诸笔端之后，我的心情豁然开朗了。那些写下的文字仿佛吸收了我的伤痛，实在是很奇妙的体验。

这一年以来，写作给了我精神上的呵护，让我从比较低沉的状态中走了出来。

现在我面对问题时更加积极向上，即便情绪状态不佳，也能很快地走出来。

第三，促进本职工作。

我的本职工作是教师，其实我在写作中很少谈论我的工作。

我把写作当成自己工作之余的心灵之地，是精神的避难所。

近段时间以来，我开始去思考用写作促进工作，通过写作的方式反思自己的工作。

比如对知识的巩固，我总结了框架法、背诵法、重复法、练习法多措并举。

我最近买了魏书生系列作品，正在学习魏老师的优秀做法，提升自己的工作技能。

我们常常听到这样的说法，"写作＋工作"可以爆发出巨大的能量。

那么我既然有这样的兴趣爱好，就不应该让写作和本职工作处于割裂的状态，而应该用写作来梳理自己的本职工作。

第四，保持年轻的状态。

有句话叫"腹有诗书气自华"，文字真的可以滋养我们的心灵，并且对我们的外在形象起到保养的作用。

一些人三十多岁就显得暮气沉沉，眼神黯淡无光，比如从前的我，我想与没有精神滋养不无关系。

写作以来，我曾经黯淡的眼神，忽然有了光彩。自己的精气神也有了一定的提升，笑容也开始爬上我的脸庞。

写作一年以后，我的状态甚至比五年以前还要好。有一种发自内心的爱好，呵护着我年轻的状态。

每个女性心里都一直住着一个小女孩，单纯、可爱、美好，写作可以帮我们留住她。

第五，对生活更有目标感。

没有计划的人一生空忙碌。写作之前，我非常迷茫，感觉被命运反复羞辱，却毫无还手之力，也完全不知道自己五年、十年后要达到什么目标，日复一日地蹉跎岁月。

而写作像是为我打开了一扇新大门，一路写着让我开始有了方向感——就是要坚持写作这条道路，通过写作形成自己的个人影响力，能出版电子书籍甚至纸质书籍。

我还有一个小小的梦想，就是可以像那些成功的作者一样带团队，把写作传递给更多的人。

写在最后：

写作以来最大的感受，就是原来世界如此可爱，原来有这么多积极向上善良的人，我从内心感慨人间值得。

写作一年，我已经可以深刻地感受到，写作与不写作，过的是两种不同的人生。

因为这些有益的变化，我一定会坚持写下去。

写作让我的人生更美好。

以上，同喜欢写作的你共勉。

平凡的快乐

肖冰（笔名：夏亦语冰）

斗转星移，人间美好，不期而遇，与其感叹时光飞逝，不如用文字细数当下。

（一）

2022年大年初四，凌晨四点五十分，爆竹声接二连三地响起，这是乡下人的传统情结，今天立春，当然不能忘记用热烈的爆竹声迎接。

前晚，几个小屁孩闹腾得欢，星星走到我房间说晚安的时候，我刚用手机发布了匆匆记录下的碎碎念，手机上打字的速度远不如电脑，即使脑中有不少灵感，终因手速的瓶颈而卡顿。

再看看时间，竟然十二点了，算第二天了啊，这么晚才去睡觉，我理解年少的放纵，也任由着他们，毕竟一年也就这么一次。

说好了他们可以睡睡懒觉，因此约定九点钟吃早餐，我也能在被窝里赖到七点多才起床，在楼上换了一盆衣服，再带下楼去清洗。

见婆婆已经在客厅烧旺了炉盆的炭火。我问她怎么不多睡会儿呢，九点吃早餐,小的们要睡懒觉呢!婆婆说她先下去(老屋),那边也有早餐吃。

往年,婆婆早早就备好了早餐,千呼万唤地,可每每早餐冷却了,小客人们还在床上和周公难舍难分,前前后后一个一个下楼就餐。

所以今年我有了规矩,事先约定好时间,按时间备好早餐,统一时间就餐,不用等谁,也不用吃冷却了的早餐。这些都不用婆婆管,我主导操作一切。

我告诉婆婆安排好了早餐的时间,还是别下去吧,不然到时候又要等人吃早餐。

这老人家总是闲不住,又不知从哪里找出好多干枯的树枝劈柴火。

(二)

到九点了,小家伙们居然没有一丝动静,到走廊上一吆喝,都一个个起了床,还算响应及时。

很快围了一桌子,我蒸了饭,还蒸了烧麦和小馒头,吃饭的吃饭,吃馒头的吃馒头。早餐搞定了。

有个打卡的学习任务,他们窝在沙发上完成,可能有些难度,哥几个凑在一起一道题讨论了半个钟头,不知不觉学习时间延长了一个多钟头。这种钻研的学习劲头儿精神可嘉。

小侄女刚开始说玩会儿再写作业,我教了她一些寒假作业上的题目。我就好奇,说想看看她写一页作业需要多长的时间,我拿出手机看看,现在是九点五十一分,便开始计时。

小侄女便占着椅子的一角开始写作业,不一会儿,说还有最后两个字了,一看时间,十点零一分,刚好十分钟。她的寒假作业还有两页没有完成,她说二十分钟就可以完成了。

说实话,我特喜欢孩子们花时间在学习上,我觉得这是一幅很好的人生风景图。

或许龙应台说得更合适:读书用功,不是因为要跟别人比成就,而是因为,我希望将来会拥有选择的权利,选择有意义、有时间的工作,而不是被迫谋生。当你的工作在你心中有意义,你就有成就感。

(三)

不知不觉已近中午,按流程该准备午餐了。我烧开了水,正准备下面条的时候,突然来了客人。

来的是婆婆的四个外甥。这是不约而至的客人,考验当家人的时刻到了。除了用零食招待,还必须备几个菜,做午餐。

往年条件更差的春节,婆婆和母亲接受了多少次这样的考验呢?不觉已走过了几十年,现在轮到我接班了。

家里的材料是足够的,只是时间已是中午,打乱了我原有的计划,烧开的水先放一边吧,面条也别急着煮。

搬来辰辰、星星兄弟俩当救兵,一个打水,一个洗菜,一个备盘子,一个烧火,反正轮流做需要做的事。

辰辰正在烧火,婆婆走过来说:"不是这样烧火的,我来吧!"我说:"就让我们锻炼锻炼吧!您去陪客人。"

婆婆坚持唠叨着说我们不会烧火,她来烧火更旺,我说总要给我们个学习的机会,还是辰辰继续烧火。

星星做了几件事后,居然还忙里偷闲去院子里打球。

煮了一大锅面条啊,下了850克的面条,大铁锅,小半锅呢,有青菜,有腊肉,有羊肉,有辣椒,不管手艺如何,是热乎乎的就好吃。

客人已经上桌喝着酒吃着菜,都说那梅菜炖肉里的梅菜好吃,可都快被客人吃光了。

小屁孩儿们都拿好了碗围在灶台边，我说你们赶紧盛，盛好了，我再装一大盆上桌。

（四）

这顿突如其来的午餐任务，总算圆满地画上了句号，下午我们按计划返县城，当然，中午再插一波镇上的篮球运动。

篮球场上好多小伙子龙腾虎跃，还有双手拍球投篮的，真是高手，那一个个在运动场上打球的小伙子，撸起袖子热火朝天，居然有一个穿着短袖，然后还脱光了上衣打球的。

我们站在一边观看的却冻得有些瑟瑟发抖，天阴着且有些小北风呢，这一刻使我们深深领悟到生命在于运动的真谛了！

好吧，运动结束，正式返回县城，一行十人，开了两辆车。

我跟着去逛天虹商场，先生说了，今天的晚餐是吃肯德基。也就是说，这下我终于可以脱掉家务的罩衣，能做一回幸福的闲人了。

还早呢，不急着吃肯德基，先去大蓝鲸（游乐场）玩玩呗。充值三百元，先取出八十个游戏币，很快就用完了，我们又到老三件门口用免费的游戏机，真是玩得不亦乐乎。虽然我不是整天玩游戏，但是看着倒也心安理得。

六点了，吃肯德基去，美食上了桌，我也跟着狼吞虎咽，叫了三个套餐，后面还打了包，打道回府。

（五）

在一楼完成日更，已是十点半了，上楼来，我看见辰辰抱着笔记本，星星捧着平板不放，心里怒吼：又在玩游戏！

我一个箭步走过去，先从小的下手，巴掌给过去，近了一看，星星正在看物理题，赶紧转换成半拥抱、嬉笑……

星星哪是蠢的，对我怒目而视。

"好，好，你忙完了赶紧上去睡觉，我先去洗头洗澡。"我讪笑着赶紧逃开。

打开"哗啦啦"的热水，洗去了一身的油烟，我幸福地斜躺在床上。

其实，每到春节就感觉很累，这些天照常忙得脚不沾地，也伴有些鸡毛蒜皮的事。

谁说过，常常欢笑的人，不一定真的开心；常常豁达的人，心底也有伤；常常冷漠的人，有时也会红了眼眶。

不是没有沮丧，而是提醒自己要面向阳光；风雨岁月，谁不是左手年华，右手沧桑？所谓人生，就是哭着懂得，笑着成长。

但不可否认，今天下午可谓是个幸福的日子，第一我不用脚不沾地忙家务，第二孩子们的快乐感染了我。

这是我和先生忙里偷闲共有的小改革、小放纵，邀婆婆一起，叫小的们齐声呼她同去，她不来。

走自己的路，看自己的景，生命当中，每一个人都有属于自己的快乐。

这些快乐，或许极其平淡，或许与金钱无关，或许与外在的准则无关，它是来自内心的，来自你自身的满足，来自你对生命的依恋和热爱。

明天又有的忙了，回县城的目的，是为了一大早买菜回乡下，约定好了的，大年初五，又要招呼几桌客人呢！

无需回应式友情

刘玲（笔名：夜染轻雪）

最近似乎很流行这样一种关系：有一个异性朋友，无话不谈，比友情多一点，比爱情少一点，彼此不会打扰。你笑，她／他默默地守着；你哭，她／他会心疼；无论何时何地你转身，她／他都在不远处等你。

评论区里回复，有这样的异性朋友的人还真不少。看看自己的身边，好像也还真有这么一位。

前两天，猪在朋友圈里发了一个动态，我点赞评论了。过了一会儿，他给我发信息问我最近怎么样，我回复他：不好，我们分居了，我搬出来住了。

他看见这个消息后特别吃惊，然后带着担心又有点责怪的语气问我："怎么回事？发生这么大的事情为什么不告诉我？"

我们两个人之间的相处，这么多年一直都是这样。一年聊一次，一次聊几个小时，把这一年高兴的不高兴的事情都聊一遍。聊完之后，接着又是一年不联系，在某一个时间点，两个人会接着再聊，但从来不会有陌生感，就如我们一直联系着一样。

上一次聊天还是去年，他发的朋友圈状态一直不好，整个人很崩溃。

我不知道他那段时间到底遇到了什么事情。后来他说是压力太大了，家里所有人都不理解他，他是家里唯一的男人，这两年因为疫情的原因，挣的钱少了，家里人都觉得他没本事。他和朋友合伙开公司，家里人都不支持，觉得他干不好，老妈和媳妇手里都有钱，却谁也不愿意拿出一分钱来给他，可明明这些年家里的钱都是他一个人挣来的。

那段时间，他特别痛苦，家里人对他的否认、开公司短缺的资金，都压得他喘不上气来。他说想找个没人的地方，自生自灭。

成年人的世界，大概都会有这样那样的坎儿，都会有被家人不理解的时候，这个时候才是最难的。那两天，我做了一个默默的倾听者，安安静静地听他说，他的难过、他的委屈、他的不甘和对家里的付出。

后来，公司的资金凑齐了，他把全部心思都投入工作中，到现在，一切都步入了正轨。

前两天聊天，他知道我的事情后，一直在帮我分析我的婚姻问题出在哪里，他说能不离婚就不要走那一步，毕竟孩子都这么大了，现在离婚是最不明智的选择。

后来他又说生三胎了，是个儿子，快三个月了。现在他也没有能力来帮助我。

有这句话就够了，我现在经济没有问题，其他的也挺好的，没有什么需要帮忙的。

他说这就好，有事及时和他说。

这次聊天到这里就结束了，虽然他说第二天给我打电话，最后也不了了之了。成年人的世界，总有这样那样的事情，打不打电话也没有什么关系，也不会影响我们之间的关系，下一次聊天，大概又是大半年以后了。

我们相识于2014年的道滘南丫，当时，我们同在一家鞋厂上班。那时候的他，刚从学校出来，特别单纯，有点儿憨憨厚厚的感觉。我比他大一岁，把他当弟弟一样护着，也喜欢逗他。

香香的《猪之歌》火起来以后，他叫我猪头，我叫他猪。后来再次联系的时候，他也开始叫我猪，我们就一直这么称呼着，有时候，感觉快忘了他的全名叫啥了。

2014年春节，我们都没有回家。他住在他堂姐家，过年他堂姐和堂姐夫回老家。春节放假期间刚好赶上我值班，那几天的伙食他包了。别看他年纪不大，却做得一手好菜，每天晚饭的时候，我都会上他家蹭饭，一起蹭饭的还有他老乡，我们三个人在一起过了一个春节。那一年的春节，有烧好的饭菜吃，有人陪着，我一点儿都不感到孤单。

2015年，工厂的生意开始出现下滑的状态，连着两个月都没有发工资。厂里的员工开始罢工，要求老板发工资。第三个月的时候，工资终于发了，但是也开始裁员了。大部分人都选择离开，我也在离开的人选里。猪没有走，他堂姐是厂里的采购，堂姐夫是样品室的主任，这样强硬的关系，他肯定会被留下来。

再次见面是2016年的冬天。我在三屯久大鞋厂上班，那天下班，他说他在厂门口等我。

他见我的第一句话是："猪，你请我吃饭吧，我一天都没有吃饭了，快饿死了。"

我带着他去附近的湘菜馆，点了三个菜，看着他狼吞虎咽的样子，我特别好奇他遇到了什么事情。

吃完饭后，他说："时间还早，这么冷，要不我们去网吧待一会儿吧？"那几年，要上网就得去网吧，去晚了都没有位置。

我们去得早，刚好有位置。我们在网吧待了三个小时，出来的时候已是晚上九点半。他送我回去的路上他说他辞职了，因为和堂姐吵架，他直接跑出来了。厂里的规定是不请假视为旷工，旷工三天视为自动离职，他已经四天没有上班了，当然，这个月的工资也拿不到了。

他打算回老家，但兜里没钱，又不愿意向堂姐开口，就来找我了。他有些不好意思地说："猪，你能不能借我200块钱，我要回家没有路费了。"他低着头又说道，"身上没钱了，今天一天都没有吃饭，晚上只好来找你蹭饭了，幸好你没有拒绝我。"

他老家是湖南的，那时候一张火车票也就一百多一点，我怕他不够，要给他300，他坚持只要了200。他没有说怎么还，我也没有问，尽管我们都知道这一别，大概永无相见之期。

再次有联系，已经是十年后的事情了。我们都在全民K歌里唱歌，他发了一首《丢了幸福的猪》给我听。

那次联系，我们聊了十年前，又聊了现在的生活。他说："我还欠你200块钱。"

"对呀，对呀，你赶快还我，刚好现在你也有钱了，这么多年了，得加利息哦。"我笑着打趣道。

他开始耍无赖："不还，有钱也不还，当年借的时候我就没有想过要还。"接着，他又说，"猪，当年只有你愿意借钱给我，放到现在，200块钱不多，可在那时候，200块钱已经挺多了。我当时就想，以后不管你有什么事情，我都不会袖手旁观。而那200块钱，我没有想过还你，我就想让你永远记着，还有一个人欠你200块钱。"

是呀，那时候，一个月工资才800块钱，给家里寄400块，给他200块，我那个月的生活费只有200块。但是这么多年来，我从来没有后悔过。都说从借钱还钱看人品，但这么多年，我从没有因为这件事情怀疑过他的人品。

他说："猪，我们要一直保持联系，当年认识的那一群人，保持联系的没有几个了。尽管见不了面，但不能连联系都断了。那是我们回不去的青春，也是我们一生中最美好的岁月。"

看过一个很有意思的词，叫"无需回应式友情"。说的是现在很多朋友的相处方式，不用刻意聊微信，不会时不时联络，但这并不影响你们的关系。

你们依然时刻惦念着对方，想发消息就发，不在意对方回不回，甚至大家聊着聊着就不见了，然而几天后又能接着聊，彼此不会尴尬，也不用顾虑。这种相处方式真的很舒服。

不必刻意去联系，也不用担心会失去，这样的感觉真的很好。

我们言语的魔力有多大？

余欢（笔名：花婆婆）

（一）

这几天揣着一个新U盘上下班，里面有电子书的文稿，每天抽时间在教室里修改，已修改好第一卷文章，正着手第二卷的修改。昨日早上修改了几篇文章后，U盘像往常那样插在主机上，文档依然打开着。

下午第三节课后，我正准备剩下的时间接着修改文章，可发现U盘不翼而飞了。我的第一反应是，是我自己拔了？我仔细回想，中午时分没有操作过电脑，在两个外套口袋里摸了又摸，都没有U盘！办公桌、包里没有，电脑桌上也没有，地上没有，我的U盘哪里去了？

U盘上的电子书全部文章已经重新分类，其中4万多字已经一个字一个字修改过了，修改稿只此一份，在电脑上没有备份，难道要全部来过？想到这里，我心里不由得焦急起来。

我立刻把还留在屏幕上的卷二文档和目录文档另存在桌面上，万一真没有了，至少还有这两份在。我的大脑快速运转，专用教室隔壁是打印室，是有同事临时有急事，过来借用了？我马上在大群里发信息询问，快步走出教室问了问旁边教室的同事，他们都说没见过。

是学生拔去了？

我跑上三楼的年级办公室，和办公室里的两位同事交流时想到，文档没有关闭退出就拔下，不是成年人的做法，况且现在有微信、钉钉软件传输，随时可以传输文档，应该是孩子拔了。

刚进办公室的 2 班年轻班主任得知我的事情，说道："我的 U 盘也不翼而飞了。"

"是在你们教室里不见的吗？"

"是的，丢失过两次了，一次是学生捡到的，后来一次不见了，就再也找不到了。"

她接着说："以前的 U 盘是很简单的款式，一直没问题，后来换了一个漂亮的 U 盘就接连丢失。"

"啊，我这个 U 盘造型也还挺好看的，有长长的流苏。"

"那应该是小孩儿觉得好看拔走了，可能是同一个孩子。"班主任怀疑道。

"第二节课是你们班的，那很有可能是你班学生做的。第三节社团课，我先了解一下社团课上有没有人上来动过电脑。"

我马上找人询问，从社团学生那头，确认社团课没人上过台，有人说当时 U 盘不在主机上，可不是很确定；第一节课是 4 班的音乐检测，刚好把一个违纪学生叫到办公桌上答卷，就坐在主机旁边，他非常确定地对我说，下课时 U 盘还插在主机上。

今日的课安排的是音乐检测，最后的编创题目是完成答卷后自行离开教室，不像往日排队出去，会有一刻大家蜂拥上台交试卷的情况。坐在一边的我会特意拿几个学生的试卷看，没去特别关注电脑桌那头的 U 盘。

问题可能就出在第二节2班的课上。

我在找学生之前又和班主任交流了一下，先找几个怀疑对象聊聊。我牵着第一个叫出的男孩的小手，轻声问他。这孩子平时很调皮，很闹腾，有时又能紧跟上课的节奏，他的眼睛忽闪忽闪地不敢直视我，慢慢说道："我今天就在地上躺了一下，自己座位上坐了坐，没有离开座位到前面去过。"看着他的眼睛，我没理由不相信他的话。

问话期间我问他："你觉得老师以前信任你吗？"他回复不信任。我很诧异，他的小故事在我的随笔中出现得最多，行为习惯改变最大的一个，我总是找机会夸他，当然也有忍无可忍批评他的时候。在他的印象中，老师的表现还是传递出不怎么信任、不喜欢他。

暂且将这问题放一放，我继续叫人出教室单独交流。该班乐队的孩子指出，3班乐队的学生课间进过教室，靠近电脑过。我马上转向3班，第一次单独谈话，女孩坚持说没进过教室。第二次双方对质，女孩说进过教室，可就在门口，没有走到电脑旁。线索又中断了。

在个别交流的时刻，我会揣着邪恶的念头看着眼前的孩子，这很让人不安，幸好克制住自己焦急的心情，没有出言恶意揣度。

就在我找不到头绪的时候，2班教室里走出来一男一女非常肯定地对我说："老师，下课交卷的时候，U盘在主机上。"他们还详细地描述出U盘的模样。这两个孩子是最后一批交卷的。我完全没有留意到他们，当时正拉着一个男孩在钢琴旁边，给他重新辅导节奏题。

这样一来，可以锁定范围了——最后交卷的十来个人。

我走进教室面对所有学生，讲述了U盘对我的重要性和我当下焦急的心情，如果觉得U盘漂亮、好玩，稍后放回我的教室里，老师能够理解这样的心情。我最后说不想用其他的手段，比如调出监控的方式来找到U盘，我觉得没有这个必要。

然后，我让最后一批交卷的孩子起立拍照，我将回音乐教室翻看试卷，对照一下，是不是最后这几个人。说完，我只能退出教室，再问下去也是无果。

（二）

走到一楼的音乐教室，办公室的同事提醒我去找资深班主任朱老师，她一定有办法。"就这么口头问能问出什么结果来？"我摇摇头，她催促我马上就放学了，赶紧去问问朱老师，我还是作罢上楼进了自己的教室。坐下看着电脑桌面上临时保存的两份文稿，我心痛啊！

为什么不试一试？我马上拨打电话和朱老师说了一通，朱老师快速教我可以怎么做，并且跑出办公室，看到2班还没放学，叫我马上上楼。

等我再次跑上三楼来到教室里时，看到热心的朱老师已经和2班的学生在交谈了，她非常恳切地说："老师 U 盘里都是六个班级上课的资料，如果没有这些资料就没办法给你们好好上课了，老师非常痛心……她现在很着急，希望有同学能够帮助她去教室好好找找。谁愿意过去？"

讲台下面一下子举起许多小手，有些孩子站起来热烈地叫着："我，我。"

朱老师朝我看看，我接着示意最后交卷的11个孩子，背着书包排队下来协助我。在前面的通话里，朱老师交代要一个孩子一个孩子地进教室找，给那个犯错的孩子一个机会，并强调一定要保护好每个小孩的自尊心。

11个孩子在门口排队，朱老师又一番肯定，从头到尾充满信任和感谢，这真是教育的艺术啊！

当我带着他们走到一楼时，突然两个孩子飞奔到我面前，男孩告诉我找到 U 盘了，伸手将 U 盘放进我的手心里。我万分诧异，朱老师就这么一说，U 盘就这么突然地出现在我眼前。太神奇了，孩子这么快就愿意拿出 U 盘来。

我心中已有几分清楚，这两个孩子就是这个班的，都是我乐队的学生，我平时很爱护他们。男孩 X 是最后上交试卷的那一批，因为后面一节是社团课，他们会留在教室里。但刚才他没有跟着队伍下楼，而是和女孩从另一边楼梯提前来到音乐教室。

我对着两个孩子问道："U 盘是在哪里找到的？"

"章 ×× 位子上。"两个人大声告诉我。

我把也在队伍中的那个胖胖的男孩叫到跟前问他，刚从队伍后面走到前面的他听说了，身子突然前倾，嘴巴张得大大的，一脸吃惊地说："我没拿过啊！我不知道 U 盘怎么会在我的位子上。"

高个子远叫道："老师，他可能是被陷害的。"

男孩 X 也说："老师，他可能是被陷害的，不是他拿的。"我点点头，孩子们交头接耳谈论着。我轻轻问女孩是谁找到的，女孩说是男孩 X，我连忙向他们俩表示感谢，让所有孩子都回教室去。

我转身上楼想告诉朱老师一声，在楼梯上听到有学生说："X 真厉害，上次班主任的 U 盘也是他找到的。"我赶忙问说话的学生，想确认一下听到的内容是否属实。

来到办公室，我和朱老师谈起了后续发生的事情。接着说："U 盘的盖子我是随意放在桌上的，如果只是对 U 盘感兴趣，可能拔了就走了。但是 U 盘盖子也一并带走了，一定是在桌子旁逗留了一会儿，想看清楚盖子在哪里，找准机会一并拿走的。"

在座的同事都很吃惊学生怎会这么大胆。朱老师再三交代我明日要去班里当着所有人的面，郑重感谢这位男孩。都是大孩子了，会有人猜测是他拿的，既然他能拿出来，还是愿意体谅老师的，所以要保护好。

资深班主任处理这样的事情多了，经验丰富，而且朱老师非常爱护学生，上次她就对我说过"教育无小事"，这是一次教育的契机。

回到教室的我收拾好东西准备回家,刚刚这对男孩女孩又出现在我面前,男孩笑眯眯地问我:"老师,你重要的文件还在 U 盘上吗?"

"啊,我还没检查过呢,应该在吧!"电脑已经被我关闭了,但我还是决定重启,打开 U 盘文件夹给他看,我欣慰地说道:"在的,在的,就是这份文件很重要,我没有拷贝过,非常谢谢你!"我转过脸接着和女孩说道:"也谢谢你,D!"

两个孩子开心地朝我笑着:"幸亏你们帮我找到了,否则老师也不知道该怎么办才好呢。"女孩 D 夸男孩 X 上次也是他找到了班主任的 U 盘,并问他:"你在哪里找到的?""你怎么会去打开柜门看的?"我安静地关闭了电脑,听着两个人的对话,最后两个孩子高兴地向我告别。

看着他们离开教室,我琢磨这个男孩为何还要再折返回来问我,事情的真相到底是怎样的。

学生能够交出 U 盘那是万幸,如果真的不愿意,那我也没辙。看来随时备份是个必须养成的习惯,但最让我感慨的,是孩子是在什么动机的驱使下拔走 U 盘的,又因为什么,是哪一句话让他改变主意愿意拿出来的。

母亲，是一本写不完的书

黄丽文（笔名：莱雪思）

阿德勒说："幸福的人一生被童年治愈，不幸的人却要用一生去治愈童年。"

很幸运，我是一个幸福的人，拥有一个平和而喜悦的母亲，在成长的路上，有着母亲的陪伴。

在我的记忆中，母亲永远是一副中年妇女的模样，微胖，特别是肚子，仿佛永远藏着一个四个月大的胎儿。

看了母亲年轻时的照片，我才知道，母亲曾经也是个妙龄少女，扎着两根长长的辫子，清秀的脸庞露出纯真的微笑。

母亲没有正式上过学，只上过三年的夜校。她这一辈子，最大的遗憾便是：她是一个文盲，只认得寥寥几个字。

小时候的母亲，主要的活计是放牛，天还没亮，就被外祖母的脚趾夹醒。母亲很想睡懒觉，但总受不了外祖母的"脚趾功"，疼痛难忍，只能起床去放牛。

十几岁的母亲，学会了做衣服。如今，当年学做衣服的裁缝书，母亲还保留着，不舍得扔。这本书陪伴着母亲度过了五十年的风雨，早已发黄破旧，被母亲小心翼翼地用透明胶纸粘紧。

母亲刚结婚那会儿，家中极其贫穷。父亲赚得的钱根本无法养家。母亲靠着为别人做衣服、缝衣服，赚点儿生活费。

我小时候的衣服全是母亲亲手缝制的。如今，母亲仍保留着，不舍得扔，藏在老家的箱子里。那个箱子是她出嫁的嫁妆。

前些年，母亲拿出来给我们看，我们很是惊讶。母亲的手是如此的灵巧，选择的布料也很时尚，现在市面上出售的婴儿衣，都比不上母亲当年为我们缝制的衣服舒服。

曾经，家里有一块田，这是我们的主粮来源。小时候，母亲在我们熟睡时，便独自一人到田中耕作。

改革开放的春风，父亲赶上了风口，赚到了人生的第一桶金。母亲再也无需替别人缝衣服了，也没有再种田。

母亲以为过上了好日子，但内心的苦，只有她知道。

母亲生了几个女儿。那一年，她带着胖乎乎的小妹回到老家。小妹叫爷爷，爷爷看都不看她，就走开了。

母亲伤心极了。爷爷很是重男轻女，他生母亲的气，这么久，还没为父亲传宗接代。

爷爷跟父亲说，再娶一房，生个儿子。母亲在房间里听到了，心在滴血。

庆幸的是母亲在父亲心中是无可替代的。许多年后，父亲跟我说："你们的母亲是最好的女人，你们姐妹几个都比不上她。"

有人说成功的男人背后总有一个女人。母亲便是父亲身后默默付出的女人。

母亲对父亲一直百依百顺，从不敢在父亲面前哭泣。母亲说："家和万事兴。"正是出于对家的爱，就算受了再大的委屈，她也自己一个人吞下去。

母亲是个很有智慧的女人，父亲生气时，她绝不会跟父亲硬碰硬。而是等父亲气消后几天，母亲才以开玩笑的方式，给父亲提建议，此时的父亲欣然接受。

母亲的善良、宽容和大度得到了回报。儿子来到了母亲的身边，在家族中，母亲终于可以有立足之地了。

然而，幸福的生活总是那么短暂。

母亲曾憧憬着等我们都成家立业，儿女成群了，她与父亲就能过上安详的晚年。可父亲却离开了人世间。

父亲刚去世那会儿，母亲经常一个人坐着，偷偷抹泪。然而，坚强的母亲告诉自己，她还有几个儿女没成家立业，就算再苦，她也要撑起这个家。

虽然父亲走了，但因为有母亲，我们仍能感受到家的温馨。品尝着母亲煮的美味食物，与母亲聊天，任何心结都化为乌有。

以前的母亲，总希望所有的病痛都由她一个人来承受，自己的孩子都健健康康的，在我的记忆中，母亲经常生病躺在床上。

如今，母亲已到了暮年，她很爱惜自己的身体。她说，她要保护好自己的身体，不给我们添麻烦。

母亲的巧手就像阳光，照耀着我们的生活，给予我们力量。

母亲的坚强是一首田园诗，悠远清净，让我们懂得了如何用温柔拥抱世界。

母亲的爱是一首歌，婉转而深情，流入我们的心田，教会我们如何抚育儿女。

母亲的一生是一本写不完的书，任何文字都无法展现出母亲贤惠、坚强、乐观的一生。

魏晋风流

石哲（笔名：Betty）

乱世出英雄，这句话相对魏晋而言，尤为明显。要文有文，要武有武，甚至是文武双全。

魏晋文人最在意的是个性张扬，最不齿的是违背天性迎合当权者，最无奈的是生活于政治氛围严峻而思想又最为开放的时代。在中国历史上，思想最开明最活跃的时期往往是政治最黑暗最混乱的时期。

这是一种奇特的现象，也是造成中国文人悲剧命运的一个原因。自己有才，却无法在当时的舞台上一展拳脚和抱负，心中不愿低头，不愿为五斗米而折腰，所以文人只剩下凄惨与悲凉。

嵇康的桀骜不驯，形俊于外，才蕴于内；阮籍的左岸江湖，右岸琴声；陆机血统高贵，天生是一个将才……他们是那个黑暗时代里最闪耀的明星，也代表着那个时代，魏晋风流、建安风骨是那个时代的代名词。

嵇康生于一个官宦之家，少时失去了父母，与兄长嵇喜相依为命，是兄长给了他温暖与自由，让他有足够的时间和空间去闲居、读书、抚琴，尽情追求所爱，尽兴拓宽自我。

嵇康人生故事里有两个值得一提的事，一是他的"俊"，二是他的"才"。

魏晋是一个崇尚美的时代，对美的认识、发掘与张扬，是那个时代最瑰丽的面相。嵇康无疑是这美中最绚烂的一抹，他的美不同于潘岳、卫玠，他们虽美，但有点羸弱，而嵇康则刚柔并济，挺拔而俊朗，雄健又不失飘逸。

他的俊是"风姿特秀"，是"萧萧如松下风"，是一种由内向外、举手投足之间的从容、潇洒而又自如的非凡气质。

形俊于外，才蕴于内。嵇康天资聪颖，作为"竹林七贤"的领袖，他可谓全才，还是正始玄学的代表人物。

他精通音律，不仅自谱琴曲《嵇氏四弄》，《广陵散》更是成为绝唱，在刑场弹奏，身后是悲痛欲绝的三千太学生，是痛不欲生的妻儿。

他文才潋滟，诗文皆属上品。

嵇康在坚守自己的个性节操之时，是决然而坚定的，是宁为玉碎不为瓦全的。然而，阮籍在险恶的政治形势下，在乱世里做了个无奈的选择，采取谦退冲虚的处世态度。

从"夜中不能寐"开始，阮籍拉开了长达82首咏怀诗的序幕。清风徐来微风过，却吹不散凌乱而深沉的愁绪；或许世无知音，唯有风月解意，映衬着这位不寐而弹琴的孤影，充当了那个深夜无眠者的知音。

阮籍知道，他的生命，随着《广陵散》的远去，差不多已走到了尽头。

他不能如庄子一般真正逍遥，亦不能如嵇康一般从容淡定。

三国时期，陆氏家族属江南望族。一门三代，个个英雄。陆逊，那个能让刘备几十万大军顷刻间化为乌有的大将，养育了无数后辈英雄。儿子陆抗曾打败过西晋开国名将羊祜大军，孙子陆机、陆云令西晋文坛最出色的文人都黯然失色。

但陆机并没从祖父辈那里获得更多的荣耀，父亲病逝，14岁的陆机接替了父亲的统兵大权，最辉煌的生命总是在最灿烂的时候戛然而止。42岁的人生，短暂而辉煌，留存诗篇辞赋131篇。

他的《文赋》，依旧是今日读书人必读之文，他的《平复帖》是现存年代最早并真实的西晋名家法帖。而他的《罗敷艳歌》第一次全力抒写女子之美貌，成为后代宫体诗之滥觞。

在魏晋之际，文人辈出，而陆机是一个不得不提的文人。

我们去读魏晋文人的人生，才能明白他们的那种癫狂，才明白他们的坦率与真诚。他们的敢爱敢恨，他们的风骨风雅，都是为眼前为自己，为心灵深处的渴望，渴求获得一种最及时的表达方式。

引用易中天的一句话作为结束语：唯美时代里，他们自由而漂亮地活成了风向标。

味道

徐海英（笔名：咸蛋螃蟹）

（一）

挽着妈妈下了飞机，热乎乎的气浪扑面而来，我帮她脱下了外套搭在我的臂弯里，廊桥外的阳光亮闪闪的，妈妈不由得眯起眼睛，我紧紧挽着她进入入境大厅。

这是妈妈第一次出远门，老婆孩子在外面接着奶奶，亲热地叫着，妈妈的脸上心里都乐开了花。

我对孩子挥挥手说："快回去，我这次带了奶奶的好宝贝！"孩子叽叽喳喳地问我带了什么宝贝，我神秘地笑而不答。

回到家大家迫不及待地打开箱子，孩子们叫了起来："Oh，my God！"然后捂着鼻子跑开了，老婆也皱着眉头叫了起来："老杨，你搞什么鬼！臭死人了！"

我伸头一看，白衬衣有斑斑点点的灰色污渍，还有股怪味道，不禁惊叫一声："坏了，咸菜卤子漏出来了。"

老婆恼怒地把行李箱"哐"地合上了："你把重要的东西拿出来，剩下的连箱子一起扔了吧，这气味让人受不了！"

我赶紧上前在箱子里扒拉，掏出一个裹着袋子的小圆坛子，一路小跑进入厨房，在水池子里把塑料袋全去了，打开盖子朝里面看，卤子已经所剩无几。我凑近闻闻，里面的咸菜依然是熟悉的味道。

妈妈也跟了进来："哎哟，这厨房真小。我看看，卤子没了？"

"嗯，没了。不要紧，咸菜没有坏。"

"在家我们试了几回，不漏的呀。"妈妈也觉得很可惜，这个雪里蕻是我最喜欢吃的，卤子也是我喜欢吃的。来之前实在舍不得倒了，就拧上盖子反反复复套了好多袋子。

"妈，你去躺一会儿吧！"我赶紧洗手，准备让妈妈休息一会儿，妈妈可是坐了几个小时的飞机。

妈妈摇摇头，和我一起又折回行李箱边，掏了几小袋咸菜出来，她一件一件地检查我的衣服："哟，都新扎扎的就丢了？我洗洗，不就是盐卤子吗！"

身后传来老婆的声音："妈，那个太臭了，快丢掉丢掉！"

"我慢慢洗洗吧！这么好的衣服丢了可惜了。"

没有办法，老婆闻不得这气味，我自己在厨房里收拾着咸菜，妈妈在一边看着我洗菜、切细，油热下锅，加干辣椒和酱香干一起爆炒起锅。我自己尝了尝，呀，真香，也夹了一点儿送到妈妈嘴里。我笑着对妈妈说："妈，就是这个味儿，咸香酸脆！"然后，我又找了玻璃瓶，把咸菜装进去，放进了冰箱，我要留着慢慢吃。

妈妈一直跟在我身边，就像在家的时候我跟在她身边一样，连空气里弥漫的味道都一样。

妈妈在我家里住了下来，家里没有什么事情需要妈妈插手，一辈子侍弄土地、倒腾坛坛罐罐的妈妈闲了下来。

（二）

我尽量早回家陪妈妈说说话，周末带妈妈出去走走看看。

妈妈第一次进动物园，看着大象笨拙地跳舞笑了，看着到处都是电梯，也夸现在的人真会享受，看着屋顶上那艘大大的船，妈妈疑惑了好几天。

大部分时间，妈妈愿意坐在家里看电视。

那咸菜，我吃得很仔细，就像小时候偶尔吃肉一样，看看闻闻然后小口咬着，妈妈来我这里以后，就没有这样的咸菜了。

孩子们闻过一次就嫌弃了，说："那个臭东西值得大老远地背回来吗？还把那么贵重的衣服都给弄臭掉了。"

我说："你们不懂，这个东西只有家里面才有的，你们奶奶自己种的，晒了洗了腌了才有这个味道。这个味道是老家的味道，我妈妈的味道，还有家里土地和阳光的味道，别的地方都找不到的。"

孩子们都翻着眼睛说："Oh, my God！"

妈妈迷惑地看看孩子们看看我，显然她不懂孙子们说什么。我对妈妈笑笑："他们没有吃过这个东西，不习惯。"

妈妈点点头："这也不是什么好东西，以前是没有法子没有好东西吃。你以前一直吃这个长得又黄又瘦，我淌了几回眼泪呢，你倒稀罕。"

我也不知道为什么爱吃咸菜，早些年家里没什么吃的，常年拿大缸腌制咸菜，妈妈把菜晒干洗净，然后一层白菜一层盐，让我洗净了脚进去踩结实。

过一个礼拜，那咸菜就可以吃了，颜色金黄味道酸脆，加点儿蒜和干辣椒爆炒就可以了。

还有萝卜、豇豆，好像没有什么菜是不可以腌制的，我带着一瓶瓶的咸菜上中学，直到上大学才断了，时间久了我想念那个味道，就出去寻找。

这些年除了回家，所到之处我都找过、尝过各种咸菜，都没有妈妈做的咸菜那个熟悉的味道。每次回去我会挨个儿闻妈妈的菜坛子，说里面是什么菜。妈妈会捞出一两样做好，里面加一点肉丝或者酱干，我们两个人对坐慢慢吃。

大概也是我太爱这口了，后来我房子车子都有了，妈妈在家就是不肯来，把缸换成坛子还在侍弄咸菜。

说了很多次，妈妈才答应出来，年纪大了一个人在家，又是大山里面，我实在不放心。

如今妈妈天天在眼前，像以前一样等我回家，听着声音给孩子们开门，我心里很踏实。

可是妈妈节俭惯了，我们买东西她在一旁暗暗心算，看我们花钱很是心疼："你这里就喝风不要钱。"跟我出去都是自己带着水壶，叫她挑选吃的喝的穿的，她都摇头。

妈妈渐渐连电视也少看了，话也少了，声音也小了，经常盯着窗外，看着外面的天空，我有点儿不安，妈妈在老家不是这样的，她是坐不住的。

（三）

一天，老婆和孩子出去购物了，妈妈对我说："我要回去。"

我很吃惊也很伤心，妈妈劳累了一辈子还没有享过我的福，好不容易下定决心来，这才几天又要回去。我也看得出妈妈在这里不如在家里快活自在。

"是看不惯媳妇不上班吗？"

"说哪里话，她带三个孩子不容易，把家里收拾得干干净净的，做的吃的也很好，妈妈看过放心了。"

"妈,我挣的钱够花,我还准备再买房子呢,你担心什么呢?"

"妈在这里不大习惯,也睡不好,你这里外面车子的声音太大了,日夜没个休的,下雨打雷太响,震着耳朵疼,太阳光也太亮了,晃眼睛。我就喜欢我们家那块地方,跟这里不一样。"

我也知道。我们那里的太阳斜斜地照过来,落在树叶上草上没有那么耀眼。雨也一样,经常像雾一样笼罩着山头,顶多沙沙地来一阵,常年只有风声、雨声、虫叫、鸟鸣声,安静又热闹。

可是我实在不放心,妈妈都一把年纪了,还在地里山上操劳,生病了眼前都没有个人。

"你看,我来这么多天都没有踩几回地,不接地气,我不习惯,待久了要生病的。"

"回头多去公园走路去。"我安慰着妈妈和自己。

"还有,这里的菜怎么炒都没有家里菜园里的东西好吃,还是我自己种的好。"

"我带你出去吃吃玩玩,来一趟不容易,回家的事情回头再说吧!"

妈妈摇摇头,说:"家里地要挖挖,还要种点麦子和油菜,我还想栽点白菜莴笋过冬,回头再腌一点咸菜,没事做难受。"妈妈的左手捏着右手,两只手都是皱纹,骨节粗大有些弯曲。

妻子听说妈妈要回去也很吃惊:"是不是我和孩子惹你生气了?"

"没有没有,我喜欢你们,我也想家。"

孩子们也极力挽留,妈妈的眼泪都出来了,可是去意已决。

我答应了让妈妈回去,订了两个人的机票,然后陪妈妈出去走路。

回家的日子定下来了,妈妈开心多了,让我替老家的几户人家捎带点新鲜东西,她开始盘算着挖地种菜,想着她的那些坛子罐子。

（四）

仅仅三个月，我又带着妈妈回到了我们的老家，妈妈待了一辈子操劳了一辈子的地方。

我们把那只有味道的箱子带了回来，还有那个咸菜坛子和几件有咸菜痕迹的衣服，妈妈说："多洗几次，你回家可以穿。在家不用穿得像上班的样子，像我儿子就行了。"

妈妈隔着山沟跟人家打招呼，声音大，中气十足："我回来了！"别人都笑她："你这个死老太太不会享福！儿子那里不好吗？要回来吃咸菜，我回头把那几个坛子还给你。"

妈妈畅快地笑着喊着："好吃的也吃过了，好玩的也玩过了，我就喜欢那个咸菜，我伢子也喜欢。"

妈妈的精气神也回来了，好像回到了我从前上学时的样子，进进出出忙着洗刷东西搬柴火做饭。

我给妈妈买了空调、热水器，买了智能手机，教会她接我的视频电话。

晚上妈妈炒了腌萝卜、盐豆子，给我倒了点儿小酒看着我喝着吃着。

"你一年回来几次，我就知足了。"

"当然会回来，家在这里呀！"妈妈在哪儿，家就在哪儿，我也觉得鼻子酸酸的。

我走的时候，妈妈正在清理那些东西，她会把那些坛子罐子都洗刷一遍，准备明年重新启用。

她会把那些菜晒蔫了洗净了，连同阳光的味道一起封进坛子里，在日子里慢慢沉淀，等我回来开启。

那是妈妈的时光和味道，属于我们母子俩的味道。

北京行

王瑞丽（笔名：安瑶小园）

2018年12月，云南的天空秋意已经消失殆尽，一股寒流席卷而来，冷气上身，人们已经开始穿上了厚厚的衣服。

这年的冬天特别寒冷，我们选择去北京旅游。一是为了满足父亲对北京的向往，对瞻仰毛主席遗容的渴望；二是为父亲的肺癌种类做一个鉴定，以确定更好的治疗方案。

其实后者的目的和意义大于前者，我们只希望父亲能顺利过了这一关，以后能身体康健，长命百岁。

但这一希望在当时看来，可谓渺小而迷茫。

我内心总有揪心的痛和失落，当我看到他剃光的头，看到他穿着宽大的病服接受医生的引导，默默跟着医生去做各种检查时，我瞬间觉得父亲异常渺小，他的眼神略有空洞，有点儿无助感。但个性或者是人生价值观告诉他，在生命面前必须沉稳平静，以一颗淡然的心看待生命的审判，甚至是死亡的威胁。

所以他的表情经常略带微笑，却笑得无助、僵硬。

那年冬天，在飞机场等待飞机时，父亲的表情是这样的。

他期待这次旅行，似乎有一种对未来不确定的交付，满足自己期待多年的北京之旅。

（一）踏入北京

去的那天，我们穿上了家里最厚的棉袄，但仍然远远不能抵御风寒。

我们一下机场就感觉自己的脸被冻僵了，鼻子略有发红，嘴唇有点儿发紫，而鼻涕也开始流出来了。不得已我们从行李箱里又找出一些衣服和围巾，在棉袄下套了一件毛衣，围上围巾，才有一点儿暖意。但恨不得把脸也包裹起来，只露出一点儿缝隙。

北京给我们的第一印象是：大、平、庄重。

那两边的高楼和建筑物，大多是青灰色，以方形为主，显得中规中矩，马路边的树不多，以高大的杉木为主。加上是冬天，古木萧条，更显得冷清、寂寥。

郁达夫曾经写过《故都的秋》，秋的总体感觉就是清、静、悲凉。北京给我们的第一感觉也是这般。

从机场出来，我们绕了几圈才走到马路上，出租车有序排着队等候客人。那天拉我们的是一个四十多岁的女人，长得很干练，一口白牙，笑容满面，很有亲和力，她的普通话特别标准，听着很舒服。

一路上，我们跟她不停地交流，她告诉我们北京的房价很贵，在二环以外，基本都要五六万一平方米；如果在市中心，很多都是十多万一平米；一般的小房间，租房一个月的租金也要四五千。生活成本特别高，主要体现在住房上。

我想起很多名人的回忆录，记录他们北漂时那段辛酸的日子，都提到过地下室，潮湿而阴暗，而他们就是在那样艰苦的条件下奋斗出一条路来。

下飞机后要寻找住处，咨询司机，她给我们推荐了如家酒店，说如家酒店住宿条件还可以，相比很多酒店，算是很实惠的了。

第一次来北京，我们一脸蒙，于是就接受意见，在如家酒店住下。

北京就是北京，虽然也叫如家酒店，但里面的空间，比之昆明，已经小了很多，设施也小了很多，价格却是昆明的三倍多。

在昆明，200元左右的酒店就算得上令人满意了，而在北京，如家酒店500多的价格，带来的体验感却差多了。

（二）就医感受

本次来北京，去医院做诊断是主要目的，去之前我就了解了北京的很多医院，挂了两家医院的专家号。

专家号跟普通号区别很大，普通号的挂号费就50元左右，而根据专家的学历和水平，专家号的费用从300到1200元不等，根据我们的行程安排和专家坐诊时间，权衡利弊，我挂了500元的专家号。

第二天一早，我们打车出行。北京的出租车比较贵，一般10分钟左右的路程要20多元，但好处就是不太堵车，司机可以随意行走。你以为的交通罚款，在他们那儿很难遇到。

到医院后，果然没有让我们失望，给爸爸坐诊的医生一看就是非常有水平、有经验的。几句交流和看片子，他对父亲的情况就已经有所了解，并纠正了之前的错误判断。为了安全起见，医生又对父亲进行了免疫检查，以证明他的判断，这次检查三天后取结果。

最后，结果果然如他所判断的，于是，我们也吃了定心丸，回来后，我们果断采取了另外的治疗方案，父亲的病情得以控制，并不断朝着好的方向发展。

（三）天安门之行

第三天，我们就去了天安门和故宫。

早上天才刚亮，天安门前已经有很多人在排队了。

仪仗队的军人很讲究纪律，一大早就在排队训练了，男的英勇威武，女的英姿飒爽，让人眼前一亮，这不愧是北京的一道风景线。

排了很长的队，终于可以去瞻仰毛主席的遗容了。我们提前买了菊花，满怀敬畏地进入房间。

去的途中还要经过安检。当时父亲因为化疗，头发掉得厉害，索性剃了光头，他穿一件军绿色大衣，戴着围巾，一米七的个头，加上一脸的官相，看上去有点儿威风凛凛。

我和三哥、妈妈都早早过了安检，在路边等父亲，但父亲迟迟没有来，于是我们回到安检处去看，只见父亲被要求拿掉了帽子，脱掉了大衣和袜子，在那里被仔细搜查。我们一看，相视一笑，知道是父亲的面容引起了他们的警觉，于是对他检查得格外严格。

我们笑父亲，看来父亲的长相和气质还是有几分霸气的，可以做点儿大事情。

父亲出生在新中国成立之时，从小就是毛主席的粉丝，对他格外地佩服和崇拜，自然不会有什么不敬的行为。

瞻仰完毛主席的遗容，我们来到后院，父亲花360元买了毛主席的挂件，至今仍然珍藏着。

下午去了故宫（以前叫紫禁城），因为是淡季，且北京的冬天太冷，游客很少，所以排队等事项节省了不少时间。

从午门进去，故宫的气派就出来了。

游览故宫，从不同的角度观光有四条线可选，但游客大多都走中间线，也就是太和门三大殿（太和殿、中和殿、宝和殿）—乾清门—乾清宫—交泰殿—坤宁宫—御花园—神武门。

进入故宫的第一印象是气派、庄严。

一路的石板延伸向前，错落的建筑高大壮观，墙壁红白相间，琉璃瓦金碧辉煌。路上光秃秃的，前后左右都没有花草树木，生机全在后花园，后花园不算大，古树奇木很多，但如今略有枯败。

行程匆匆，我们走完中线都用了三个多小时，如果要把整个故宫游览完，用一天的时间才可以细细考究文化。

故宫的味道不全在房子上，更多是历史的味道。从明朝的朱棣到清末的溥仪，24个皇帝曾在此入住，带给故宫太多的故事和传奇。如果不了解历史就前去游览，你只会为建筑的美丽和壮观叹为观止，而了解历史后前往，便会夹杂无数的情感在里面，爱恨情仇交织其中，甚至是无数的哀叹和赞扬。

浏览完御花园，基本就走到了尾声，我们从神武门上了护城栏，52米宽的护城河环绕故宫一圈，据说紫禁城的护卫每天都要在护城栏上轮流放哨，有敌人入侵就要随时上报。

他们用一把钢刀守护着皇帝的安危、百姓的安宁，想想可贵的生命要安然地走完这一生，实属不易。

（四）观光颐和园

颐和园离我们的住处较远，我们专门打车前去，遇到的司机叫张抗战，我问他为何起这个名，他告知我们，因为父母生长在新中国时期，特别感恩党，于是为了不忘党恩给他起了此名。

我们去了颐和园，终于知道慈禧老佛爷住在一个什么样的地方了。大，是我对它的初步印象；豪，算不上。大概是岁月的流逝，那些雕龙画凤的地方已经不太明显了，而因为审美的缘故，我们不太喜欢这样的雕花建筑，所以气派在我眼里是不存在的。很多房子跟故宫很像，跟和珅的恭王府也很像，这大概就是那个时代的标志了。

但大是一定的，如果把颐和园全游览完，也需要半天多的工夫，跟和珅的恭王府有得一拼。

回来的路上，我们很想去一趟北大、清华，但因为管控很严，要提前预约，我们又没有时间，所以就只叫司机拉着我们路过，顺便在标志建筑物处留影一张。

北大和清华就在马路的两边，像对门的两兄弟，遥遥相望。

北大和清华也是中国最好的高等教育学府，很多名人都从这里毕业，能在此就读，是对一个人学识的认可，他们的见解和视野，自然也是不一样的。

圆明园在两所学府的不远处，但已经荒芜一片，只有些残存的遗迹，令人不禁感慨。现在的中国，有精力也有能力将其复原，但国家并没有那么做，大概是想让我们铭记历史，不忘国耻。

回程后，我们在中央民族大学旁，吃了一顿正宗的北京烤鸭，那脆脆的皮，油腻中透着的喷香味道，让人眼馋极了。一只烤鸭，加一盘水果沙拉就要五百多元，略有点儿贵，但大快朵颐之后，甚感美味。

（五）琐碎的北京记忆

在等着父亲开药的日子里，我们又参观了胡同文化、老舍茶馆，吃了北京狗不理包子，去了王府井。这些与众不同的地方，都是北京文化的一部分，有着浓浓的北京味道。

王府井晚上参观最美，有古代的厚重感，也有现代的时尚感。

对北京的最初印象是庄重，但去了一些地方，也能发现很多现代的建筑物，甚至有着最前沿的设计，法式的浪漫，美式的大气，混合着不同的异域风情。晚上游览北京，在不同的音乐曲风的映衬下，别有一番风味。

突然觉得北京的包容性很强，毕竟是首都，所以要保留很多历史的遗迹，但对于后来文化的吸收，北京也很有包容性。庄重与现代的结合，使北京有了更多的文化内涵。

北京很冷，但屋里基本都有暖气，一道厚厚的帘子就把寒冷隔开，让温暖涌上来。

跟人聊天时，他们说尽管在北京的名人很多，但平时还是很难遇见名人的。

北京的文化气息浓厚，很有历史底蕴，也影响着普通的民众。不管是路上的过客还是司机，只要跟他们交流，都觉得他们很热情好客，喜欢侃侃而谈，对历史知识很是熟悉。在交流中，你能了解很多文化。

北京的司机每月工资大约一万元，如果是打工者，除去开销，所剩无几。北京卧虎藏龙，优秀的人很多，文化也较为开放，如果足够优秀，并能持之以恒地展示自己，很多人还是能出人头地的。

中关村一带是北京的科技园，与北大、清华构成了高端知识圈，能成为科技创新者、引领者，收入是很高的。

回来的路上，我觉得幸福满满，因为父亲的病情有了专家明确的指引，并且被告知只要用心控制，病情可以很稳定。虽然生在小城市，拿着微薄的薪水，但不需要像在大城市一样奔波劳累，我自是觉得欣慰很多。

包容，体现了一个城市的格局，包容力也体现了一个人的心胸与境界。未来的人生，我也需要多赏赏风景，见见世面，让自己的视野开阔。

出书要趁早

葛小梅（笔名：陌美橙）

我写了一篇文章《出书什么时候都不晚》，这篇文章主要写我的姨夫70多岁的时候，在不会电脑、不会微信、不会打字的情况下，用笔在草稿纸上书写，耗时两年，写了一本12万字的书。

好多人觉得姨夫很励志，在70多岁的时候还能圆自己的梦。姨夫说他出这本书，只是为了自己的梦想。70多岁能圆自己的梦，确实很励志。

这篇文章是我简书里阅读量最高的一篇文章，这也证明，在简书每个人都想成功，每个人都想在这个平台有一番成就，出书是每个写作者的最大梦想吧！

但是我认为张爱玲说的那句话，还是适合我们的，出名要趁早。虽然不见得就能出名，但是只要有自己的梦想，还是要尽早圆梦，不要等到七老八十了，再去圆自己的梦。

姨夫在70多岁出了他人生的第一本书，如果我们从现在就开始给自己打造梦想，每天努力地追着这个梦想跑，从现在起每年就出一本书，等到七八十岁，也许能出几十本书了。

我也有自己的梦想，但是我不想让我的梦在几十年后，才能成真。

如果自己有梦想不去立马执行，只是把梦想放在心里，让自己的行动跟梦想割裂，天长日久，这个梦想就只能若隐若现，或者慢慢地被岁月侵蚀掉，彻底如云烟飘走了。

自从今年加入齐帆齐老师的写作营，以及从容小主的写作群，我发现已经有好多"简友"开始写小说了。我平时只是写千字的散文，小说这个领域从来没有触及过，以前也从来没有想过去写小说。

看到那么多简友纷纷"下海"，在文字的海洋里去触摸小说这条大鱼，我也蠢蠢欲动。

人的一生，总要通过一点点刷新自己的认知去成长，也要在不断拓展自身的边界中去进步。

说干就干，在没有一点儿基础的情况下，在没有学过怎么写小说，甚至连小说的大纲框架都没有的情况下，我就开始下笔写了。我认为就算写不好，也权当练笔，大不了就当是每天的日更文。如果哪天灵感枯竭，这些也是一个不错的日更"交差"文。

我开始摸索着自己写小说，因为是第一次写，有好多地方不懂，可以说我连写小说的门槛都没有跨过，这几年也很少看网文小说，就算以前看过，也从来不会注意这些细节问题。

怎么写出框架，这些我从来都不知道，现在加入了80天写作营，写作营主要就是为我们这些喜欢文字，想出书，想学写作技巧、写小说的方式方法的人准备的。

齐老师针对出书的学员，专门举办了80天的写作课。我想从这期写作课里，学到真正写小说的方式方法。我今年给自己定的目标就是写一本最好能签约的小说，还不知道这个美梦是否能成真。

所以出名要趁早，在简书这个写作大咖林立的平台，想出名简直是难上加难。别说出名了，就是一篇文章上榜都是难上加难。

像从容小主、齐帆齐老师这些名字如雷贯耳的作者，也是靠着她们的努力，一步一步走上了简书的金字塔顶的。出版的一本本书，就是她们的功勋章。

就算出不了名，起码先让自己的喜欢占上风，先要趁早学到写小说的方式方法，尽量让自己的小说梦能圆，尽量把自己写了半截的小说打磨完，只要能写完，能给签约，对我来说就是最大的愿望；就算签约不了，最起码自己能把它写出来，能把它写完。有了梦想就大胆地去追，就算追不上，起码自己努力了，只能说自己的能力有待提高。

在这里还要感谢群里的一位大哥，给了我很多写作上的建议，也给我提了很多宝贵的意见。他在写作上是我的良师益友，何其有幸跟这么多优秀的人在一起，共同学习，共同实现自己的价值。

不是说出书什么时候都不晚，而是想要出书，就要从现在开始努力打造自己的文字和格局。逼自己努力，就是为以后积攒底气。

读书是我们的初心，是上苍分配给每一个个体的本能，是我们能够在恰当的时候参透天机的触角。有的人得到的多，有的人得到的少，有的人参透的范围很广很深，把这些天机的触角用文字写出来，给流逝的岁月、流逝的光影造像。有的参透触角很广很深的人，就把这些造影用文字书写成一本本的书。

让我们永葆初心，在编织文字的路上，描摹出内里极深极深的生命本相，让渴望本身开花结果。

很喜欢村上春树书中的一句话："凭时间赢来的东西，时间会为之做证。"

当你愿意主动提升自己，合理管控自己时，你想要的一切，才会在未来的某天如约而至。

所有的经历，都是上帝赠予的礼物

王莉娟（笔名：茉莉）

下午，我收到一位初中同学发来的私信。

一眨眼这么多年过去了，我们从未有过联系，连微信朋友圈的评论点赞也没有过，今日能产生这样的链接，我竟生出一丝莫名的触动。

她说每天都浏览我的朋友圈，感受到我身上的能量，很是羡慕。

然后，她跟我说到她自己当前的一些现状和经历，其中最大的心理障碍和难题就是她骨子里的自卑感，因为极度自卑，她甚至不敢抬头跟别人说话。

由此，自卑感逐渐影响到她的生活和工作状态，使她无形中错失了很多重要的机会和可能性。久而久之，她也越来越责怪和痛恨自己了，不喜欢之余，竭力想逃脱，但又没有抓手，没有出口，内心充满了无力和失望感，好似连最后一根救命稻草都没得抓。

看完私信后，好生心疼，隔着屏幕，我都能感受到另一颗心的脆弱、热望和呼喊。

其实，没有人生来就是自卑的，因为我们生来都带着本自具足的力量，有一颗纯净至真的赤子心。

我们之所以随着年纪的增长变了很多，就是因为受到外部各种环境、人、信息等因素的影响，比如，原生家庭、学校教育、职业发展、亲密关系等。

这种影响，有的利于身心发展，但也有些阻碍你的身心发展。

我曾在高中时期错选了理科，成绩一落千丈，学习很吃力。越到后面，我与身边朋友的排名差距就拉得越大。

高三时，我患过一阵子焦虑症，当时经常头疼，几乎无法坐进教室参加模拟考试，心慌呕吐现象都有过，甚至连续几周都得靠吃药维持正常的学习状态。

这是我人生中第一次深深感受到竞争和比较之下的自卑是何种苦不堪言的滋味。

步入职场后，我经历了几个发展阶段。其中第二个阶段，虽然经历的时间短，但刻骨铭心，又以重蹈覆辙的方式袭击了我内心的自卑。

而这一次，心理障碍和消极情感更强了，我根本无法掌控，全然迷失了自我，内心受到巨大的冲击和禁锢。像浮萍一样，四处飘荡，看不到希望，也充满了绝望，我活成了自己最讨厌和不敢想象的人。

从多年前高中时的焦虑症，到经过大学四年的努力，找回闪光热爱的自己，没想到在后来的职场中，我又出现了一种"心病"的症状，患上了抑郁症。

但经过复盘和回顾，我人生重要的转折点、契机，也刚好出现在这两个低谷时期。上帝给我关上了一扇门，却又打开了另一扇窗，让我越来越向内生长出力量，继续踏上新的征程去追梦，也在这个过程中，我慢慢遇见比昨天更好的自己。

走过的这几年，每一年，我都会跟不一样的自己相遇，而且我越来越喜欢新一年的自己、现在的自己。

当我摒弃了外界所有的评价体系和嘈杂的声音时，我感觉自己日渐做到了与自己和解，与他人和解，与这个世界和解，完全接纳、允许、尊重和臣服。

所幸，我也在当下，慢慢进入了一个自己创造的新世界里。

从此，我再也不会迷失自己了，再也回不到原来那个极度自卑的低能量的状态，这种重生和内生力不可逆。

即便让我再回到那个曾压迫和束缚我的体系里，我也不会再有像之前一样充满恐惧的心境和状态了。环境体系没有变，但是我变了，所以，我置身的整个内在外在世界也都变了。

后来的日子里，当我又找到内在的笃定和热爱，链接了源头的力量时，我便合一了——把我所有的经历、能力、意识和能量等都凝聚在一起，来击穿我当下要做的这件事，并为这件事带着使命而来。

这时候，我好像离自卑更加遥远了，甚至自卑早已离开了我的人生字典，因为我不再跟外部的评价系统去做无意义的比较了，而是做回真实的自己，把所有的时间和精力都倾注在美好的事物上、内心真正想实现的事情上，并为此不断发奋和努力。

所以我每天都会精进，比昨天的自己更好一点，这是连我自己都能感知的进步状态，这是身体证明的体感。

与此同时，我也更喜欢自己了，越来越成为自己想要成为的样子了。

如有神助，神奇之旅。

殊不知，每个人都可以回归自己当下能量的流动中，接收神性赋予的智慧和灵感。而我的故事和路程，也都才刚刚开始。

觉察到自己的一路成长经历和能量变化，我发现活出自己最真实的心法是：放下外界的声音，开始向内探索，臣服生命之流。

走到这一步，或者说未来走到更远处，真的很难，因为很多人的觉醒、觉悟，都不是因为他很顺遂，有退路。而是因为他真的无路可走，唯有改变当下的自己，唯有向内修行和探索，才能帮自己渡过这一难关。

我们每个人都有要入的道，也有要修的场。

如果你已经找到修炼自己的那个道场，就不要再羡慕其他的道场了。

如果你还没有找到自己的道场，也不用着急，这意味着你生命的节奏就是当下这样，你只需要接纳和臣服于它，活在当下，专注地把手头的这件事做好就可以了，哪怕只是一些琐事。其他的，时间会给你回应。

无论如何，不管你是以哪种方式去进入修炼你的那个道场，都要诚心诚意，发自内心去做这件事，去心怀感恩。

再回到我这位初中同学的经历上。

她说自己病了，需要有人来救助。

可她也不知道该找谁，冥冥之中被我的朋友圈的能量状态所感染了，于是就跑来找我。对此，我甚感欣慰和感恩。

原来，无意间的写作分享，还能够影响绝望边缘的人。

我想，彼时我再去跟她讲那些正面的词给予抚慰不一定奏效，譬如：你要真实地面对自己，直面内心的恐惧，放下外界所有的声音，接纳和臣服所有，去和解、原谅、允许，去相信自己的力量……

尽管以上这些词对我而言不只是词，更是一种能量的流动，背后潜藏着强大的力量，但此时此刻，这些词对她而言，却显得苍白无力，可能也只是词而已。因为这时的她，已经有些失去了自己，很难听进去外界的声音，但又易被外界所影响，也没有更多的心力去链接那股精神能量了。

但我还是会带着同理心去传递这种正面的力量，好像唯一能做的也是如此：

没事的，你一定会好起来的，一定要相信自己。

勇敢直面它，就跟你此刻的自卑和恐惧在一起，把它当成你的朋友。

试着去回忆和记录生命中让你感恩的事情，包括在你看来当下自己遭遇的不好的事情或感受不好的情绪，也要发自肺腑感恩。这都是上帝赠予的礼物。

可以尝试做些你以前包括现在特别感兴趣、喜欢和想做的事，先找到一个滋养来源，再慢慢带动更多滋养通道回流。

去接触一些高能量的人、事、物，比如看一些与身体和心灵相关的书籍或电影，完全跟随心的直觉和感受沉浸进去。不管是阅读观影，还是跟人接触交流，都是一面镜子照见自己。

如果以上种种方法还是无法让你的心安静下来，你还是特别痛苦、焦虑和恐惧，那就默念《零极限》里的两句话："对不起，请原谅；谢谢你，我爱你。"

这也是参加使命营的朱丹老师提到的，除了念这个，有时我还会默念"爱的魔力"。

转念很难，一旦过去，就是天堂和地狱。

记得一位著名作家曾说："这世上只有一种成功，就是以自己喜欢的方式过一生。"这句话，蕴含了深刻的人生哲理。

我现在愈加喜欢活出这样的生命状态和人生方式了。

不禁拷问自己：你最理想的人生状态是什么？

我想莫过于此：活在自己设计的梦想人生里；活在自己创造的生命状态里。我心即归处，我心即宇宙。这就是我理想的人生状态。

不念过去，不惧未来，守住当下的这一刻，我已然拥有了心中所描摹的那个美好如初的新世界。

山花烂漫，泥土芬芳
——从乡村教师到乡村名师的华丽蜕变

韦成继（笔名：韦成继）

我是一名农村教师，1999年中师毕业回到家乡小镇教书至今。

回想当初选读师范纯粹是为了早日回到家乡教书，因为那个年代我们是包分配的，毕业就可以教书领取工资，本来当年中考我考取了市里的重点高中兴义一中，但因我在家中排行老大，父母务农，没有其他经济来源，下面还有弟妹在读书，所以我放弃了重点高中。

当我同时收到安龙师范和兴义一中的录取通知书时，父母为我是村里唯一考取重点高中的学生而感到高兴，但接下来为了凑钱送我去读书，他们发愁了，当时我家的亲戚们的经济状况也不是很好，低声下气地四处求亲告友也没有借到钱。

后来关心我的几位老师到家里劝我选择读师范，他们说师范毕业后就可以领取工资供我的弟妹读书，就这样，我成为镇里的一名教师。

从此，我开始了教书生涯。

（一）狠下心来教书

毕业时，县里统一组织考试，再根据分数分配工作，本来我考取的分数可以选择条件好点儿的学校，但是我想回到家乡镇上的学校教书，当我拿着成绩找到相关领导时，他只问了一句"你家有靠山吗？"我一赌气回敬道"我的靠山就是我自己"，从此我暗下决心，"我一定用10年时间来超越你"。

第二天，父亲背着30斤的大米，我背着衣服、棉袄、锅碗瓢盆等生活用品，走了6个小时的山路到另一个乡镇的平安小学报到，学校就在村里面，只有老校长一个是村里的公办教师，其余还有几个代课老师，我被老校长安排住到另一个代课老师家里。

后来我成了学校的全科教师，什么学科都能教，从小学三年级到六年级的晚自习，只有我一个人守着学校辅导学生，因为其他老师都回家忙农活去了。

我在教书之余发奋读书，自学了英语，平时还喜欢写写日记，写生，练习书法，周末与学生一起上山砍柴，下河挑水，烧火煮饭，我教的六年级期末考试成绩上升较快。第二学期，镇教辅站站长和中心校校长找到我，说镇中心学校缺英语老师，听说我自学了英语，就调我到镇中心学校上英语课，并任命我为教导主任。

当时，我就对自己狠下决心，好好教书，帮助农村学生走出大山。

第一届初三毕业，我所教的班级中考时，竟然有21个学生考取了中专，突破了往届的纪录，学校制定的教学质量奖被我们打破了，本来说考上一个学生奖励每个科任老师500元，我们有6个老师，原计划拿出1万元做总奖金，现在一下子要发63000元，最后学校没钱给我们任课老师发奖金。

当时考上中专的学生，现在也都找到了自己满意的工作了。

学生们有的在自己的工作岗位上干得还不错，有当律师的，有在政府当领导的，有在法院当法官的，当然也有和我一样当老师的……

虽然成名的不多，但能从农村走出来，找到一份工作也算是改变了一个家庭的命运了。

（二）静下心来读书

教了两届的初中英语，因为知识基础的欠缺，我只能靠多读书来弥补自己的不足，因为越来越感到吃力，后来学校来了新的英语教师，我改教初中地理和信息技术，包下全校这两门课程，这为我后来走上专业化的成长道路打下了基础。

刚开始没人愿意教信息技术，而我最感兴趣的就是信息技术；没人上地理课，作为教导主任，排课时只能安排自己上，缺什么学科就上什么学科，虽然教得很吃力，也很难教出成绩。在农村，根本没人重视信息技术和地理学科，这些学科中考也不考，可以说是边缘学科。

这时候我可以静下心来研读自己喜欢的书籍，比如信息技术和地理专业方面的书籍。

正因为是冷门学科，所以我可以随心所欲，大胆尝试和改革，想怎么上就怎么上，在这个过程中，我不断研究信息技术，成为小圈子里很多人认为的"电脑高手"，其实我自己最清楚，我只不过是一个电脑爱好者而已。

当别人还没有意识到信息技术的重要性时，我便显露出自己在信息技术方面的特长。

（三）潜下心来成长

在 2016 年之前，我独立前行，成长非常缓慢，在农村教书，是没有名师或骨干引领的，仅靠自己去努力，所以很多老师都宁愿安于现状，可我不一样。

自从加入杨凌霄老师的省级名师工作室以后，我才意识到必须向前迈进，不断努力，我找到了前进的方向。

2016 年 3 月，我随着杨凌霄老师的名师工作室到北京参加第三届全国名师工作室发展过程瓶颈与高原期突破及科研创新专题培训，我深深感受到自己与名师的差距，当我跟杨老师说出我的成长困惑时，她鼓励我，要先默默无闻地潜下去，才能潇潇洒洒地浮上来。

接下来的日子里，我默默地努力着，潜下心来研究个人专业成长的方法和途径。

2017 年 8 月，在杨凌霄老师的引领和指导下，我鼓起勇气参加省级乡村名师评选，意想不到的是，自己居然被贵州省教育厅评选为第二批省级乡村名师，并授牌为乡村名师工作室主持人。

从乡村教师到乡村名师的华丽蜕变，除了我自身的努力，必须要有名师的引领，还需要自信，敢于展现自己的才能。

（四）沉下心来写书

德国哲学家雅斯贝尔斯说过一段广为流传的话："教育的本质意味着：一棵树摇动另一棵树，一朵云推动另一朵云，一个灵魂唤醒另一个灵魂。"非常优美，非常诗意。

他告诉我们的是一个重要的概念：教育真正的价值是一种启蒙，一种唤醒，一种打开，一种点燃，一种开悟，一种得道……所谓启蒙，就是把一个人从蒙昧的状态带入一个理智的状态，使他成为一个社会人，培育他丰富的内心世界，提高他的精神高度；而不是通过许多无用的知识灌输使人变得麻木，变得冷漠，变得消沉，变得缺乏人性。

其实，教书要教出好成绩，在农村难度非常大，很多学生知识基础太薄弱，学生厌学现象非常普遍，家庭教育也跟不上，只有从关爱他们的生存环境出发，慢慢启蒙、唤醒孩子内心的梦想，再点燃、开悟，农村孩子在学习上的成长，比城里孩子要慢得多，你急他不急，就像烧水，得慢慢集中火力才能烧开一壶水。

教了20年书，我也是刚刚才开悟，因此，接下来的日子里，我将边教书，边观察和思考，将我的所思所想、所见所悟写下来，记录孩子的成长、教师的成长，输出自己的思考和感悟。

我正在写连载：《名师写作成长故事选篇》《教师写作成长7天7课——如何成为一名教育写作高手》《教育写作100问》《365教育写作精进成长手账》等电子书。

我因为写作而改变，就用写作来改变世界。为了在写作中学会成长，我同时向齐帆齐老师、弘丹老师和覃杰老师等写作大咖拜师学艺，余生立志推动教师全民写作，通过教育写作来影响和帮助更多教师获得成长和改变。也许这就是"立德明师"的道理吧！做一个明德之师、明白之师、明日之师才是我教育生涯的终极目标。

异石传说

杨立英（笔名：含微）

"各位大官人，行行好，赏口饭吃吧！"一个衣衫褴褛的老人，左手端一个瓷碗，那碗开了个鸡蛋大的口子，右手抓一根长棍，在沿路乞讨。看样子他已好些天没有吃饭了，浑身哆哆嗦嗦。

这时跑跳着过来一个人，身短粗壮，豪服加身，看样子是富家子弟，只是一脸坏笑痞相，"就他了，这些人真是碍眼，处理一个是一个！"

随后跟过来十几个喽啰，将老乞丐团团围住，他们大笑着像捕获了猎物一般。

"哈哈！少爷，今儿就他是吧？"

"对，大伙上！不过可别马上让人断了气，悠着点儿！"

老乞丐还没弄明白是怎么回事，忽然被人一脚踢飞，又像球似的滚落在地上，他感觉全身的骨头已散架，毫无招架之力。还没等叫疼，又一脚踢过来。

"住手！"说时迟那时快，天空飞来一身绯红，将正要踢老乞丐的喽啰提领起来，扔出人群外。

身着绯衣者，乃是一名女子，看样貌二八年龄，容貌清丽，却又透出一股忧郁之色。只见她三拳两脚，便将众喽啰打得遍地找牙。她正待扶老人起身，忽觉身后有异动，扭头一看，一年轻侠客，二指间夹一匕首，站在其身后。年轻侠客旋即又将匕首飞射向偷袭绯衣女子的喽啰，其大腿顿时血流如注，痛得嗷嗷叫。

那"少爷"和众喽啰一见，都吓得落荒而逃。

"多谢！"绯衣女子向年轻侠客投以抱拳礼，只见这侠客身着青衫束裤，身形甚是利落。

"姑娘好身手，锄强扶弱，在下佩服！"侠客回礼。

"不敢不敢，我还有要事在身，就此别过，有缘再见！"绯衣女子微笑起身离开。

所谓天涯陌客，萍水相逢，仅此而已。

传说，在奇云镇不远山上，得天地灵气，生出一枚异石，此异石遇石生金，又可为用者赋予无穷之力，有无数好勇拔险之人前去求取异石，但都无功而返。据说异石要遇有缘之人才可触碰，非有缘，不可近。如欲强夺之，则会化为不远山上的一片云，所以不远山上云层绵绵，煞是好看。

逍来与绯衣女子别过之后，继续朝他的目的地进发——不远山异石。他笑想，万一自己是异石的有缘人呢！

异石，在不远山上一处不起眼的洞窟内。因不时有胆大者来拜访此地，洞窟外面到处是被踩踏过的痕迹。洞内幽暗深邃，地上怪石嶙峋，逍来艰难地向里寻去。

他总觉得身后有异动，回头又看不到什么，管他什么，先找到异石再说，逍来想。

又走了差不多半个时辰，忽见前面有幽光闪现，逍来料到应是异石。转过一个墙面，只见异石落在一处土堆之上，发出幽微之光。听到有人来，它竟动了动。

这异石如鹅蛋大小，表面坑洼，未经雕琢，现出自然模样。逍来正要伸手去拿，忽听背后一声："别动！它是我的！"说着一只手伸过来，想要抢那异石，逍来则更眼疾手快，先那手一步，将异石揣入怀中！

逍来这才转头看来者何人。

"啊，是你！"逍来惊讶不已，那人也惊呼一声，此人正是不久前才分别的绯衣女子呀！

"你也想要这异石？"等等，逍来忽然想起什么。

据说，非有缘之人触碰异石，别说挨近，一米之距离，也会产生强大的排斥力，让人寸步不可近。如此说来，他二人都是异石的有缘人？可异石不能二主……

绯衣女子似也想到这些，她看着尚在思忖的逍来说道："恩人，且将异石给我吧！我真的有急用！"

逍来也道："在下也需异石一用……"逍来不想与这女子争夺。今日见她仗义救老者，便知她本性非恶，但却不知她要异石何用。

逍来拱手一礼道："在下逍来，不知姑娘芳名，可否告知？"

绯衣女子思忖半会儿，回礼道："我叫心遥，居住在云未山庄。"

云未山庄？外传云未山庄，家族甚壮，富甲一方。需这异石就说不过去了。

逍来正色道："心遥姑娘，此异石遇石生金，我想用它来救助那些穷苦百姓，就像今日您救下的那位老人，让他有衣穿有饭吃，有避寒暑房屋一所，心遥姑娘，你说可否？"

心遥有些动容，儿时，她亲眼看着母亲饿死，眼泪已流干的她茫然地守在母亲身边，准备听天由命。然后有个人走过来拉起她的手，她就这样成了云未山庄的奴仆。

"心遥姑娘？"逍来见她游神，便拿手在她眼前一晃，心遥的思绪被拉了回来，声音沉着答道："好，逍大哥，异石，我不与你抢了，你且拿去吧！不过，只怕日后再无相见的机会了，珍重！"说着，心遥转身便欲离开。

"等等！"逍来听出不对劲儿，"什么叫再无相见的机会了？心遥姑娘，发生什么事了？对了，我还未问你，你需这异石何用？"

"说了也无用，逍大哥，这是我的命！"说着，心遥眼中有光，面容更加生冷。看来她真的是有什么难言之隐。

"心遥姑娘，你若信我，与我说便是。"逍来已铁了心要帮这姑娘了。

"好吧。"心遥缓缓说道，清丽的脸上显出憔悴，"那时我虽小，便也知再过几日，我就能离开这人间去找母亲了。谁知有人将我带走，他将我带到一个我从未见过的地方，无数间高房，雕梁画栋，山亭流水，百树丰茂。"

"云未山庄？"逍来问道。

"对，就是云未山庄。那人让我吃下一粒药，然后说，吃下这药，就是云未山庄的人了。"像是谈到了痛处，心遥紧皱起眉头，"这药会让你在每年这一天尝受五脏俱焚之痛，让你时刻记住，你要对云未山庄忠诚，不可有二心。"逍来听得不禁握紧了拳头。

"他还告诉我，五年之后，如果还未吃下解药，就会五脏俱裂而死，如今我的期限快到了。"

"那如何得到解药？"逍来赶紧问道。

心遥看向逍来："就是交上异石，这是他们要挟我的唯一筹码。"

看来这云未山庄不是什么善类，竟用如此恶毒之法，逼人为它做事。

"这五年，你都为云未山庄做了些什么？"

"这……"心遥一时语塞。

"……非善事。我只能说这些了，逍大哥，不必再言了，我就一死为我以前做过的这些事赎罪吧！"说着，心遥一个急转身，快步向洞外走去。

瞬时，她的右手被人在后面拉住，她回头望向逍来，只见逍来从怀里慢慢掏出异石，那异石之光，闪烁不定，映照着二人的脸。

"异石，你拿去吧！"逍来微笑地注视着心遥，"我救助人，可以有很多办法。而你的命，只有一条。"

"逍大哥，我……"

"我心已定，你不要再推辞！"说着他将异石放入心遥掌心。

"谢谢你，逍大哥，等我得自由之身，定当为你做牛做马！"二人同出山洞，洞外别过。

逍来看着她的背影，自言自语道："心瑶，你会彻底自由的。"

"哎哎，听说了吗？云未山庄里的人，一夜之间都死了！"悠然茶馆内，店小二悄悄对熟客说道。

"啊，竟有这事！都说云未山庄，富可敌国，但财产来路不明，看来天理不容啊！"有人附和道。

"我听说山庄里的人是被什么妖物吸走了魂魄，所有人好好的就都倒地而死了，个个睁着眼，好恐怖！"另一茶客略带惊恐的神色补充道。

坐在角落里的逍来，嘴角微挑，大声喊道："小二，结账！"

"来了！"

云未山庄大门外，逍来早已等候多时。

大门缓缓打开，心遥从里面缓缓走出。她一眼便看见等着他的逍大哥，便快步上前去。

"逍大哥，你早已知道？"心遥问。

逍来轻轻点头。

异石只甘愿被心善之人使用，如若是邪恶之人，则在其吸取异石之力时，便被摄出魂魄，直接入地狱。

"是异石在我怀中时悄悄告诉我的。"逍来笑道。

"可异石哪里去了？"

"它啊，继续寻找有缘之人了吧……"

"哦。"心遥一把拽住逍来的胳膊，"那，我以后就跟着你了，你去哪里，我就去哪里！"

"呃……"逍来挠挠头，"好吧！"

匿名告状信

邵奎（笔名：丁与卯）

匿名？是不是诬告？

除夕前夕，一封越级告状信，摆在县纪委领导的案头。

（一）

"我代表组织找你谈话，希望你如实回答！"

除夕前夜，受县纪委指派，一个调查组进驻刘家湾村，马不停蹄地展开了工作。

至此，村民们才知道，村党支部石书记和村会计雷震被人告到县里了。

具体原因不清楚，只言片语传出来，据说这次越级被告，是因为"搞小圈子""贪占扶贫款"……

"如果查实了，咱们刚报上去的'生态文明特色乡村'奖项，估计就该黄了……"节骨眼儿上闹这么一出，村委会主任刘洪心里先"咯噔"了一下。

"不会吧,怎么可能?有没有搞错?!"村民"点子张"率先提出疑问。"依我看,告状的人是别有用心吧!"

"没有石书记,哪有咱们现在的好日子。"刚脱贫的老朱也不服气,一口气骂了三句,"良心都让狗吃了,纯属扯淡,吃饱了撑的!"

"会不会是殷老三搞的鬼?就他事儿多,上次争扶贫款没评上,发泄怨气呢?"脑瓜子转得快的"刘诸葛"快人快语。

"没有根据的猜测,可不敢胡说,还是等等看,由调查组下结论了再说吧!"懂点"常识"的村委会主任刘洪善意地提醒……

村民们面对调查组的询问,纷纷讲明各自的观点,可谓五花八门。

随着调查的深入,无论是集体问卷,还是个别谈话,都没有发现进一步的问题线索,原有的调查方向缺乏明显的证据支撑。

"支部开展工作,程序上没啥问题,标准条件也没啥太大的瑕疵,难道是调查方向错了?"调查组成员也感到很困惑。

随即,调查组调整了策略:"重点关注村会计雷震,看看群众有啥反应。因为,这次告状的矛盾点,也集中在他身上!"

"雷会计去外地考察去了,他为人办事比较刚直,难免会得罪人!"石书记一席话,引起了调查组的注意。

"会不会是诬告?"调查组逐一排查,与雷会计有些"矛盾"的殷老三被重视起来。

"其实,也不完全是私人恩怨,殷老三早就脱贫了,还惦记着扶贫款,雷会计坚持原则没给发。"雷会计的隔壁老王知道一些内情,"上个月,老三还找到雷会计家里来了,骂得实在是很难听……"

"上次丈量土地,殷老三也跟雷会计吵了一回。大家都知道那块田是一亩,老三非得把田埂子都挖开了,要算一亩一,就为了多要点补贴……"村民"刘老实"也忍不住为雷会计打抱不平。

"可不嘛,殷老三每年总要整点新名堂,就是想多从公家那里掏点

067

钱。村支部总是按标准条件卡住了他，估计他早就不满意了……"村民的反馈逐渐趋于一致。

调查组例行公事，最后也找到殷老三。

"我发誓，不是我！要不然，我全家死绝！"谈话刚开始，殷老三迫不及待地把自己"择"出来，发起了毒誓。

无奈的是，调查组只认证据事实，根本不承认毒誓。

"我也知道大家都怨我，我跟雷会计是有过一点儿摩擦，谁不想多沾点儿政策的光，可我也不至于干这事儿！"殷老三言之凿凿，唾沫横飞。

大过年到村里调查，搞得鸡飞狗跳、人仰马翻，如果搞不清楚啥情况，调查组可没法交差了！

调查陷入了僵局，到底是谁告的状呢？

（二）

"查无实据！调查还在继续……"

大年初二，调查组上报了调查的初步结论。

全村人为石书记和雷会计长舒了一口气，脸上这才挂上了新年该有的喜庆劲儿。

石书记很委屈，自己内心坦荡，虽然无惧风霜，但"好事不出门，坏事传千里"的道理没变过，总归是对村里的声誉不好。

调查组也知道，告状虽然给出了初步结论，但谁告的状不查清，也确实交代不过去……

"指向性很明确，就是冲着雷会计来的！"村委会刘洪主任分析道，"谁是利益攸关方，谁的可能性最大！"

刘主任的一席话，获得了不少村民的附和，纷纷表示，那就非殷老三莫属了，要继续拿殷老三问话。

被村民视为"老滑头""不良人"的殷老三，心里也是后悔不已，不该当初便宜占尽，如今落得这么个口碑。

借着大年初二媳妇儿回娘家拜年的机会，殷老三带着满身"唾沫星子"和嫌弃，躲到了隔壁村里的老丈人家，说啥也不愿回刘家湾村了。

表面的矛盾就此缓和了，但是事态并未就此平息，无论是村支部班子成员还是村民，大家心里都憋得慌……

面对调查组的再次询问，村支部石书记坦率地说："其实，工作上与雷会计有过矛盾的人也不少，我和刘主任也被他怼过，但是乱告状这种事应该不会发生在村支部内部。"

"工作上有冲突在所难免，谁也不会对雷会计秉公办事有意见！"村委会刘主任佐证了石书记的观点。

"我们内部还是比较团结的，虽然有工作分歧，也只是在支部内部斗争，没有扩大化……"其他的村支部委员意见也都相对统一。

就在调查工作再度陷入僵局的当口，县纪委副书记严素打来电话。

"不要陷进去出不来，有没有人故意设计，把你们往雷会计和殷老三的矛盾上引？"

还是这个老纪检见多识广，提供了另一种思路："有没有人对这两个人都有意见？"

拨云见日，豁然开朗。

调查组遇到工作瓶颈，走到了岔路口的时候，接到了严副书记的指示，仿佛一下子见到了指路明灯。

"如果石书记和刘会计搞倒了，是不是还有其他受益人？"严副书记又深入一层，一针见血。

按照严副书记的指引，调查组再次调整了调查方向，很快就有了新的进展……

谁会同时对雷会计和殷老三有意见？谁能在石书记和雷会计"翻船"

以后获利最多？

调查组初步研判以后，心里也是一阵波澜：莫非是村委会刘洪主任？可是，大家都认为刘主任是个可靠的人啊！

但是，从调查情况来看，刘主任确实与雷会计有过很大的分歧，甚至在支委会上摔过杯子，指着鼻子对骂过。

而且，从村民反映的情况来看，殷老三也曾经因为扶贫款没批的事儿，挖过所有支部委员家的田埂。别人都没吭声，唯独刘主任的儿子刘芒找上了门，与殷老三打了一架，还因此挂彩住了院。

如果真的与刘洪主任有关，那又该如何打开突破口？

怎么做，才能既不冤枉好人、伤了人心，又不能放过坏人、寒了民心？

调查组成员再度陷入沉思，一筹莫展。

然而，谁也没有料到，这个突破口轰然洞开，甚至比想象中来得更迅速更容易。

（三）

"你个糊涂蛋！你个败家玩意儿！"

就在调查组犯愁该如何打开突破口的时候，临时住处的大门外，响起了吵扰声和敲门声。

开门去看，原来是村委会的刘洪主任，拧着他醉醺醺的儿子刘芒的耳朵，气冲冲地找上了门儿。

"咋回事儿，这是？"门外头，还聚集了不少围观群众。

调查组看到这一幕，心中如释重负，瞬间明白了大概，随即劝散了群众，把刘主任父子迎了进来。

"我给组织添麻烦了！要不是犬子喝醉酒，说漏了嘴，我还不知道他干了一件龌龊事！"

刘主任一边恨铁不成钢，一边愧疚地说："都是我教子无方，带过来一起向组织认个错，接受处理！"

经过这么一折腾，醉酒的刘芒也清醒了不少，才意识到自己闯了天大的祸，这才一五一十地把事情始末说了出来。

"殷老三挖我家田埂，还把我打伤了，我气不过。雷会计不近人情，总是一副高高在上的样子，好像就他清正廉洁，得罪人的锅都扣别人头上，我就瞧着他不顺眼。"刘芒一边气愤，一边懊悔地说。

"开个会，居然还指着鼻子骂起了我老子，他雷震就一个破会计，还真把自己当根葱了。"刘芒一口气都说了出来。

"浑小子，别绕圈子，你挑重点说！"刘主任打断了儿子的话。

"哦！"刘芒答应一句，接着说，"前几天看了电视剧，有这么个一石二鸟的桥段，正好能把他们两个人绑一块儿。于是，我耍起了小聪明，学着电视里的套路，给县纪委送去一封举报信……"

刘芒说完，赶紧恳求道："是我一时糊涂，你们不要抓我老爹！跟他没啥关系……"

至此，调查组初步搞清楚了原委。但是，仍然有一个疑点没有消除——为什么同时还要针对石书记？

刘芒原计划"一石二鸟"，怎么突然变成了"一箭三雕"？调查组没有轻易下结论。

"刘芒并非有意针对石书记，这事儿还得怪我！"猜到了调查组的疑虑，刘主任坦率地承认了错误。

"如今，国家提倡村支书兼任村委会主任，我在家吃饭的时候，跟刘芒唠叨了这个新动向。我说，石书记群众威望高，如果实现了一肩挑，就没我什么事了……"

刘主任面有愧色，接着说："没想到刘芒这小子，反而借着酒劲兴奋起来了。浑小子还给我灌迷魂汤：老爹你好赖也是村委会主任了，也可以一肩挑当村支部书记啊！那时候咱们家就风光无限了！"

刘主任语气中充满了无奈："原本无心的一句家常，居然被刘芒想到了歪路子上去了，不仅策划着报复雷会计和殷老三，没想到还顺道把石书记也牵扯进去了……"

刘主任气歪了嘴，"造孽啊！这不走正道的兔崽子，都怪我！"

事到如此，真相终于大白于天下了。刘芒确实没想到，费了老大劲儿摆起来的石头，居然最后砸了自己老爹的脚。同时，也让石书记这个扎根新农村建设的典型浮出了水面……

调查结束后，上级组织很快下达了后续一系列处置意见：

刘芒作为群众，移交了公安系统接受行政处罚。

村委会刘洪主任由于对子女失管失教，但主动承认并改正错误，受到了相应的纪律处分。

村会计雷震恢复了名誉，由组织出面公开澄清了事实。

"生态文明特色乡村"称号，也如期获得了上级批复。

村党支部石书记，被确立为新时代美丽乡村建设的先进典型……

（特别声明：此文纯属虚构，请勿对号入座）

唯有爱和美食不可辜负

唐海莲（笔名：三米无忧）

这世间，唯有爱和美食不可辜负。我们这一生，爱辜负的已经太多了，辜负家人，辜负自己，美食就不要再辜负了。

食不厌精，脍不厌细。我喜欢做饭，看着家人对我做的饭菜赞不绝口的样子，我总是心满意足。厨房的烟火气，最能抚慰人心。开心的时候，做上一顿可口的饭菜，就会变得更开心；不开心的时候，做上一桌子饭菜，就会忘记所有不愉快。一道道美食，就如同一个个坠入凡间的仙女在翩翩起舞，仿佛在告诉我们：生活再累，也别委屈了自己的胃。

每每独自在外，无论生活过得多么狼狈，我都尽可能地不去委屈自己的肚子。一地鸡毛已经让人够委屈的了，就不要再委屈自己的胃了吧！

爱自己，是一生浪漫的开始，也是我们一生要做的事情。

年少时，我最喜欢吃的，还是妈妈做的饭菜。这种味道萦绕在心底，并不会随着年龄的增长而流逝。

小时候，总是喜欢到厨房去，看着妈妈一心一意调配美食的样子，一边和她说说当天发生的有趣的事情。

豆腐酿是家乡的特色美食，妈妈总会在重要的日子做这道菜，虽不是什么山珍海味，也不是饕餮大餐，但是那种专属于家的味道却让人一辈子难以忘记。

妈妈比任何人都了解我，只要听到我说饿了，不一会儿，厨房就会飘出我最爱的饭菜香味儿，一切都恰到好处。

人总是身在福中不知福，比如我。小的时候，不懂父母的辛劳，也不懂妈妈做饭的辛苦，总是嫌这嫌那，不是嫌这个菜咸了，就是嫌那个汤太淡。妈妈也不生气，只是淡定地说一句："要不下次你来做呗！"也就是这一句，让我不敢再嫌弃。因为我知道，我的手艺和妈妈的比起来，简直就是上不了台面。

妈妈不仅对菜肴十分用心，对大米更是执着。

虽然我们家在农村，但是我们并没有田地，每年的稻米都要从别人家买过来或者是去集市上面买。

10岁那年，我们家实在是没有米了。邻居家知道了之后，就跟我妈妈说，他们可以把米卖给我们。而且那个时候的价格也很公道，我妈妈就愉快地答应了。

本来是件两全其美的好事，可是直到有一天早上，妈妈把我从睡梦中叫醒，原来是到了吃早餐的时候了。那时候我们吃了早餐还要去上学。我尝了一口妈妈煮的粥，觉得太难吃了，便没有再吃，饿着肚子就去了学校。

第二天，妈妈就去邻居家讨公道。说家里的孩子不愿意吃他家的米做的粥，后来才知道这些米是已经隔了好几年的馊米。妈妈就挑着那些买回来的米到邻居家去，想让他们退回我们的钱。但是他们并没有退，而且坚持说这是最近这一年的米。其他人知道了，也来尝一下这个米的味道，大家都说是这个米馊了。原来他拿他们家孩子也不吃的米卖给了我们。

最后的结局是，我妈妈哭着让他给一些新的米，但是他们家还是没有给米也没有退钱。妈妈只好勒紧裤腰带从别人家里买了一些新米。

我很后悔，我后悔那天早上为什么不能喝一点粥再去学校，为什么要让妈妈遭受这些委屈。我哭着跟妈妈道歉："妈妈，对不起，我以后再也不挑食了，您做什么我都吃。"妈妈摸着我的头："傻孩子，馊米就是不能吃的，吃了身体会得病。过几天我去你姥姥家拿点儿米回来给你做好吃的。"

看似平凡琐碎的一日三餐，却成了让我最心安、最踏实的存在；即使是很平常的家常菜，都在无形中告诉我们吃好每一顿饭，过好每一天。

离开家乡后，我时常怀念妈妈做的饭菜，一有机会，就会一溜烟儿地跑回家。妈妈也会在那个时候准备好可口的饭菜等着我。

家里总有一盏灯为你而留，这是多么幸福的一件事儿。

有时候想想，其实家里的饭菜并不局限于好不好吃，而是那个熟悉的味道，让人沉醉其中。因为，那是家的味道，是儿时的回忆，是妈妈的爱。

如今的我身在异乡，吃不上妈妈做的饭菜，但是我的耳边常常回响起妈妈说过的话："要好好吃饭，不要委屈自己。"于是，我从一点一滴学着做饭，虽然味道不如妈妈做的，但是每次拍照发给妈妈，她都会夸奖我的厨艺渐长。

人间烟火，一日三餐，和家人在一起的时光，即使不说话，也能感受到那份独特的在意和爱。

岁月缓缓，爱和美食皆不可辜负。

心底深处的那片净土：故乡的"橙海"

潘洋萍（笔名：杨柳青青）

在城市待久了，就自然渴望乡村宁静而平和的气息。

每当累了一天夜深人静之时，就不免想起家乡长江边上的那一片"橙海"。

那儿有美丽的沙滩，细细的沙子亮得晃眼，脚底下的沙子细腻松软，没事赤脚踩在上面跑来跑去，别提有多好。

孤独时还可以在沙子上画出各种图案，或有想表达的感情，然后对着长江大声喊出自己的梦想。

平时的江水很平静，能看到对岸的山峰却看不到江水的尽头。

江里不时有货船、小轮船或渔船从面前经过，最兴奋的是看到有四五层的大轮船经过。

能清晰地看到船上别致的桌椅和休闲的人们，就在心里羡慕着船会把他们载到何处呢？

将来的某一天，我也一定要这样任由船把我载到很远很远的地方。

大轮船一过去，不一会儿江边就会掀起阵阵浪花，它们欢快地唱着跳着冲向岸边，有节奏地跳着舞，像是在欢送过往的旅客。

随着浪花的跳跃，岸边还会漂来一些小杂物，比如小木块、塑料瓶、绸带什么的，有时候还真能淘到一些小宝贝。

记得那时的我，天真地把愿望写在一张纸条上，把它放进塑料瓶中，然后把瓶子扔到江中，任由江水漂走。

心里想着要是有一天有人能捡到并且看到，那该是一件多么神奇的事呀！

挨着沙滩边上有一石礁群，有着各种不同的形状，有高有低，错落有致。

小时候最爱和小伙伴们在这里捉迷藏玩耍，运气好的话，还能在石礁缝中找到小鱼和小虾。

在岸边的沙穴里，也经常能捉到小的螃蟹。不过我害怕去捉，我的任务是前期侦察，找到洞穴，用棍子探里面是否有螃蟹，有的话就喊同伴过来捉。

有时候运气好能捉不少只，拿回家蒸熟，一个个小螃蟹，金黄金黄的，味道鲜美极了。

最美的时刻是傍晚，也是我最爱去的时刻。

这时天边的那一大片云彩橙红橙红的，映着山呀，村呀，水呀，船呀，石礁及周围都橙红橙红的。

只见对岸连绵不断的山顶上，圆圆的大大的夕阳挂在天边，感觉离我是这么的近，仿佛我一伸手就能摘到它，可它却红着脸羞怯地正在一点一点往山下躲。

山下的村庄清晰可见，几缕袅袅的炊烟冉冉升起，忙碌了一天的人们开始回家做饭了。

平静的江面上像铺上了一层漂亮的橙红地毯，风情万种。

偶有微风吹过，层层浪花掀起，波光粼粼，就像一串串精美的钻石，镶嵌在这一片"橙海"中，是多么的光彩夺人。

此刻的我就坐在最高的那块石礁上，看着这人间最美的景致。

身边的一切是那么地柔和，那么地静美，那么地梦幻。真的希望时光就在这一刻停留，万物在这一刻凝止。

我陶醉了，痴迷了，感动了……然而"夕阳无限好，只是近黄昏"。是的，再美的景也有落幕的时候。

一抬眼，就看到整个太阳最后一弯笑脸也深埋到山里去了。不一会儿，天就慢慢黑了下来，我也在妈妈"回家吃饭"的喊话中依依不舍地离开了。

那时我从来没有见过海，只是想象中江和海是一样的吧：都是那么神秘，那么宽阔，那么包容。

我是如此憧憬看海的感觉，所以我管那里叫"橙海"。

无论高兴或悲伤，无论快乐或孤独，我都爱去那里。因为那儿是属于我的一片宁静的港湾，我快乐时它会和我一起分享，我悲伤时它会哄我开心，我孤独时它能读懂我的心。

长大后，我的愿望实现了，大轮船真的载着我去了北方一个离家很远很远的地方。

离开家乡多少年啦，可无论我走到哪里，那片"橙海"永远在我心里！

山上的家，给了我一生的辽阔

康奇凤（笔名：凤凰康）

大年二十七，我们一家人开车回老家，到了镇上，公路车道变窄，我们放慢了速度。

镇里的房屋沿着公路的两边陈列建设，依道路蔓延开去的农田蜿蜒曲折，放假好多天的小孩在路上嬉戏，一幅好不热闹的景象。

先生说，小时候特别羡慕镇上的同学。一放学，人家往充满烟火气息的村镇不紧不慢地一路玩回去。而他们得马不停蹄地往山凹深处沿着小路赶路，在黑夜来临前赶到家，那时可没有路灯。

我"扑哧"一笑，夫妻"像"，小时候也这么像。

27岁结婚那年，我从一座大山嫁进相隔130公里的另一座大山。

不同的是，先生的老家更偏僻，孤零零一座砖头房坐落在山头，家徒四壁。

因地势高，一到夜里就特别清冷，尤其是冬天，夜里八九点就清雾弥漫。

有一件事令我印象深刻。

结婚第一年的春节，我们在婆家过年。吃了年夜饭，先生驱车带我下山，想着去镇里拜访他的同学。

下山到一半，我俩进退两难，大山深处的夜路特别黑，没有路灯，也没有车辆，更不用说行人，互相做伴儿打气还好。但天气很冷，清雾笼罩，能见度只有1米左右，远光灯打开还是推不开厚重的雾霾。

往镇上方向，一路向下，山势特别陡峭，先生咬着牙，睁大眼睛，全程踩着刹车，丝毫不敢懈怠。

车内空气都快凝结了，我很想开口说说话，但又不敢多说一句。

手心捏了一把汗，终于挪到了山脚下的镇上。出于安全考虑，我们那天在山下他同学家里守夜过年，第二天晨曦来临，方才驱车上山回家。

生我养我的老家，同样是四面环山。

到了上大学的时候，政府才组织安装了路灯，路灯不多，估摸500米一盏。夜幕降临，相比过去路上亮堂了许多，但是胆子小的我仍然不敢独自一人踏出家门半步。

大山里的家，在山凹下，零落分布。小时候没有通信设备，母亲站村口呼唤几声我的名字，我便知道是母亲在喊我和哥哥回家吃饭了。

实在玩闹得疯狂，发小的母亲听到后就会催促我们回家去。

我们拿着袜子，穿着布鞋，往村口飞奔回去，傍晚山风清凉，我们一年到头永远淌着两担清鼻涕。

后来，土房子换上了砖头房，仍然山峦缠绕。大山是沉默的，也是孩童们最熟悉的朋友。

我们经常钻进大山的怀抱，去山林里挖冬笋，捉竹鼠，摘野梅。

10岁那年，我家的砖头房装修完毕，我们搬进了新家。

千禧年左右，我家的砖头房已是内外装修，外墙天蓝色与白色相间，风格清新，欧式开放式厨房吸引了好多村民前来观摩。

哥哥出事前，我家经济一直不错，虽然手工活占据了我和哥哥大部分的童年时光，但一家人忙碌也充实，日子有压力也有盼头。

一有空，我就喜欢爬上新家三楼的天台，站这个位置可以俯瞰整个村庄。

天台西边一角，那是捕捉家园落日余晖的地方，也是我眺望未来的支点。

我站在大山里的房子顶上，往村口大马路处眺望，憧憬未来的人生方向。

后来，我从大山走出去，来到县城读书，每周末回家一次。

到了县城，我惊喜着连锁超市里琳琅满目的商品，激动着体育场里摩天轮的惊心动魄，更向往着八二三中路新华图书城知识海洋的浩瀚。

睁大眼睛后我一度黯然神伤，迷失自我。

周末回家，下了村镇的班车，走过小时候不敢一个人走回家的山路，踏进大山里的家，这一路成了自我反思的过程。

外出求学的我，回到老家后，环顾房子周围的深山，莫名多了几分信念，这份信念是爱拼才会赢的斗志，是梅花香自苦寒来的磨砺，是人定胜天的笃定。

忽而想起"宁静以致远"，这大概是大山里的家馈赠给大山里孩子的礼物吧！

工作后，当我再次回到大山里的家，多了几分眷恋。再次站在楼房天台眺望周边山峦，童年时期庞大、深邃、浓郁到令人胆怯的大山竟然给了我全新的辽阔之感。

这种辽阔之于成年后的人生，是厚重、沉稳、包容的心态。

这些年，奋斗的我们就像离弓的箭，要求速度，比成绩，一路披荆斩棘，越挫越勇，也越来越迷茫。

站在聚光灯下，蓦然发现，一个人最幸福的时刻不是到达心心念念的山头，不是家财万贯，而是拥有自己想要的生活状态，哪怕这种状态是润物细无声的，是独自的天高地阔，是内心升腾起的万丈光芒，你会体验到自身存在于这个世间的价值感与幸福感。

　　回到大山里的家，脚下感知着泥土的牢固与稳定，仿佛只要踮起脚尖、伸出双手便可把握住触手可及的幸福。

　　这份幸福感就是一家人健康平安、惜福向前的平凡生活。

　　向前看，向远看，此生辽阔，缓步当歌。

东北印象之与猪崽共舞

詹琛婕（笔名：昱虬）

作为城里娃，除了端上桌的猪肉和挂在菜市场的猪肉，与猪崽亲密接触的机会是很少的。

在没有见到活猪之前，我对活猪的印象仅限于幼时到乡下玩耍看到院子里跑着的几头粉色迷你小猪，抑或是卡通片里那粉嘟嘟、胖乎乎的可爱模样。

和先生结婚后，我去了东北，自此第一次开始了和猪崽的"亲密接触"。

先生的东北老家，养了很多猪。

他家大大的院落分为三个区域：人生活的区域、猪生活的区域以及熬猪食的区域。

一走进院落大门，猪食特有的味儿混合着猪粪味儿扑面而来，耳边跟着传来大猪那种拖长了声、极有韵味的哼叫声。

猪的数量不算少，可家里的年轻人有各自忙碌的活儿，里里外外忙碌的事儿都落在了老公公和老婆婆的身上。

老公公和老婆婆是勤快人，每日都围着这些猪忙碌着。

大猪、小猪一天到晚在猪圈里哼哼着。老公公和老婆婆不是在熬猪食，就是在侍弄猪。

那些大猪体积庞大，看着傻乎乎的，脑袋可不笨，肚子一饿就开始拱围着它们的铁栏杆。

你想想，几百斤的身体，撞向铁栏杆会发生什么事？

铁栏杆被它们一拱，"哐当哐当"直响，好像随时会被它们拱倒似的。它们不仅拱，还会拖着长声叫唤，那声音时而高亢，如拔高的琴弦；时而低沉，像是从喉咙深处滚出的声响。

老公公和老婆婆早早地熬制好了猪食，听到大猪们如此大的响动，就知道该喂食了。

他们将一桶桶混着玉米面儿的泔水从大锅里盛了出来，那猪食还微微带着热气，满过道儿都弥漫着一股泔水特有的气味儿。

猪的鼻子果然灵敏，闻着这香气在猪圈里更加烦躁，拖着长鸣，庞大的身躯使劲儿地撞击着铁栏，哐当声不绝于耳。

等到老公公和老婆婆将熬好的泔水拎着去猪圈，那一只只贼亮的小眼睛直勾勾地盯着猪食，争先恐后地往前涌着。

老婆婆一边吆喝，一边将猪食倒入石槽，眼前的一切让我这缺少见识的城里娃看呆了眼。

我曾经尝试着想去帮忙投喂，奈何臂力不够拎不动桶，也受不了那味儿，只能落荒而逃。

家里的许多农活我都插不上手，只能眼睁睁地看着老公公和老婆婆忙得不可开交。而他俩也不恼，只是笑了笑，说我有自己要忙的事情，他们做就可以了。

这一天，家里的母猪生了小猪崽儿，躺在地上"哼哼"着不动弹。母猪喂奶时怕有小猪崽漏下没有喝上奶，或者被母猪翻身压死，老婆婆说需要人工帮忙喂养。可是老婆婆当天要做的事情实在太多，顾不上喂小猪崽，恰好那天不上班的我便自告奋勇地申请去帮忙喂小猪崽。

老婆婆和老公公互看了一眼，不确定地问我："这事你能行吗？"

我一拍胸脯保证："没问题，能完成！"

于是，老婆婆便放心大胆地让我去尝试操作。

时值冬日，外面冰天雪地，生了小猪崽的母猪享受着"单人间"的优待，被关在了独立的猪圈里，小猪崽们则被隔开放在了室内的保温箱中。

老婆婆帮我把保温箱抱到了猪圈，我穿着长靴，戴着手套，害怕地躲着母猪走了进去。

老婆婆笑着告诉我，不用怕，母猪还在排胎衣，动弹不了。

我这才忐忑地揭开了保温箱上盖着的厚被子。

顿时，一只只粉色的小猪崽映入眼帘，箱子里也响起了"哼唧"声。

哇！才出生没两天的小猪崽真是太可爱了！

这些小猪崽的皮肤看上去嫩嫩的、粉粉的，不太厚实的毛覆盖在身上，有的毛还不听话地立着。有的小猪崽眼睛还微闭着，白色的睫毛看上去还挺长的呢！它们细长的眼向着立着的耳朵方向往上飞翘，我心里不禁觉得好笑，这些小家伙还长着丹凤眼呢！

没想到母猪看着大口獠牙，那小猪崽看起来却这么可爱。真的很难想象这么一小团粉粉的东西，竟然能在以后长成两三百斤的大胖子。

我好奇地取下手上的手套，用手指轻轻戳了戳小猪崽，软乎乎的。再一闻手指头，一股小猪崽身上特有的猪臭味儿，混着一点点奶香。

小猪崽们大约是闻到了母猪的气息，"哼唧"得更厉害了，一个个小肉球在箱子里拱来拱去。

我怕把它们饿着了，赶紧戴上手套，将小猪崽从保温箱里一只又一只地抱了出来，放在了猪妈妈的肚子旁。

这些小猪崽闻到了猪妈妈的味儿，撑着两条腿使劲儿地往前拱，迫不及待拱到了猪妈妈的肚子前。

顿时母猪"哼唧"起来，整个猪圈里响起了母猪"哼哧哼哧"的叫声和小猪崽"呼噜呼噜"喝奶的声音。

我蹲在一边，看着小猪崽蹬着八字腿喝奶。一些瘦小一点儿的总是抢不到吃的，急得直叫唤。我便把那喝得差不多的抱开，再将这瘦小的猪崽替换上去。

母猪偶尔也偏头看看我，它那防范的小眼神让我很是紧张，生怕它突然翻身起来，就冲它们平时撞铁栏的那股劲儿，还不把我撞飞？

可手里的小猪崽又着实可爱，让我爱不释手。

那软乎乎的手感、暖暖的体温，隔着手套传入了我的手心，像一只猫爪似的在我心间挠。

我想，如果不是因为它们身上确实有股味儿，或许我真的会亲上一口吧！

我蹲在一边着迷地看着小猪崽们"吧嗒"着小嘴，蹲得脚都麻了。

小猪崽吃食并不是很快，有些淘气的小猪崽吃着吃着就开始玩去了，跌跌撞撞地跑开。

嗨，真像淘气的孩子。面对那跑开的小猪崽，我还得赶紧起身把它给抓回来，放入保温箱中。

看着这保温箱中团团转的小家伙，我在心里暗自祈祷着，这乱跑的孩子应该是吃饱了才到处跑的吧！

花了30来分钟，所有的小猪崽终于吃完奶，被我抓回来放入保温箱中。

我的双腿蹲得已经麻木，腰也弯得酸痛了，后背隐隐冒出了细汗。我心里暗暗想着，一窝小猪崽要长大，可不是吃这一次奶就行，每天要吃很多次呢！

想想老婆婆和老公公一天的工作量，我不禁暗自咋舌。

他俩日复一日地辛苦劳作，只是为了让家人们有更好的生活。也许，这也是广大劳动人民在忙碌中最大的追求和幸福吧！

感念心里那一粒种子

韩淑平（笔名：三平）

生活中你会发现，有所成就的人，往往是喜欢读书的人，我对"读书点亮生活"这句话深有体会。

我的身边有爱读书的人，说起他们的读书习惯，要么是在小时候养成，要么是上学期间的一个契机，或者是受环境的影响，还有他人的引领督促，他们受到触动开始读书，且受益终生。

有一位朋友，家里藏书丰富，父亲爱读书，家里的各个角落都有书籍相伴，她每天读书，耳濡目染渐养成习惯。

我的两位高中同学，受语文老师的点拨和启发，喜欢上了阅读，从此开启了新的人生，高考语文拿到高分，工作后仍然坚持阅读写作。

我儿子的一位高中同学，学习成绩优异，喜欢诗词，也源于小时候妈妈带他去姥姥家，看到书橱里有一本古诗词，他随意翻开一看就爱不释手。虽然初中、高中课业很重，但他的业余时间从未间断阅读诗词，直到考上北大。惊人的是，大学期间他还参加了中央电视台举办的"中国诗词大会"。

同事的孩子喜欢天文学，因小学时妈妈带他参观了国家天文馆，被馆里的"太空世界"深深地吸引。从此,他购买天文学书籍且痴迷阅读。高中阶段,他经常发表文章,天文学方面的专家发现其文章价值并邀请他参加许多学术研讨会。后来,他参加高考,被北京大学天文学系录取。

因为读书而成功的人很多,但生活中厌烦读书、沉迷娱乐的人也不少。

有一句话说得好:你看不到读书的人,是你自己不爱读书。

我们应该相信读书的力量,一个人若喜欢上阅读便会沉浸其中,如同在知识的海洋里遨游,也将有所成就。因为书中有他喜欢的事,有他追求的偶像,有他想要实现的人生,完全超越了无厘头的嬉笑打闹、网上追剧打游戏的乐趣。

小时候,我出生在农村,喜欢去同学家里看小人书,如痴如醉;后来父亲带我去新华书店买过几本小人书,我至今还记得,但心里一直有一个疑惑:似乎勤劳有文化的父母对我们读书不太重视。

我上班后也曾和娘聊过:"是不是生活的艰辛让你们失去了培养我们的耐心?有文化的你们怎么能让大姐11岁才上一年级?"

我也记得这一连串的发问后,竟让娘眼目低垂,现在才知道有多么伤害娘的自尊心。娘含着泪说:"现在日子好了,你不知道我和你爹养你们姐妹五个有多难。你奶奶脾气不好,你们又都是女孩,你奶奶很少帮忙照料。你爹在外挣钱养家,我一手拉扯着你们长大,连上厕所的工夫都没有,哪里还想过读书的事?只能让你们大的看小的。再说,那时候几乎家家都这样子的!"

想想也确实如此,娘11年间生养了五个女儿,在困难时期可想而知有多艰难。娘在姥姥家有三个哥哥,小时候没有吃过太多生活的苦,结婚后生养孩子已使她的心理接近崩溃,哪还有什么心思教育我们多读书呢?

那时,也许"文化"的概念在他们煎熬的生活中已经淡化,只盼望孩子们能够快快长大。

我们上学后，父母对我们的基本要求："好好念书，听老师的话，按时完成作业！"

现在想来，除了学习课本，几乎没有什么课外读物。但我的内心萌生了一个梦想，就是读很多书，这也是心中埋下的一粒种子吧！

对于我，参加高考，跳出农门，才能让心里的那粒种子生根发芽，长成参天大树！

上班以后，我在一家县级单位按部就班地上班，工作和生活之余的阅读也还是非常欠缺。直到40多岁，我才开始真正投入时间去阅读。于是，我经常买书，喜欢人物传记、历史、传统文化类的书籍。内心深处那粒读书的种子，似乎正在发芽。都说四十不惑，内心开始平静了，也着手自己喜欢的事情了。

2016年遇到了"樊登读书"，听书、参加读书沙龙成为我生活的一部分。兴奋的是发现了这么多好书，我有一种饥饿的感觉，读书劲头爆棚，如痴如醉一般，就是樊登老师讲过的"心流"状态。听书还不过瘾，我把樊登讲过的书几乎全部买回来，放置在书柜里、茶桌上，触手可及。我还列出了读书计划，只要有空就拿起这些书读。

我遇见齐帆齐老师，参加齐帆齐老师的写作特训营，阅读了齐老师的《追梦路上，让灵魂发光》和《人人都能学会的写作变现指南》两本书，被齐老师的勤奋、持之以恒的执着与精进影响着。

齐老师在自媒体这条路上，不断读书学习，总结思悟，仰望星空，梦想在心；脚踏实地，勤奋耕耘，低头迈着坚实的步伐。她练就了一身过硬的本领，形成了自己温暖、清新、疗愈的文章风格。

心里的那粒种子，只要一直在，什么时候都可以发芽成长。

在听书和看书中，我体验到一种满足、欣然和淡定，越来越觉得自己的快乐不来自别人的赞美和评价，而是来自内心的平静和自信。

老师说："我们生活中的大部分问题都可以在书中找到答案。"

通过读书我越来越发现：喜欢读书的人内心世界是富足的，至少他的人生道路不会偏斜方向。

因为在书中，看到过不同的人生，就会知道是非对错；看到过无数的观点和故事，就会明白人生价值，懂得该怎么叙写自己的人生。

读书是一辈子的事情！

阅读兴趣则是小时候埋下的一粒种子，那么，作为长辈和老师，一定要让这一粒种子生根发芽，乃至长成参天大树。

余秀华：她像不染风尘的少年，乘着春风，驾着浪漫，归去来

黄小芳（笔名：芳酱）

我想，很多读过余秀华诗歌的人，都会和我有一样的感受。

读她的诗，总给人一种深深的刺痛感，刺痛过后，便是人间清醒。

就像在大山里攀登，精疲力竭之时突然发现一汪清泉，猛然畅饮，凛冽入心，清醒透顶，好不畅快！

1976年出生的余秀华，出生时倒产、缺氧造成了脑瘫，导致行动不便、口齿不清，这成了她这一辈子的遗憾。

命运对余秀华而言，或许有失公允。但是正如史铁生所说，"就命运而言，休论公道"。

余秀华是农村里燃起的女诗人。

为什么我要用"燃"字呢？因为她是一个在时代洪流中难得"自燃"起来的诗人。

那么能使她自燃的燃料又是什么呢？

是她身体的残疾，是她对生活和婚姻的心灰意冷，亦是她对浪漫之爱和人世间美好的向往。

她的诗，像极了"向死而生"的宣告。她的人可以摇摇晃晃，但是她的心，必须是坚定不移的、清澈明了的。

她在2009年才开始正式写诗，而那时网络媒体发展形势尤为喜人。2014年，她将自己写的诗发表在了《诗刊》上，从此，一鸣惊人，惊艳文坛。

"命运之谈"此时应该是哑口无声的。余秀华以自身的劣势造就了当代文坛的一枚奇特之星，她命由她不由人，去他的命运之谈。

她不是困囿于残缺躯壳的小丑，而是跳脱出命运的"花木兰"。她的漂亮，从不在于躯壳的千篇一律，而在于灵魂的万里挑一。

人们会永远记住她的名字，她将和诗意联名，叫不朽。

每个人的内心都有属于自己的诗和远方。诗歌这种文学载体，承载的便是我们内心所向往的自由和美好。

浪漫是人心所向，那些叫作美好和爱的东西，亦如是。

余秀华用诗歌与麻木对抗，与病痛对抗，把自由之心交付于诗歌，与命运对抗，与婚姻对抗。

在诗歌的庇护之下，她的心被滋养得很好很好。她在干净的院子里写诗，也在干净的院子里读诗。

她说："如果给你寄一本书，我不会寄给你诗歌。我要给你一本关于植物、关于庄稼的，告诉你稻子和稗子的区别，告诉你一棵稗子提心吊胆的春天。"

她在《月光落在左手上》这本诗集里，多次写到稗子和春天。

她喜欢春天，向往春天，春天绿意盎然，生命充满诗意。

正如她心中永远怀揣着春天般的希望，让她在横店村，来来回回与小草、与庄稼、与稗子、与蒲公英诉说衷肠。

"我从来不改变走路的速度，有时候急雨等在一场情绪的路口。一棵孤独的稗子给予我的相依为命，让我颤抖又深深哀伤。"

她也许是在慨叹自己像一棵稗子吧!

但她也想要像稻子一样有尊严地活着,光明正大地汲取养分,肆意地接收阳光的爱意,而不是在提心吊胆中荒废整个春天。

"这些美好的事物仿佛把我往春天的路上带。"

她的诗歌,也仿佛把我们往春天里带。

就像,走过了寒冬,终于走进了春天里,是该兴致盎然,是该欢呼雀跃,是该像个孩童般载歌载舞。

我们拥有自由权,希望和爱在心里是白的,一尘不染的白,肆意潇洒的白,谁也无法上色的白。

即使悲伤也并不可耻,身体残疾不是我们的错,长成不讨喜的模样也不是我们的失误。

如果可以的话,谁不渴望拥有一副健康的躯体、一张姣好的面容?

但是,如果什么都有了,即使是余秀华,也写不出刺痛性如此之强的诗歌来。

读她的诗歌,总会有"余感",就像"余震"一样,让人生出一种惊魂未定般的意犹未尽。

我们本以为她会悲伤到底,但是在她的诗歌里,悲伤似乎永远是浅尝辄止的,有趣俏皮的形象时常跃然纸上。

"真是说不出来还有什么好悲伤。浩荡的春光里,我把倒影留下了,把蛊惑和赞美一并举起了。"

她敢写一些别的女诗人不敢写的东西,她写一些常人避讳都来不及的字眼。正如她在《白月光》里写的那样:

"山可穷水可尽。谁不是撒泼无奈耗尽一生,谁不是前半生端着,后半生就端不住。"

她活得比任何人都清醒亮堂。

她说,"我一直用颤抖的左手写着诗歌。"

所以才有了她的这本诗集《月光落在左手上》，这样的意境，美得不可方物。

她还说，"不能夺走我的铅笔，不能夺走我看见的天空，和落在阳台上的麻雀，和走进下一个黎明的勇气。"

写诗能给自己带来快乐，给他人带来觉醒。写诗能够让自己觉察到还活着的憧憬，也能让别人敬畏生命的可贵。

悲伤和疼痛，是她生命里的养分，也是供养她的诗歌的养分。爱和美好，是她生命里的光，支撑起她摇摇晃晃的一生。

杜拉斯说，"爱之于我，不是肌肤之亲，不是一蔬一饭，他是一种不死的欲望，是疲惫生活的英雄梦想"。

余秀华俨然如此。爱之于余秀华，是一盏不灭的火，点亮她心中的诗意，让一首首诗歌喷薄而出。

她热烈地爱着她爱的人，在她的诗歌里看不出半分忸怩。

她直白地写道："仿佛世间的美只配你享用，玫瑰不够，果园不够，流水和云不够，春天是不够的。"

爱你的人，永远都会觉得给予你的远远不够，他恨不得摘下星星，夺下宇宙赠予你。

一切美的事物，都应该拥有美的一切。

在爱情里的女人啊，都像极了张爱玲。

张爱玲曾说："见了他，她变得很低很低，低到尘埃里。但她心里是欢喜的，从尘埃里开出花来。"

余秀华也不例外。

在爱情面前，她把自己比作一棵狗尾巴草。

"只是一想到你，我就小了，轻了。如一棵狗尾草怀抱永恒的陌生摇晃。"

她想要的生活和寻常女子无异，无非是良人在侧，三餐四季，有酒可温，还有一儿半女。

"我已准备了炭火、酒、简单的日子，还有一儿半女。"

这样的诗句，读来让人泪眼婆娑。

正如她所写，"我爱着的只有两个男人，一个已经离去，一个不曾到来"。

爱而不得的痛心疾首，恐怕只有她笔下的诗句，最是感同身受吧！

好在，她是豁然充满侠气的。她畅想在呼伦贝尔草原，有人驰马而来，蒙上她的眼睛，劫她而去。

她在诗歌里爱着，痛着，驰骋着，喜悦着，自愈着。她不是感谢她会写诗，而是感谢诗歌"来到"了她的生命里，拯救了她的灵魂。

心理学家荣格说："人类存在的唯一目的，就是要在纯粹自在的黑暗中，点起一盏灯来。"

那么诗歌，就是她的灯芯，这盏不灭之灯，呈现了她，也隐匿了她。

她像不染风尘的少年，乘着春风，驾着浪漫，归去来。

他乡，故乡，此心安处是吾乡

孔明月（笔名：寒色江山）

因为疫情防控需要，连续三年国家提倡就地过年，于是许多漂泊在外的游子，"他乡"变成了"故乡"。

有些人庆幸自己留在了家乡的城市工作，能在每个团圆佳节回到父母身边，共享天伦之乐；有些人迫于生计外出务工，每年都要千里迢迢赶回故里，与留守的老人、儿童团聚；还有一些人，尤其是年轻人，为了星辰大海的理想，在北上广深一线城市打拼，以微薄的收入对抗高昂的生活成本，在风雨飘摇中守护理想的微弱烛光。

但更令我敬佩的是那些"逆行"的人。他们响应国家的号召，践行时代的使命，将青春与热血投入偏远地区的建设当中，在"他乡"扎根成"故乡"。许多人都知道"父母在，不远游"，但少有人知道其后一句，"游必有方"。但我想，如若这些"逆行者"向父母"告知了去处"，一定会得到他们无言的支持与牵挂。

而古往今来，这样的人一直都在。

定风波

　　常美人间琢玉郎，天应乞与点酥娘。尽道清歌传皓齿，风起，雪飞炎海变清凉。

　　万里归来颜愈少，微笑，笑时犹带岭梅香。试问岭南应不好，却道，此心安处是吾乡。

　　"问汝平生功业，黄州惠州儋州。"苏轼，便是一个将"他乡"变成"故乡"的人。他借歌女之口，柔中带刚，道出自己身处政治逆境而安之若素的旷达胸襟。而苏轼谪迁行过的地方，不仅留下了或豪放、或婉约的诗词，还留下了"为官一任，造福一方"的功绩，例如"苏堤"。

　　2019年央视《主持人大赛》，崔爽的一段三分钟展示深深打动了我。她讲述的是一对父子把"他乡"当"故乡"来热爱与建设的故事，是两代人对援滇工作的责任与传承。

　　"老父亲曾经问过儿子，为什么要再干一届？儿子说，我想完成您的事业，亲眼看着景东彝族自治县脱贫摘帽。"

　　崔爽从东北来到云南电视台工作，离开故乡也整整十年了，为了追寻梦想，生活打拼在他乡，故乡渐渐变成了一个遥远的地址，一沓往返的车票，甚至是电话那头父母的叮嘱和满头的白发。但和这群援滇干部一样，她为之奋斗的他乡又何尝不是难忘的故乡，它更像是一种信仰，让你站在这里，却看到更远的地方。

　　"如果有人再问我，你是哪里人，我会认真地回答，我是东北人，但我的家在云南。"崔爽动情地说。

　　崔爽热情讴歌的援滇干部群体中，有一位女教师分外令人敬仰——"时代楷模"张桂梅老师，她的故乡在黑龙江，却毕生投身于云南少数民族地区的教育事业，创办了全国第一所免费女子高中，还是华坪"儿童之家"130位孤儿的"妈妈"。

1996年，张桂梅主动要求从大理调到更偏远的华坪县，了解到当地大多数女孩没有机会上学，从而导致贫困"代际遗传"，她毅然决定创办一所全免费的女子高中。

这份爱与信仰，不仅能抵岁月漫长，更赋予她"洪荒之力"，她节衣缩食、四处"化缘"，还差一点儿走上街头为学校伙食费乞讨，哪儿还顾得上病弱的身体与爱人离世的悲伤，她甚至要求预支自己的"丧葬费"，用到女孩们的生活学习上，而把骨灰撒在金沙江。

女子高中的1800多名女孩，也从未辜负她的期望，她们如愿踏入了大学校门，许多女孩选择了从事师、医、军、警等基层奉献型职业，也有人学成后回到华坪女高，接过恩师手中"春蚕到死丝方尽"的接力棒，薪火相传。

张桂梅或许终其一生都不会再回到东北，因为"他乡"云南，早已成为她深深扎根的"故乡"。而她本身，也成为数千名学生和数百个孤儿心中的"故乡"，充满温暖与力量，爱与希望。

前期热播的电视剧《山海情》，以闽宁对口扶贫协作援宁群体为原型改编。11批180余名福建挂职干部接力攀登，两千余名"三支一扶"工作队员、专家院士、西部计划志愿者前赴后继，因地制宜，对口帮扶，脱贫攻坚，以如山的坚韧、如海的壮阔，与宁夏人民久久为功，创造"闽宁模式"，缚住贫困苍龙。

《山海情》中的郭闽航，正是以厦门大学研究生支教团为原型，而我的一位朋友，也是厦大支教团的一员，贺兰山高，鹭江水长，路远情深，山海无惧，他们一直都是现实版"山海情"的践行者。当我问他为何放弃直接保研而选择支教一年，他的回答朴实无华，却蕴含深意。

"退潮后的海滩上有小鱼搁浅，我们一条条捡起扔回海中，海洋那么大，小鱼那么多，我们捡不完，也没有人在乎，但每一条小鱼都在乎。"

他告诉我，这是厦大研支团的助学故事，他们和孩子手牵着梦想，要用教育书写希望。他还说，比起前辈，他们做的远不够多，一年后研支团成员还会回到厦大，在专业领域各自深造，而有些援宁教师，把一生都奉献给了这一方热土的讲台，生生扎根"他乡"成戈壁最美的胡杨。

2020年中国打赢脱贫攻坚战，全面建设小康社会，离不开这些"逆行者"的奋斗与奉献，而守护这山河锦绣、国泰民安的，同样是一批"逆行者"。他们，是除夕夜驰援疫区的医护工作者，是抗洪抗震的救援官兵，是常年驻守边疆的军队，是战斗在"金三角"的一线缉毒警察……

常言道"落叶归根"，但在岁月静好中"负重前行"的这批人当中，有许多手足忠魂，最终埋骨他乡，甚至连至亲都无法祭奠。但幸运的是，我们国家从不乏这样的人，他们义无反顾，前仆后继，将自己的故乡置之度外，以满腔热血守护广大人民群众的故乡。

毛泽东诗言："埋骨何须桑梓地，人生无处不青山。"无论是他乡，故乡，此心安处便是吾乡。

最后的二十公里

董立成（笔名：粟衡）

我工作的第一年，也是我过年回家最晚的一年。腊月二十九的中午，我安排好所有业务，还来不及吃饭，就直奔车站。地铁、公交，再倒公交，还差最后的二十公里才能到家。

老家村庄比较偏僻，大多数公交不能直达，最后的二十公里都是爸爸开摩托车来接我。一辆摩托车，从春夏到秋冬，从风里雨里雾里又到雪后，不知道他接了我多少回。

快下车之前，他打来电话，早早地就站在了路边等候。瘦小的身型，远远地从微乎其微到逐渐清晰，一顶灰色毡帽，一身军绿色大衣，一双我上中学时穿过的鞋子，他脸庞通红，眉眼褶皱，双手插在袖口，是这个老头，我的父亲。像往常一样，这次来的时候他又给我带了那件又厚又沉的大衣，还非要我穿上。我穿着棉袄再套上大衣，已是动弹不得，每次我都嫌麻烦，甚至还朝他嚷："不用！不用！真的不用！"一边吼一边向后躲着。他还嘟囔："骑起车来，风很大……这崽子……"现在回想起来，或许我不穿大衣也不会冷，但我还是更愿意穿上它，因为心里更暖些，甚至对他骂我的无奈腔调还有些怀念。

我扶着车,他拉扯着绳子,我又提着绳子的一端,等他把绳子的另一头从车架的底端穿过来,直到把行李绑在摩托的后座上,再试探性地推一推皮箱。绑好行李后,他开始发动车子。一下、两下、三下、十几下……今天摩托车似乎有了脾气,怎么踹也踹不着,像老牛一样有气无力,哼哼两声,颤动几下,就拗着不动了。父亲眉头紧锁,绷着脸,咬着牙,机车不断地被弹起,弹起又沉寂。只见他的额头不一会儿就浸满了汗水,他挽了挽袖口,点着一支烟,佝偻着腰,一手叉着胯,凝视着车子。摩托车老了,他也老了。

　　路边的卡车,明晃晃的远光灯,一辆闪过一辆,一个角落里,是我、父亲和摩托车……我们一边推着车,一边走着,他在前,我在后,我们没怎么说话,但我想他比我更加着急,而我似乎并不发愁,因为有他在。

　　车子推了一会儿就暖和了,再一打,车就被打着了。我笨重地爬上车,靠在他的身后,我们顶着幽蓝的天幕,穿梭在一望无际的原野,融进金灿灿的斜阳……

　　他把车子开得很慢,还不停地问我冷不冷。我们在路上也总会谈些家常,谈些在家里不会谈及的闲话,比如妈妈和爷爷的小矛盾,比如爸爸的小金库,比如爸爸的烟瘾,我也总会劝他少抽点烟,但有时我也怕他在工地上太过寂寞。一路上,寒意瑟瑟,晚风习习,很爽很畅快,我们紧挨着,也很少如此地靠近。

　　快到了,又穿过一片白桦树林,视线变得越来越宽阔,白皑皑的原野在暮色下一片银亮。

　　我问父亲:"那块田,我们今年种的是什么?还是棉花吗?田边有没有种红薯?田垄上有没有种甜瓜?"

　　他"噢"了一声说:"不种了,田地都转包了。"

　　他沉默了一会儿又说:"你看……我们曾经一起挑过水的河也变成了鱼池,不能再挑水了。"

"对，我们还淘过鱼，摸过蛤蜊……"我补充道，"那年捕的鱼都堆成了山。"

……

"到了，那是村头的石碑，到了，那是候车的站台！"我提醒爸爸。

也奇怪了，这条路由土路变成水泥路，再到水泥路被轧翻，又变成柏油路，最后又扩建成高速路，十年间变化多端，但村庄路口还是老样子，或许这就是家乡的特质，不管时间或外面怎么变，它总有不变的味道。上小学时，我和小伙伴们在这里集合，骑着自行车去隔壁村上学；上中学时，每逢大礼拜，我自己在这里等公交车；上大学时，每个寒暑，妈妈都会在这里送我上车……这个"站台"是不会变的，这个"二十公里"也是不会变的。

遇见

谭柏英（笔名：弹棉花）

（一）

放学了，我从三年级教室门口经过，正好遇见从教室里走出的一个小女孩。

她愁眉苦脸，一副想哭的样子。

看来她不愉快。我拉住她的手，俯身柔柔地问："看你不高兴的样子，是怎么啦？"

我刚问完，她的眼泪就"吧嗒吧嗒"地流下来了，显然是受了委屈。

我看此刻人多，为了保护孩子的自尊心，我拉她进了办公室，想详细询问事情的原委，不想看着孩子带着心事回家。

此刻的遇见，是一种责任！

（二）

　　我不是她的老师，不过我教过她哥哥，也认识这个孩子，她叫元元。想要让孩子向我敞开心扉，也不那么容易。首先一定要建立关系，取得她的信任。

　　我拉着她柔软的小手，和她并排坐在办公室的凳子上。这是一种尊重。我轻轻地问她："我教过你哥哥，你知道吗？"沟通时，一般从孩子们感兴趣的，又是两个人都知晓的话题入手。

　　她低着头，小声地回答："知道！"

　　"那你知道我是教什么课程的老师吗？"这个问题，在于先让学生了解我。如果她不清楚，我就会向她解释。

　　"我知道，你是教语文的老师，上学期还在我们班代过一次课。"她的声音比刚才大了一点，似乎有点忘记了刚才的烦恼。

　　"哦哦，这么久的事你还记得，看来你对我的印象还不错！"我笑着和她开玩笑。

　　"我很喜欢你，上课，你还带我们做了一个有趣的游戏。"此时，她的脸上平静了很多。

　　"哇噻！听到你这样说，老师心里像吃了蜜糖一样甜。谢谢你记得我！"说着，我立刻拥抱了一下她。她双手环抱着我的腰，暖暖的！

　　此刻的遇见，温馨甜蜜！

（三）

　　"你现在能和老师讲讲刚才那件让你不开心的事吗？"我回到了主题。

　　她很久都没有开口，我感觉她在酝酿情绪。

　　"那我来猜猜吧，是不是和同学闹矛盾了？"我试探地问。因为三年级的孩子非常看重与同学的交往。

大概是觉得老师猜对了吧，她点点头说："她们俩总是嘲笑我的分数低。亏我还把她们当好朋友。"

"哦，原来是这样呀！你不喜欢她们议论你的成绩，对吗？"

"是的，这次是我粗心，没有做好。她们以为自己的成绩比我高一点就很得意。"她气愤地说着，竟然又抽泣起来，眼泪大滴大滴地滚落下来。

我连忙拿起纸巾，一边替她擦干眼泪，一边说："她俩真是做得不对，真不应该这样说你！好朋友就要互相关心互相鼓励，不要幸灾乐祸！"

我就这样说了一堆安慰她的话。其实是与学生共情！此时，不必讲大道理，学生只是需要找个情绪发泄的出口。

她听我这么一说，自己抹干了眼泪，还接着说："就是！下课了还一直说我成绩低，不就是比她们少几分嘛！"

"现在是不是舒服一点了？"我关心地问。"嗯嗯，是的。舒服多了。"她连忙说。

此刻的遇见，是完全信任。

(四)

"我教你一招，让她俩不再这样说你了，想学吗？"

她点点头说："好！"

"你可以把两个朋友叫在一起，然后严肃地告诉她们：如果你们还要和我做朋友，请你们不要再嘲笑我的成绩了。"

"你敢和她们这样说吗？"

"我回去试试。"

"然后，你悄悄努力，把成绩赶上来，让她们对你刮目相看。"我鼓励她。

她心领神会,微微一笑。我赶紧又一次拥抱她。她也紧紧地抱着我,足足有两分钟。

此刻的遇见,是彼此成长!

(五)

我目送元元下楼梯,她抿嘴一笑,甜甜地向我招手说:"老师,再见!谢谢老师。"

和她道别后,回到办公室,我端起一杯清茶喝起来,心想:每一场遇见都是一份上天送给我们的礼物,感恩遇见,好好珍惜!

我的外婆

舒玉秀（笔名：百字予予）

外婆，一九三八年生人，她身份证上面的生日并不准确，因为她从小被人领养，无法追溯准确的出生日期，恐怕是上户口的时候，随便填上的一个日子。

距离上次见面，已经过去半年了，84岁的她，愈加苍老了。骨瘦如柴的身体，手指关节有些变形，手上的皮肤已经失去弹性，满头银发，耳朵很背，但视力还不错，她看到我时，习惯性地把我的手攥在她的手里，她的手干干的、温度低低的。

我喊："外婆！"

小姨提醒我："你外婆耳朵听不见，你要大声一点。"

我大声喊："外婆！"

现在外婆老了，耳朵不好使，我很难跟她沟通，每次看她，都是呆坐着，面对面的时候，抿嘴一笑。

我的心头一酸，往事浮上心头。

我出生后不久，就待在外婆家，她一直把我抚养到快要上小学，后来每年过年去她家一次。那个时候外婆年轻的容颜，我好遗憾，已经完全没有印象了,也没有留下她年轻时候拍过的照片,现在面对满脸褶子的外婆,我也没有办法推测回去。

可是,我们亲密接触的短暂几年中,发生的一些事情却令我印象非常深刻。

(一)外婆做的布鞋

20世纪90年代,布鞋非常流行,外婆的手艺真好,她有一个专门装针线的篮子,做完活,空闲下来的时候,她就会一下午坐在门口,给家人做布鞋。她会拿个量尺测一测我们脚底的长度,比着鞋样,用大概6层布的样子,纳鞋底,一针一线地穿,一排一排,整整齐齐。

纳好鞋底,然后剪鞋面,纳鞋面,直到成型,新鞋穿在脚上,舍不得踩在地上,我会穿着外婆做的新鞋子,在床上跳来跳去,真高兴啊!

外婆每年都会给我做几双布鞋,冬天的会塞棉花,夏天的会剪口子,冬天的布鞋真暖和,真好看。特别是夏天做的布鞋,现在想起来还很特别,很稀罕。我的邻居们从没穿过用布做的凉鞋。

(二)外婆喂我的糖

那个时候物质太匮乏了,除了一日三餐和地里的黄瓜、烤地瓜、野生的水果,等等,很少有加工的零食可以吃。所以外婆赶集回来买的那些饼干和水果糖,显得特别珍贵。

她不会摆在外面让大家随便吃,有时候几个外孙包括我,去她家玩,她才会拿出来,给我们分着吃。

我的妈妈不太会照顾孩子,所以我在自己家经常感冒生病,一生病就被送到外婆家来,她就像有神力一样,总能把我照顾好,我喜欢她做的饭，喜欢她暖和的被窝，也喜欢外婆家所有可以玩的地盘。

有时候白天我玩累了，在晚饭还没做好的时候，就在床上睡着了。有时候突然感觉嘴里有一股甜丝丝的味道，原来是外婆用她的嘴给我喂了一颗糖。好甜呀！那种暖暖的幸福感，回忆起来都是甜的。

（三）跟外婆在一起的趣事

我小的时候，胆子也特别小，怕任何小虫子，包括蚂蚁。但是生活在农村，偏偏什么虫子都有。

外婆家没有别的能照顾我的女人，我可能会乱跑，也可能会玩水，在家的时候，每当外婆要做饭，她就拿根绳子，把我套在凳子上，避免我乱跑。

有一次，外公挑水回来，我兴奋地用小手去拍水，被外公吼了一通，就大哭起来，外婆就假装要打外公。那时候的我真是任性啊！爱哭爱撒泼，一发浑就往地上滚，外婆把她的耐心都给我了。

那时候家家户户都会养蚕，外婆需要出去采摘桑叶，没有办法，她只好把我放在背篓里面，我不敢踩地上，外婆就采一把桑叶，把我抱起来，放好桑叶以后又把我放进去……

外婆做饭的时候，我就围在她的灶台边玩；夏天的晚上，我们在坝子里面纳凉，睡在凳子加簸箕搭的"小床"上，看天上的星星和月亮，外婆坐在旁边，不停地给我打扇，还给我讲故事，她讲的故事不多，但讲得形象生动。

外婆心灵手巧，虽然没有读过书，但是她是个当家人，我从小最佩服、最舍不得的人就是她，我记得每次从外婆家离开，我都会流眼泪，心里很惦记她。

外婆对我的感情很真挚，我每次见到她，她看起来好像是比以前

109

更老了，但又像一点都没有变，像岁月没有流逝一样，又好像一切还在昨天。

　　她是一位极其普通的人，可也是一位坚强的女性，很多时候她都很艰难，但她从不抱怨，坦然面对生活的难题，对他人，对后辈，都表现出莫大的包容。

　　我珍藏外婆给我的幸福回忆，现在我也成长为一个可以照顾小孩的大人了，才愈加感受到外婆曾经给予我的关爱是多么的珍贵，她于无声处表现出来的坚韧品格和细如发丝的关爱给了我无穷的力量。

看《谁家有女初长成》，解读为何很多女性会误入"杀猪盘"

李文娟（笔名：李小易）

刚看了《谁家有女初长成》，就看到南京在 2022 年 11 月的报道，仅仅一周全市就发生了 6 起百万级"杀猪盘"案件，被骗总金额超过 1000 万元。

真是忍不住地哀伤、愤怒，哀其不幸，怒其不争。

转头又想为什么会这样？

怎样才能最大程度地避免女性朋友走上书中的巧巧和"杀猪盘"中"猪"的人生道路？这才是最重要的。

《谁家有女初长成》是一部关于拐卖女性的故事，是 20 世纪 90 年代，严歌苓老师从新闻报道里了解情况，又访谈了部分被拐女孩，写下的一部中篇小说。

小说大约七万字，分为上、下两篇，上篇讲一个刚年满二十岁"不甘心在祖祖辈辈生活的村庄里按祖祖辈辈的生活方式继续过活"的"自命不凡"的农村女孩巧巧先是被拐卖，然后不甘被共享而拿菜刀杀死两个男人的故事。

下篇讲巧巧逃到一个兵站，她的女性魅力在此展现得淋漓尽致，士兵们都很喜欢她，还有真心要跟她结婚的刘司务长，但十几天后通缉令的下达使她最终被抓走，被枪毙。

"杀猪盘"大家都听说过吧？

它是指通过网恋的方式，诱使受害人付出钱财的一种网络骗局。被骗的人基本上都是女性，被当作"猪"。

杀猪盘的行骗人员俗称"狗推"。"狗推"通过聊天和"客户"建立感情的过程，叫"养猪"。等到关系稳定，"客户"在诱骗下开始往诈骗平台投钱，就可以"杀猪"。

当然大部分人发现被骗后，恍然大悟，然后带着这个教训生活。而有的人心理会受不了而选择自杀。

被骗的巧巧和这些诈骗案里的女性有一点不同，那就是巧巧是为了钱被骗情色，最终受不了杀人；这些人是因为"情色"被骗钱财，有的受不了选择自杀。

但是，有一点相同，就是都被某种欲望驱使，失去了理智判断的能力。

下面我们来分析下为什么会有"巧巧"们，现代女性也会有变相的遭遇？到底做些什么就能避免我们自己或者自己的孩子成为受害者？

首先，被骗的人往往都有缺憾感，无论是物质方面还是感情方面。只有一个人拥有了富足幸福的感受，才能自带光芒不受欺骗。

她想追求富有，她以为富有会带给她满足；她想追求爱情，她以为爱情能带给她幸福。

人们穷其一生都在追求幸福，这是无可厚非的，这也正是人类社会不断发展的动力。

怎样才算是幸福呢？

不同的人会有不同的想法和定义。

巧巧觉得去深圳这座繁华的大都市就能挣到很多钱，就能买好多需要和喜欢的东西，就能幸福。

她还在老家黄桷坪的时候，十三岁就替父母赶场，卖鸡蛋，卖干海椒、橘子、抽皮糖。

还在夜里"偷偷"地跟父母去砍树，她不觉得是偷，是后来有文化的兵站站长金鉴告诉她的。他们砍了树做成可以用的家用，卖出去。

所有这些行为都是为了挣钱，挣钱可以买好多需要的喜欢的东西。

当她娘收到一千块钱的时候，没有意识到危险，而是看到了希望，就同意巧巧去"深圳打工"了。

而巧巧呢，发现被曾娘骗了，被"陈国栋"欺负了，最后被卖到了荒山野岭的大宏、二宏家，做大宏的媳妇，而且结婚证都已经办好了（当时曾娘说是为了到深圳方便就先寄过去照片办手续）。

当时她一下子联想起所有的事，自己真的是那些从家乡走出去回不来的女孩子，被拐卖到了这里。

照理说不是该想着怎么逃走吗？

可是她一边跟大宏生着气，一边听大宏的说辩。

她发现原来大宏为了买她花了一万块钱，大宏每个月可以赚一百多块钱，又是国家正式工人，还可以把她的户口也办成城市户口。

而且大宏又老实体贴，把家里所有的钱都交给她保管。

她居然心里开始觉得自己还是挺幸运的。她后来遇到和自己境遇相仿的女子，因为自己被嫉妒而暗喜，还高高兴兴地把自己和大宏的照片还有五百块钱寄回家里。

那时候的一万块钱、一百块钱、五百块钱可都不是小数目了。

巧巧因为有钱就会有幸福的观念，接受了自己被骗的现实，还在"家"里，开辟出地来，种了蒜苗等蔬菜。

她因为有了钱，就忘记了自己心心念念的目标——深圳，也不去追

113

究一路走来被骗的真相了。

"杀猪盘"里的女性呢，她们的幸福概念是：有人陪伴，有人心疼，有人理解，有人爱。她们大部分有钱，至少应该说不缺钱。

否则也不会有后戏了。

这里的女性可以说是升级版的潘巧巧，把欲望升级了一层，从物质上升到了精神。但是同样是缺憾带来的感觉，而且完全被它操控了。

这些女性一定是内心孤独，想要心理上的理解与陪伴，才误入"狗推"的手，然后是口。

这些骗子知道你缺什么需要什么，他们为了让你爱上他们，有一整套的技巧攻略。

这份攻略有80多页，只要你遇上，你有缺憾感，对于自己目前不满意，觉得不幸福，没人陪伴，没人理解，那么百分之九十九都会中招。

是不是很"真实"？

对自己满意，对现状满意的人，幸福感满满，是不会鬼迷心窍的。

她也不会轻易就相信虚幻的网络上恰恰就有一个优秀的高富帅会找到她。她有丰富的精神生活，不会去网络上寻找慰藉。

而这种缺乏或富足的感觉，往往是原生家庭带给她的。缺乏就激起欲望，富足带来幸福感。

现在好多大学校园网贷的受害者都是女生，借钱来过度消费，满足自己的虚荣心，甚至还会发展到把裸照发给对方。

像巧巧们在追求"幸福"的路上，被自己绊倒了，也是缺憾感导致的。

现在社会上"断舍离"逐渐流行起来，主要是年轻人。老年人是舍不得扔东西的，也舍不得扔掉剩饭。

因为他（她）们的童年太缺爱了，那种感觉挥之不去。

其次，历史传统文化对于女性的影响真是太大了。

可是历史已经过去，现在已然不同，无论女性自己还是作为父母要有这个意识，改变思维，才能避免这样的悲剧。

"嫁鸡随鸡，嫁狗随狗"这样的论调，甚至会发展成像巧巧一样"被强奸了，干脆嫁给强奸犯吧"的心态。

巧巧被陈国栋强奸之后，居然还想着和他一起去深圳，还和他去见他唯一的结婚见证人，他的舅舅。

她想要和他过下去，共同追逐美好的未来。

她的行动，是被挣钱的欲望和错误的观念左右的，但是她看不到。

所有小姑娘都有公主梦，她会把自己当成灰姑娘或者白雪公主。

"我负责赚钱养家，你负责貌美如花"是变相的"嫁鸡随鸡，嫁狗随狗"呀。

有首歌"老公挣钱给老婆花，老公你辛苦啦"听起来很幸福，但真的如此吗？

这些观念都对吗？

自己能挣钱的女性也会为这样的话感动，而误入了"杀猪盘"。

那些"理解你、关爱你的知心爱人"，真正的"狗推"，让你爱上他以后，就抛出共同致富、共奔幸福的诱饵。

真是很难提防呀！

再次，他（她）发现自己的选择是错误的，也不敢或者不愿说出来。

因为他（她）从小养成了乖巧懂事的习惯。

懂什么事呢？就是看父母的需要和脸色，让他们高兴，这样自己才被认可被喜欢。

长大后，别人成了他（她）的"父母"。他（她）说出来怕对方不高兴，怕失去了关系。

巧巧有多次逃脱的机会，但都是因为怕失去某种关系而失去了逃脱的欲望。

陈国栋到车站接她，中间疑点重重，而且警察就在身边。

她为了找到曾娘她们，和她们一起去深圳挣钱，故意把陈国栋的前后矛盾忽略了，还和他一起撒谎骗过了警察。

"成了陈国栋的人"后，她还想着和他一起去深圳，就去见他的舅舅。

他说舅舅家就在车站附近，但是下了火车，却先带她去吃了碗面，因为还要走好远的路坐车才能到舅舅家。

多么明显的矛盾，但是巧巧却因为害怕和他失去了关系，不愿问也不敢问，而且也不去警惕吃的面，而是直接理智尽失，自己就屏蔽掉真相。

"杀猪盘"的女性难道不是吗？

自己在网上交了"优秀"的男友，跟父母亲人朋友说了吗？

如果说的话，被骗的几率就会小很多了。

自己要求对方视频的时候，他找理由，不觉得可疑吗？

自己的钱对自己来说不重要吗？怎么素未谋面的陌生人，就相信他，把钱拿出来呢？

不和别人商量下吗？

不愿意说，本身就是自己潜意识觉得有问题的。

可是自己选择忽视，不愿意和他人说，担心别人说自己有问题，也不愿意向"狗推"提出来，怕失去这层"亲密关系"。

但往往这样的隐忍，总有一天会有难以忍受的后果出现。

巧巧杀了人，好多人误入了"杀猪盘"。

现在有不少杀害父母或者他人的事件中的孩子，在外人看来都是乖巧懂事，让人难以相信他们会做出那样残忍的事来。

要么伤害他人，要么自己被伤害。总之，教育孩子听话绝对不如教他遇事要独立思考重要。

最后，如何才能改变呢？

学习。

巧巧被捕，后来被执行枪决，想要和她结婚的刘司务长打了站长，还问他"如果她是你的姐妹？"。

他（金鉴，兵站站长，文化人）掏出手帕，擦去面孔上的血，说："放心，我不会有这样的姐妹；我要有姐姐或者妹妹，饿死也要供她上学的。"

在那个年代，上学就是学习，学习就能开阔视野，让自己更加有能力做出智慧的选择。

现在时代不一样了，学习不只是在学校上学，学习还指通过读书、行路、识人来开阔视野，才能达到同样的效果。因为现在社会丰富广阔，变化之快是那个年代不能比的。

卢梭说："人生而自由，但又无往不在枷锁之中。"

而爱迪生曾说过："任何问题都有解决的办法，无法可想的事是没有的。"

卢梭洞见的是自由的事实和枷锁的原因，爱迪生觉察到的是自由真相和去掉枷锁的自由。

巧巧自由吗？自由。

她有好多次机会可以逃脱，继续去追寻自己的深圳梦。

就在她和大宏过日子的时候，也是有自由的。大宏兄弟俩每天都出去干活，她自己在家，不能走吗？！

可是把大宏二宏杀了之后，除了这一点，别的情况都一样，怎么就逃走了呢？

她一路走来，完全可以告诉警察陈国栋在撒谎，可以不去吃面，也可以趁着哥俩不在家逃走，还可以……

她都没有，她被枷锁锁住了。

她的枷锁至少有：对金钱与富有的渴望，与人攀比的虚荣，对乡镇里人们观念的认同。

"杀猪盘"里的女性不自由吗？又没有被捆着。

完全是她们自己给自己上的枷锁，是心灵的枷锁。

她们自己一抹黑走到底，却以为是在寻找光明。

就像电影《梅兰芳》里，梅兰芳的一个长辈戴着的"纸枷锁"。

原来纸枷锁是明朝或者清朝时期的一种刑罚，大意就是指给犯人戴上一副纸做的枷锁，一直戴着，如果你把纸枷锁弄乱了或者弄碎了，就意味着你的不满，就要被打死。

纸枷锁一撕就碎，梅兰芳的长辈是不敢撕。

而巧巧们，甚至我们大部分人，都是看不见。

要想有看见的能力和撕碎的能力，唯一的途径就是不断学习。

通过持续不断地学习，让自己有慧眼能看见枷锁，有实力能打破枷锁。

回到当下，觉察当下。

去掉心里的各种纷乱的杂念，静定在当下，就有了觉察力，能洞见事情的本质，就能看到当前自己的处境和出路。

心里的杂念太多，胡思乱想，恐惧焦虑。没有的时候担心得不到，得到了又怕失去。

如何能去掉纷繁复杂，回归清晰洞见，看看托利的《当下的力量》，读读克里希那穆提的《生命之书》，最终还是要回归到学习。

巧巧的年代，巧巧很多。但是没有现在的"杀猪盘"，更没有这里面的女性。

因此，可以说是原生家庭的原因，也能说是社会的原因。

那个时候有的人温饱问题还没有解决，"杀猪盘"是现在社会才有的事。

随着国家的全面发展，就连穷乡僻壤，国家的扶贫也能扶到。与此同时国家的经济实力和财富不断增长丰富，是由万万千千的父母共同创造出来的。

这些父母是那个物质贫乏年代走过来的孩子，又是作为现代社会忙碌的建设者和创造者。

孩子们能随随便便就得到父母的爱、接纳、陪伴、规矩吗？

有些人像巧巧一样想要得到物质的满足，就加入了"杀猪"的行列，而有些人想要爱和陪伴，就成为被"杀"的对象。

到底应该如何改变呢？

这是要靠每一个人，每一对父母，共同一边努力工作，一边努力学习。

让自己成为优秀的建设者，不当"狗推"；同时让自己的心智和视野跟得上这个快速变化的社会，不去当"猪"。

同时，不仅让下一代不缺物质不缺爱，也将孩子培养成更好的建设者和创造者，成为更幸福的人。

我们的国家和社会也在无数人的共同努力下，会变得更好！

雪花那个飘

周灿银（笔名：凌波）

就这样，不期然地，与2021年的第一场雪撞了个满怀，期待已久的雪，就像个久违了的朋友，突然来到了我们的面前，让人满心欢喜。

清晨起床，我打开大门，哇哦，"忽如一夜春风来，千树万树梨花开"，我忍不住向屋子里的爸爸妈妈大声喊："下雪啦！下雪啦！"

漫天飞舞的雪花，拉开了今年冬天的序幕，也满足了我对雪的期待，更是还原了我儿时记忆里冬天的模样。我想，这大概便是大自然馈赠给冬天最好的见面礼吧！

怎么能错过这千载难逢的、与雪精灵亲近的机会呢？我兴奋地跑出院子，来到外面雪的世界里，单单是脚下传来熟悉的"嘎吱嘎吱"的踩在雪上的声音，就足以让我萌生一种久违的亲切感。

我跑到远处的雪堆前，用手捧起一把干净的雪，用舌头舔了一下，尝一尝这纯洁的雪，有一股独特的清香和寒气从我的舌尖上涌出。玩够了，我拿出手机，不时地调整角度，随意拍下眼中所见，发到大家庭的微信群里，分享给未能回家的人儿。

而后，我摊开手掌，晶莹的小雪花落在我的手掌心上，初看上去，是透明的多边形，慢慢地，它融化了。

凛冽的北风卷起雪花，在空中随意地打着旋涡，时而如银蝶飞舞，时而又似梨花瓣，悄无声息地飘落着。渐渐地，楼前的空地上一片洁白，偶尔有一两个人从楼前走过，都裹紧了身上的棉袄，迈着慢慢悠悠的步子。

雪花飘落，往事便披上了幸福的色彩，那些久远的记忆，便在这样的日子里，纷纷涌上心头。

印象中，小时候的冬天特别冷。那时候一个冬天要下几场雪，雪堆在青松翠竹之上，覆盖在山村田野上，落在柴火草垛上，以及每一个角落里。

清早起来，屋顶被厚厚的雪覆盖，屋檐下悬挂着晶莹剔透的冰凌，溪水和池塘里的水面，会结上一层薄薄的冰，扔一个小石子上去，石子就在冰面上轻轻地滑行。

那时候的我们好像从来都不知道冷为何物，每每遇上下雪的日子，便迫不及待地穿上妈妈手工缝制的花棉袄，戴上红围巾，撒着欢儿，奔向那纯粹而干净的世界，沉浸在皑皑白雪之中，留下深深浅浅的小脚印儿。

我们在雪地里滚雪球，堆雪人，打雪仗，有时候遇上铺满雪的斜坡，我们就喜欢轻轻地趴着，将脸印在雪上，那斜坡上便会出现一张跟自己面孔一样的脸。

有时候我们会将树枝上、屋檐下那些晶莹的冰凌摘下来，仔细地收藏，试图将冬天的清凉储存到来年夏天。然而，这终究只是孩童时期的一个梦想。

南下羊城，至今已有二十余年，虽然也会常回家看看，却极少再与雪相逢。近日自福建返回娘家小住，陪伴双亲的日子里，有幸遇到雪花飘然而至，满心欢喜。

121

冬天的夜，似乎总是来得特别早，爸爸早早地准备好了炭火，妈妈炖好了一锅热气腾腾的排骨莲藕汤，再置于电磁炉上，加上菜地里的蔬菜，暖胃又暖心。

我们三个人围坐在桌前，烤着炭火，吃着火锅，在暖色的灯光之下，一片氤氲之中，喝上一碗妈妈的味道，这热汤下肚，仿佛能温暖整个冬天。

愿我们在每一个雪舞的日子里，都能感受到身边的温暖，积聚内心的力量，怀揣着希望，向阳而行，相信一定会有新的相逢，将温暖延续！

观书有感

王超（笔名：甜甜萱）

晚饭后，若无事，我喜欢在家中择一僻静处，捧着书卷阅读。一本小说或一本杂志，根据时间长短而定。

一般而言，工作日我是不读小说的，不是不喜欢，而是读起来太投入了会让我没有时间概念，继而会影响第二天的工作状态。

白天要上班，用于读书的时间就比较零碎了，为了实现高效阅读的目的，我通常会做到以下四点。

1. 心若静不下来，就不要读书。

读书，其实就是与作者的思想碰撞出火花的过程。因此，在阅读的时候，一定要静心阅读潜心思考，只有这样才能深刻领悟作者的写作意图。若只是走马观花、一目十行地翻阅，肯定领悟不了书中的精髓。

因此，在阅读的时候，一定要保持愉悦的心情和良好的精神状态。若心浮气躁，自然难以投入阅读中去。结果往往是白白浪费了时间，还没有读懂书中的内容。

所以，当情绪不佳时，我会先调整自己的状态。倘若实在缓解不了糟糕的情绪，我就会放下手中的书，去户外走走，等心情好了再来读书，绝不强行逼迫自己阅读。

2. 养成做读书笔记的好习惯。

随着社会的不断发展，我们阅读的书籍种类越来越多。很多书我们读过一遍之后，可能从此弃置一边。所以，为了发挥书的阅读价值，在阅读的过程中，最好写下哪怕是只言片语的读书笔记，以便自己某一天想起了寻不到。

某日，看《青年文摘》的时候，我读到一篇非常有哲理的短文，里面有几句话，甚是喜爱。本该摘录下来的，结果因一时偷懒，后来一忙便将此事忘记了。

一日，我突然想起了这两句话。但时间久了记得不怎么准确，遂翻书查找。然而，在一大堆封面差不多的同类杂志中，我费力寻找了很久，却怎么也找不到原文。最后，此事只能不了了之。

从那之后，凡读书我一定会做读书笔记。手写太费时间了，我就用语音记录笔记，存在手机有道云笔记里，方便查看。

3. 及时记录读书过程中产生的奇思妙想。

在读书的过程中，受书中内容的影响，我们会产生一些稀奇古怪的想法。这时，一定要及时记录下来，避免灵感转瞬即逝。

那日，我读欧阳宇诺的《我为什么要工作》一文，该文提到作家丹·布朗在疫情中不幸感染了新冠病毒但花了三天时间就身体康复的事。对此，我感到不可思议。读到文章结尾才知道，他是靠努力工作挣来的巨额的金钱挽救了自己的生命，随后，他又继续投入忘我的工作中。

作家丹·布朗的经历，让我突然领悟了努力工作的重要意义。于是，我赶忙记下脑海中一闪而过的灵光。

努力工作，是为了让你在解决了温饱问题之后，最大限度地发挥自己的人生价值。

后来，我又有感而发，很快便完成了一篇名为《人生的意义何在》

的文章。

若没有记下读书时一闪而过的想法，我想自己也不会去认真思考人生努力工作的意义，也不会有动笔写作的冲动。所以，及时记录读书过程中的奇思妙想是非常必要的。

4. 尽可能多写读后感。

一部电视剧，看后若将剧情分享给他人听，你会发现对这部电视剧的记忆尤为深刻。同样，读完一本书之后，若能认认真真地写一篇读书笔记，既能加深自己对书本内容的认识，还能提高写作技巧和增加思想深度，从而受益良多。

故而，在读书之余，如果时间允许，我觉得还是非常有必要写写读书笔记的。

作为成人，阅读书籍不是为了读而读，而是为了学以致用。所以，在阅读的时候就一定要有讲究，认真读，静心读，高效阅读，从而获得阅读的无限乐趣。

姥姥家院子里的山丁子树

崔海鹰（笔名：琳婧）

记得小时候，姥姥家坐落在设计院的一条繁华马路边，是一所30多平方米的平房，这是设计院分给姥姥和姥爷的婚房。

在院子中央，有一棵碗口粗的山丁子树，枝繁叶茂，像一个超大型的遮阳伞，枝丫已经伸出，靠近路边的木障子。

姥姥是俄罗斯人，是苏联支援中国的专家，机缘巧合之下嫁给了同是专家的姥爷，留在了中国。

姥姥长得漂亮，两条大辫子，总是编起来盘在头上。婚后，她在院子里栽了一棵山丁子树。

一是为了祝福她和姥爷的婚姻地久天长，二是为了了却思念家乡的情愫，因为她的家乡长满了山丁子树。

姥姥家所在的这条路，从南到北分别是学校、商店、设计院。姥姥家是单位分的福利房，更是名副其实的学区房，每天路过门前的大人孩子络绎不绝。

特别是早上孩子上学、放学，大人上下班的时候，节假日大人孩子到商店买商品的时候。

每到秋天，山丁子树茂盛的枝丫上，就会结满红红的密密麻麻的山丁子果。

整棵树就像一把超大的绿地红花儿的伞，给来往的行人遮挡了炎热的秋阳，也带来了清爽的阴凉，更是惹得来往的人们驻足观看，孩子们甚至流出了口水。

成熟的山丁子果，有拇指盖般大，颜色像熟透的杏——紫红紫红的，放到嘴里绵软、甜酸，略有点儿涩。

如果放到锅里煮熟，再拌上白糖，就没有了涩味，有了沙果罐头的味道。

一些小孩子总是趁着夜色，来偷摘山丁子果。他们一般是三人一组，一个人骑在另一个人的脖子上，采摘或折枝丫，第三个人托着脸盆负责接。

一不小心掉下来，轻则摔得鼻青脸肿，重则摔断了腿。第二天，家长领着孩子去给姥姥道歉的时候，姥姥总是踩着梯子，抓住最近的枝丫，摘几大把山丁子果装进孩子的衣兜里。

她说，想吃就过来找她，千万别折枝丫了，更别摔坏了。大人孩子总是连连道谢，喜滋滋地走了。

山丁子果和樱桃果差不多，都属于好吃难摘的果儿。每到采摘季节，姥爷踩梯子爬高摘果儿，姥姥拿一个大花筐在树下接着。

有时儿女们也帮着捡掉到地上的果儿。姥姥将摘好的果儿装在一个个面盆里，让儿女给周边的邻居送过去。

大人孩子们围着山丁子果吃起来，笑声传出门外，姥姥也高兴地笑了。

姥姥留出来一些送给邻居品尝，一些鲜果留给孩子们解馋，另有一些煮熟拌糖，存到一个大坛子里封好。

等到冬天启封，果儿酸甜，汤汁就是酸酸甜甜的果酒了。

每当夏热难挨的时候，姥姥就带着孩子们坐在山丁子树下，一边摇蒲扇，一边讲述《钢铁是怎样炼成的》。

姥爷一边喝茶水，一边深情地看着姥姥。有时姥爷也会拉起手风琴，姥姥伴随着一曲欢快的《喀秋莎》，跳起俄罗斯舞蹈。

山丁子树见证了姥姥和姥爷快乐而温馨的爱情和家庭生活。

姥姥因为善良而得到了大家的喜爱，但也因为俄罗斯人的相貌，遭受了摧残，姥爷也一起受到了批斗，七个儿女也遭到白眼，受到歧视，甚至影响了政治前途。

"文化大革命"期间，姥姥被扣上苏修间谍的帽子，姥爷如果和姥姥离婚划清界限，就可以保持原位不被牵连。但姥爷坚信姥姥是无辜的，根本不是苏联间谍。所以，他就一同被扣上苏修特务的帽子，和姥姥一起进行劳动改造，接受造反派的批判。

每天白天，清洁工都去造反、革命去了，姥姥、姥爷和十几个"地富反坏右"分子去打扫居民区的公厕，然后肩挑满桶的大粪送到郊区的菜地。

到了晚间，匆匆吃过晚饭，他们拖着疲惫的身躯，再到学校操场上，戴上纸糊的高帽子，和那些"坏分子"站在一起，接受造反派和红卫兵的批斗。

姥姥漂亮的盘辫被剃成了"阴阳头"，和姥爷两人脖子上各挂一块大牌子，下面缀着一节钢轨。

姥姥家院中的山丁子树也遭到了大人孩子的偷袭，有人用手折断细枝，拿锯锯掉粗枝，吃了上面的果儿，扔了枯萎的枝儿。

山丁子树已经没有了往日漂亮的大花伞，只留下光秃秃的树干在风中哭泣。

每当批斗回来，姥姥、姥爷后脖子上的勒痕都是黑紫黑紫的，时间一长就成溃疡了，钻心地疼。

可是看到光秃秃的山丁子树，他们的心更疼。

好心的邻居偷偷给他们送来酒精和紫药水，姥爷总是先给姥姥擦抹，尽快让伤口消毒、消炎。

轮到姥姥给姥爷擦抹的时候，姥爷总是打趣地说："你这比挠痒痒还舒服呀！"

院子里的山丁子树好像看懂了他们的爱情，拼命地摇曳着残缺的枝丫。夫妻俩相拥在一起，互相慰藉着饱受摧残的心灵。

"文化大革命"期间，姥姥的孩子们无一幸免，都受到了牵连和影响。

高中毕业的妈妈因为成分不好，只好匆匆嫁给了当工人的父亲，只因父亲的出身是贫农。幸好父亲对母亲很珍惜，母亲一生很幸福。

大舅就没有那么幸运了。大舅当时响应国家号召，成为一名知青。在知青点，脏活累活抢着干，参加学习又很积极发言，还谦虚助人，很快成为骨干。

那个年代的有志青年都想当兵，成为一名军人是他最大的理想。

部队来征兵，大队和知青点都推荐了大舅，终因姥姥、姥爷的苏修间谍和特务帽子，被政审无情地剔除出队伍。后来推荐上大学，他也是因为政审问题被拒之门外。

当时大舅欲哭无泪，只能拼命干活儿，直到姥姥、姥爷平反才返城就业，并在拨乱反正后恢复高考的第一年，考上了大学。

其他的舅舅和阿姨们情形一样糟，白天出门，被红卫兵小将们追着骂苏修间谍、狗特务、狗崽子；晚上看见受侮辱带伤回来的父母，更是大声痛哭。

姥姥总是微笑着，告诉儿女们要坚强，更要坚信他们的父母是好人。姥姥说，等到山丁子树长满树枝结满果儿的时候，我们的家就好了。

孩子们听了姥姥的话，经常给树浇水，第一年树干长出了枝丫，是稀稀拉拉的，第二年又多了一些。直至五年后，山丁子树终于又长成茂密的大花伞了。

姥姥终于等来了平反的春天，而姥爷却含恨九泉。山丁子树见证了他们受到的屈辱和不公，更见证了他们忠贞不屈的爱情。

姥姥的孩子们陆续成家立业，搬离了姥姥家。姥姥也退休了，在家帮着带孙子、外孙女儿，享受着儿孙满堂的天伦之乐。

院子里的山丁子树用满树红红的果实，犒赏着陪伴姥姥的孩子们。

那些造反派也受到了应有的惩罚。他们的孩子也成了过街老鼠，走路总是低着头。

我和表弟表妹都是在姥姥家长大的，姥姥教育我们要知书达理、团结友爱，看见那些造反派的孩子，不要歧视。虽然他们的父母错了，但是孩子却是无辜的。

现在我知道，那叫以德报怨，是一种博大的胸怀。

姥姥家的山丁子树又开始年复一年地枝繁叶茂，果实累累了。

姥姥和儿孙们一起摘果实，让我们送给邻居品尝，教我们酿制山丁子果酒。

在山丁子树下，我们围坐在一起，听姥姥讲《钢铁是怎样炼成的》，听她轻轻唱《喀秋莎》。

后来改革开放了，允许摆摊贩卖了，许多人家都栽上了山丁子树，他们来请教姥姥怎么做山丁子酒。

姥姥就详细地告诉了他们秘诀，回去后，他们把果儿煮熟，用糖腌制好，拿到市场上售卖。

一个拳头大的酒盅，一盅2分钱，后来是2角钱，现在是2块钱，一坛子果酒100块钱。这些人成了改革开放后的第一批万元户，现在都是大款了。

姥姥一辈子都没有回过苏联老家，想念家乡的时候，就坐在山丁子树下，轻轻唱俄罗斯民歌。

歌声带她回到了年轻的时候，回到了和姥爷相濡以沫的日子……

山丁子树摇曳着婆娑的大花伞，好像听懂了似的。

改变我一生的竟然是这件小事！

沈维珍（笔名：田如玉）

有人说："打扫家，清扫的不只是油污灰尘，更重要的是能清扫出一份愉悦的心情。"

对此我深有体会，拖地不仅带给我舒适的环境，还能启迪我的智慧，让我感受不一样的心境。

（一）拖地，改变我的一生

格言说："镜子不擦起灰尘，人不劳动变废人。"

半年前，我感觉自己就是"废人"，当时由于某些原因失业，不上班，挣不到钱，整个人感觉失去了前进的动力，整天不是焦虑就是发脾气，更不喜欢拖地，觉得既耽误时间又劳心劳力，一百五十平方米的楼层，每天都得花半个多小时，搞得气喘吁吁，大汗淋漓。

因为生活在农村，出门就是泥土，为了减少拖地的次数，我要求孩子们进屋必须换鞋，不能把外面的脏东西带回来，孩子们每次都很不开心。

尤其是我妈妈，人老了，记性不好，经常忘记换鞋，对此她也很郁闷。

后来我无意中看到这样一句话："向外追逐是苦海，向内用功是解脱。"

一开始我并不明白这句话的意思，有一次拖地，拖着拖着，正想发牢骚责怪孩子们不爱干净，内心传来了微弱的声音："不是孩子的问题，而是你自身的问题，你需要加强锻炼，改变心态。"

当时我一震，我的心和我说话了？

之前，我整天不是上班，就是看手机，要么就被别的事情所吸引，哪有时间倾听内心的声音？

曾经看到"忙"字的拆解："心""亡"，一忙，就把心给丢了，无"心"做事的人，怎会不手忙脚乱，焦躁不安？

可是在物欲横流的今天，浮躁已经占据了人们的心田，让心静下来却是如此困难。

佛说："我们人一呼一吸叫作一念，一念之间有八万四千烦恼。"

正所谓初念是圣贤，转念即怪兽，一念是惊涛骇浪，可令我们的心海刮起十级大风；一念是柔风细雨，能够安抚我们暴躁的心灵。

儒家经典之作《大学》中有这样一句话："知止而后能定，定而后能静，静而后能安，安而后能虑，虑而后能得。"意思就是说，知道应该达到的境界才能够使自己志向坚定，志向坚定才能够镇静不躁，镇静不躁才能够心安理得，心安理得才能够思虑周详，思虑周详才能够有所收获。

现代人之所以深陷于"忙、盲、茫"的生活困境，是因为没有找准自己的人生目标和方向，就像在黑夜里前行，跌撞迷糊不知所行。

就像半年前的我，只知道机械地上班，并不知道自己来到这个世界的目的是什么，人生方向在哪里，一失业就不知道该何去何从。

拖地，把我从潮流中拉回，让我倾听内心的声音，摆脱焦虑，找回自己。

其实，生活中最大的问题就是看不见自己本身的问题，正因为不去思考反省，才习惯于把问题的矛头指向外界。

"吾日三省吾身"，当自身变了，世界也就变了。正所谓"向内求，观自在"，你若盛开，蝴蝶自来。

（二）拖地，让我的家庭更加和睦

心念一转，万念皆转；心路一通，万路皆通。

自从内心的声音唤醒了我，拖地不再是我的苦难，我把它当成锻炼身体的运动，列入引导孩子的方案。

拖着地，看着环境的改变，听着内心的声音，感受身体温度的变化，这成了我人生的一大享受。

每天下午，大宝从学校回来，走进家门，总会不由得感叹："哇，好干净！"这时，我更加开心！

现在，孩子们在家尽情玩耍，不用担心我会抱怨，看到妈妈和孩子们脸上高兴的笑容，我也特别开心。

有一天晚上，我和孩子们躺在床上玩耍，大宝对我说："妈妈，我感觉你变了很多，比以前温柔有耐心，而且更爱劳动了，家里每天都是干干净净的。"说完还不忘给我点赞。

听了大宝的一番话，我被深深地震撼了，原来我的一个小小的改变，竟会影响到孩子！

如今，家庭和睦、有温度，孩子开心、老人健康，这才是我最应该追求的简单的幸福！

很多人可能觉得拖地这样简单的事儿没必要练习，可往往那些成功人士就是把简单的事干到极致，才凸现出他们的不简单。

记得在梁冬的《生命觉者》中看到这样一幕，他正在采访一位僧人，也是一位著名的庭院设计师，叫枡野俊明。

采访到最后，梁冬问道："我有位中国朋友，曾经跟随先生您学习庭院设计。我问他：'你跟着这位出家人学习了七年，到底学了什么？'朋友说，这七年来，先生一直让他用手去摘松针。请问先生：'为什么会七年都让他做这件事儿呢？'"

枡野俊明回答："是啊，虽然你是在做一个重复的动作，但是你是在不同的时间做的呀！你春天在做，夏天在做，秋天在做，冬天在做；你上午在做，下午在做；你心情好的时候在做，心情不好的时候也在做。事情是在重复着，而事情又不在重复着，如果你能够借助重复的事情观察到自己的变化，你会发现自己突然有一天也会造园子了。"

当时这句话深深地触动了我，朴实中却透露着高深的哲理，原来学而时习之，讲的是不用学太多的道理，你只要重复做一件哪怕很单调的事情，做着做着，你也许就成了一代宗师。

（三）拖地，让孩子们变得更自信

自从我爱上了拖地，两个孩子也慢慢受到我的影响，家里的东西不再随手乱放，吃东西也不再随地乱扔，大宝现在回家也不用我提醒，进家门便主动换鞋，有时还帮我一起打扫卫生。

尤其是二宝，就算是在大街上，如果手上拿着垃圾，也不会往地上扔，而是到处找垃圾桶。

别的宝妈见到后，总会对二宝夸赞一番："你家宝贝很懂事，这么小就知道干净，不像我家那个，太不让人省心了……"

二宝听后特别开心，我也会高兴地补充一句："谢谢阿姨夸奖，宝贝棒棒哒！"

其实，我自己心里很清楚，是我的改变一点点地影响着孩子，俗话说:"邋遢的父母教不出爱整洁的宝贝,暴躁的父母带不出优雅的孩子,父母人生的折射,正是孩子的一生。"

德国著名哲学家雅思贝尔斯说过这样一句话:"教育的本质就是一棵树摇动另一棵树,一朵云推动另一朵云,一个灵魂召唤另一个灵魂。"

教育中,妈妈的所作所为,将会影响孩子的一生。

袁隆平院士是我国杂交水稻研究领域的开创者和带头人,被誉为"杂交水稻之父""当代神农""米神"等。

袁老曾说,大家都说他用一粒种子改变了世界,其实,这粒种子是妈妈给他种下的。一路走来,母亲的谆谆教诲和默默守护给了他莫大的支持,这个寄托了袁隆平先生毕生愿景的"禾下乘凉梦",也引领着他不断前行。

2015年,袁老有感而发写下了《我有一个梦》,这首为妈妈,为梦想,为种子而作的歌,牵动了很多人的心。

拖地这件小小的事,心念一转,竟然会影响一家人,它不仅让我变得乐观豁达,受用一生,更让孩子们变得优秀自信。

其实生活中不是缺少美,而是缺少发现美的眼睛,在这快速发展的时代,能够做到不随波逐流,找回自己,活在当下,就是最好的状态,最完美的结局!

愿有缘人每天开心快乐,健康平安,不焦躁,不抱怨,向阳生长,拥抱阳光!

三月雾色来倾城

汪爱贤（笔名：汪爱贤）

早上醒来，走到阳台上向远处眺望，三月的岭南小城，已被茫茫的浓雾笼罩起来了。这苍茫的雾色，让我突然来了兴致，决定到江边赏雾去。

我以最快的速度，风风火火地赶到了西堤公园，那种迫切的心情，好像要去见的是朝思暮想的恋人，还生怕错过了约定的时间，从此各走天涯。

清晨的西堤公园，空气中带着清冷和潮湿的味道。也许是雾大的缘故吧，此时行人并不多。我站在江堤上倚栏凭眺，对面南岸的如黛青山，早已被浓浓的雾色收藏起来了，只能看到长洲岛影影绰绰地浮现于江面上。往近一点看，能依稀看到有七八只渔船一字排开，安静地停泊在江岸边；一名高瘦的垂钓者，正在调试着鱼竿，而后举起来又甩出去，静候鱼儿上钩。浮动缥缈的雾色中，一叶轻舟缓缓地从江中划向岸边，舟上的人，看不清是老人还是少年，只看到一袭墨色的衣衫与雾霭交相辉映。眼前的景色，俨然一幅动态的水墨画。我陶醉在这山色空蒙、烟波浩渺的画卷中，仿佛自己也成了画中人。

我自小就在江边长大，常常跟着母亲到江边洗衣洗菜。每年的二三月份，家乡的江边也有雾，家乡的雾浓得看不见船。年幼的我，喜欢在浓浓的雾色中，通过"呜呜呜""哒哒哒"的各种马达声，来猜测哪个是豪华庞大的"飞跃船"，哪个是朴素又笨拙的"机帆船"。

我还记得，凡是有雾的早上，母亲都会找来一块方巾，将头包得严严实实。母亲说，雾是有毒的，至于怎样的毒法，母亲却说不出所以然来。直到长大后，我才知道，雾本身是没有毒的，它只不过是低空里的云，主要成分是水蒸气。雾中的水蒸气吸附了有毒的物质，才会对人体产生不良的影响。

说来也怪，那时我未曾像母亲那样包过头，却也不见有何不良反应。我想，大概是因为家乡的山是青的，水是绿的，空气是清新的吧！

恍惚间，一阵微风掠过，风里有淡淡的紫荆花的味道。在雾里闻到花儿的香味，却看不到花在何处，这朦胧的意境真是美到了极致！正想着雾里有花香，不经意地，又想起了白居易那首美丽空灵的《花非花》，想起了那段青涩的回忆。

读中学那会儿，我喜欢极了齐秦的《大约在冬季》，喜欢抄写诗歌。我房间的墙上，贴满了手抄的诗歌和各种明信片。上初三时，我们班换了一位男语文老师，老师那时刚大学毕业不久，见到老师那会儿，我感觉扑面而来一股清新的朝气。毕业前夕，同学们和老师早已打成了一片。后来，当同学们知道我们毕业之时，也正是老师调到其他学校之时，都争相和老师照相留念，还请老师在纪念册上签名。

想到就要和老师离别，我竟然有点儿失落和伤感。那是我人生中，第一次体验到不舍与惆怅。我像一只受伤的小鹿，小心翼翼地对老师说，我喜欢白居易的《花非花》，希望老师能帮我润笔。老师找来宣纸，没有将整首诗抄写下来，只留下了两句："来如春梦几多时，去似朝云无觅处。"后来这两句诗被我贴在房间里最醒目的地方，贴了好多年也舍不得撕去。

当思绪又回到眼前的江堤景色时，太阳已缓缓升起，雾色也渐渐散去，来江堤晨练的人多了起来。只见一个五六岁的小女孩，在妈妈的陪伴下，正在沙堆里尽兴玩耍。一个二十来岁的小伙子，搀扶着一位老妇人，不断变换着场景和姿势，用手机定格下一帧帧温暖的瞬间。

　　这才是最真实的生活写照啊！至于生命中那些已逝去的、短暂又美好的一切，就安放在心灵深处，把它酿成一缸岁月的美酒吧！

黑白之境

董阿丽（笔名：林之秋）

我喜欢看传统国画，尤其是山水画。北派山水画或峰峦叠嶂，气象浑厚，或烟林清旷，飞瀑流泉，多么气势磅礴；南派山水画则草木茂盛，烟云氤氲，多么温婉秀丽。画作虽分南北，意境却同样深远，余味悠长。

那日，我看过一幅画，顿觉走进了古诗《江雪》中。只见茫茫天地，千峰万嶂，山崖冰瀑，一片雪白。飞鸟无踪，小径无影，举目一色。唯一老翁，独坐孤舟，垂钓江中。此刻雪已覆满江面，老者悠然，不知是钓鱼，还是钓雪？

还未细细观赏，只看一眼雪，便觉周身冷冽，人不觉间入了画境。轻飘飘如雪花一朵，覆上无人的雪径，也可落入老翁的蓑衣斗笠，还可以飘去湖中，看千朵万朵的雪归处。想到此，我心亦如清雪般幽静。

而老翁隐入蓑笠，唯留半身玄衣未被素雪埋没。这一粒黑，落在莽莽的银白中，如万亩花中一点绿，如悠悠琴中一声笛。如此意境，像树下老僧闭目冥想，风过身侧，斗转星移，一睁眼，老树枯黄，人间不知更几秋。

世间最纯美的配色莫过于此，简简单单的黑与白，是千帆过尽后的沉静，是江湖两相忘的洒脱。当浪过海面、风吹人间奏起华章，三山五岳、万里河山岿然不动，黑与白依然是冬日之纯粹，万色之灵魂。

曾游九华，刚入徽境，目光便随着青瓦白墙的房舍流转，看着荷塘边劳作的农人，心里顿生艳羡。上山安顿下来，便急急地游览一番。

雨洗后的天气适合慢慢走，随处逛。山中险峰古刹、奇花妙石繁多，却勾不起我的兴致，偏偏喜欢倚着高处的栏杆，看微雨薄烟中的素墙黛瓦，以及倒映在放生池水波里的百年光辉。

那一面面白墙，未施粉黛，隐于烟雨之中，有如邻家小妹倚门回首，冲你娇羞一笑。似听一缕断断续续的弦音，左右寻之，却见不到半点踪迹。或浓或淡，或隐或现，不知经过了几千年的风雨，却依然恬淡安静。

游百岁宫，偶遇一只黄毛小猫。它坐于路间，安静地、自顾自地以爪洗面。周围是络绎不绝的游人，而此路不过三五人宽，它仍安然端坐，仿佛与身边的千年古刹一起坐了一个世纪，然于它而言，或许只是弹指一挥间。

这一动一静，恍若参透了世间哲理，置身事外便是静，身处其中已是动。而这一黑一白，已然掌管了万物灵气，涤荡人间的烟火气息，回归到安静沉稳的世界。

常常在一首古诗里，与诗人遨游沧海，笑看桑田，或是耕田锄犁，坐观流云；或选一处恬淡之境，如张岱的《湖心亭看雪》，"天与云与山与水，上下一白，湖上影子，惟长堤一痕、湖心亭一点、与余舟一芥、舟中人两三粒而已"。我可作其中一粒，端坐雪舟，与古人煮雪烹茶，唱诗和曲，在莽原银色中泰然处之，观雪飘窗，听雪落声……

今晨，梦醒，天幕拉开。青瓦的屋、干枯的树、冷清的路都落了厚厚的雪。当天光驱散阴霾，看天地一色，我的心境豁然开朗，如迷途遇溪水，潺潺地熨平了一身劳累，心之开阔，大抵与忽逢桃花林相同。

偶尔，早起的人两三粒，闯入雪白的世界，正是画中的黑白之境。

素色雪，玄色衣，此刻善绘人间山水的画师，已绘好了心中意境，坐等懂画的人细细品评。

阳光照在雪上，于我是明亮刺目，于日光雪影则是花草相依般融洽，宛如林中鸟鸣般美好。在这纯粹素雅的黑白世界里，稀光淡影，密林留音，这样的日子，再美好不过了。

内向的人自带光芒

沈苏苏（笔名：苏子游）

你有没有过这样一种经历，你只是不爱说话，喜欢独处，可是经常会遇到一些好为人师的人对你进行说教。

你有没有过这样一种感受，你本身不是爱热闹的人，你的心灵趋于安静，不管在学校还是在工作岗位上，周围的人背后都会对你指指点点，仿佛你是一个有问题的人。

你是否有过这样一种体会，你只是喜欢沉浸在自己的世界里，不会主动去讨好别人，无论参加聚会还是集体活动，对你来说都是一种煎熬。为了礼貌，你应付性地融入群体，内心却希望这次饭局越早结束越好。

内向的人似乎天生易遭黑，内向的人往往在哪儿都易"躺枪"。

内向的人参加完集体活动，需要读一本书，听会儿音乐，写点儿什么，才能从拧巴的情绪里舒展开来。

于是你的耳边经常会听到这样一些话：

"你是有才华，可是呢，性格过于内向，你有才华一定要表现出来，要不然别人怎么知道你有才华呢？"

"要多参加一些集体活动，不要总是一个人独来独往，这个社会需要团队，多沟通交流，像你这样的人进入社会估计混不开。"

"我发现你情商一般，不太活跃，年轻人就应该积极活跃点儿，你这样自闭，怎么适应社会？总不能让社会迁就你，你要主动适应社会。"

所有的劝解，最终的目的，就是告诉你，你做的事儿一定要让别人知道，你的才华是你的资本，你必须让别人知道，才能获得相应的好处，至于你内心愿不愿意这么做，变得不那么重要了。

有时候，你会思考这个世界到底怎么了。

人们似乎对内向的人带有强烈的偏见，人们在俗世中追名逐利，各显神通，练就了一大批见人说人话、擅于搞氛围、圆滑讨巧的人。

于是，嘴皮子好的人，占尽优势，职位得到快速提升，大把的钱赚到口袋，买了大房子，换了好车子，威风八面，扬扬自得，见了人到处宣讲自己的成功学，唯恐世人不知。

所以你才见到，那些完不成业绩的某公司员工互相扇耳光；又见到某某单位，重金邀请外来培训机构，对业绩较差的员工进行打屁股惩罚；你还看到某某公司，为了利益，让员工穿着内裤进行户外广告宣传。

明明是对人的不尊重，还冠冕堂皇地称之为"企业文化"；明明是对员工人格的侮辱，还煞有介事地告知员工，这是训练狼性。

整个世界似乎闹哄哄的，人们就像发了疯似的，拼了命地想要成功，想早点儿出人头地。

从前的日子过得慢，车、马、邮件都很慢，一生只爱一个人。

从前的衣服坏了缝缝补补，现在的款式只要不对味，就直接扔了。

从前的爱情缠缠绵绵，海枯石烂，如今蒙上了物质的爱情，来得容易却不长久。

从前没有空调，我们夏天也过来了；从前没有手机，我们的童年也很快乐。

内向的人自带光芒。

我只是喜欢安静，我真的不是装腔作势；我只是喜欢古诗词，请你不要用你的成功学来教育我；我只是喜欢过简单的日子，请不要把你认为对的想法强加于我。

我爱诗词，喜欢苏轼的旷达，"莫听穿林打叶声，何妨吟啸且徐行。竹杖芒鞋轻胜马，谁怕？一蓑烟雨任平生。"

我喜欢柳永的婉约，"寒蝉凄切，对长亭晚，骤雨初歇。都门帐饮无绪，留恋处，兰舟催发。执手相看泪眼，竟无语凝噎。念去去，千里烟波，暮霭沉沉楚天阔。"

我喜欢周邦彦词风的雅正，"燎沉香，消溽暑。鸟雀呼晴，侵晓窥檐语。叶上初阳干宿雨，水面清圆，一一风荷举"。

拥有这层光芒的人，耐得住寂寞，忍受得了孤独，受得了诽谤，读得懂人心，看得透世间，成得了大气。

内向的人自带美颜和滤镜。

他们总能在欢乐的人群中，预见散场后的凄凉与落寞；他们走在人群里，却身怀"百花丛里过，片叶不沾身"的绝技；他们总能在欢乐中看到人们狂欢后的空洞与虚无；他们在狂欢里看到人们孤独的眼神，在孤独的眼神里看到满是疮痍的灵魂。

他们的美在于，我不说，但我比谁都懂；他们的滤镜是，自动屏蔽纷乱与嘈杂，在荒诞不羁、乱哄哄的俗世，保持不多的理性与自我。

2017年12月28日，是沈从文先生诞辰115周年，这个出身平凡、从湘西小城走出去的青年，第一次上了讲台，看到很多人，由于紧张，一句话也说不出来，于是在黑板上写下一句话："我第一次上课，见你们人多，怕了。"

沈从文为人谦和，有些柔弱，但质地刚强，有些执拗。

但就是这样一个看起来柔弱的人，却是离诺贝尔文学奖最近的人。2000年10月诺贝尔奖终身评委发文："我个人确信，1988年他若不离世，将在 10 月获得这项奖。"

内向的人正在减少，伪外向的人正逐年增多。

在过去的 30 年里，我被贴得最多的标签就是：不合群、太闷、自闭。

于是，很多像我一样出身农村、性格谦卑、为人实诚、不会来事的青年开始变化，他们变得比外向的人更加外向、张狂。

为了逃避攻击，避免被人当作靶子，他们学会了大声说话，变得会来事，会说些俏皮话活跃气氛。

在改变的过程中，他们渐渐发现自己不被人当作焦点了，人们开始接纳他们。但是他们被迫参与更多无效的社交，伪装自己，高谈阔论，觥筹交错。

直到夜深人静，灯影幢幢，万籁俱寂时，他们才发现，镜中的自己变得模糊与癫狂。

如果说内向的人最容易遭"黑"，失去一些抛头露面的机会，佯装外向的代价却是学会了取悦别人，却失去了取悦自己的能力。

内向的人是不是一定不适应这个社会，不受人待见？

这倒也不是，内向的人最难的不是学会去合群，而是放弃自我，佯装活泼。

内向的人大多嘴稳，更容易说出真话，给人的第一感觉就是稳重踏实，有什么心里话，都可以和你去说说。

内向的人更加专注，他们情感细腻、感情丰富、待人真诚、与人为善，与他相处总能感受到自然舒适。

内向的人更加深刻，他们思维缜密、细致耐心，他们总能捕捉到别人不易察觉的危机，对事对人都有自己深刻的见解。

内向的人，大可不必悲观，不必忧伤，乌云遮住了你们的光芒，周围的恶语刺伤了你们的内心，但请保持冷静，克制戾气，专心做自己擅长的事，持之以恒。相信"久伏者飞必高，花开者谢必早"，假以时日，你定能一飞冲天，扶摇万里。

我人生中的第一张照片

张小莉（笔名：张梦真）

人生漫长，由无数个短暂的瞬间连接着，有很多悲欢离合。有的随着时间的溜走而远逝，有的游弋在心底经年不散，有的被定格在一张卡纸上形成画面，成为永不衰老的照片。

每个人都会有无数的照片，珍藏在一本本相册里，或者在自己的脑海里。

每一张照片，记录的不是时间，不是空间，也不是形象，而是一个人的生命，还有当时那一刹那的永恒。

在那许许多多的照片里，总有几张令你刻骨铭心，深深镌刻在记忆的丰碑上。

我最难忘也最珍贵的一张照片，是我和大姐、二姐三人一起，在青岛海边的青春记忆。

当时大哥刚大学毕业，工作分配在了青岛。

过年时，大哥告诉我们青岛太美丽了，大海、山峦、绿树红瓦的街区、别具特色的风土人情。他让我们姐妹一定要去游玩，见见世面，多看看外面的世界。

第二年放暑假时，在大哥的安排下，我被大姐和二姐拽着去了青岛。

我们姐妹三人，大姐是最老实木讷的，我最小，也是最胆小的。唯有二姐，上山下海、捉鱼摸虾、爬树攀墙，无所不能，无所畏惧，比男孩子都淘气、聪明、能干。

她带着我们坐了三个多小时的汽车，晕晕乎乎地抵达青岛。

只见高楼林立，车辆如海里的大鱼游来游去，急匆匆过往的人们，目不斜视、神情坚定地快速向前奔走，很多都是奔跑着，整个城市给人一种热闹、喧嚣的紧张感。

这是我第一次离开家门到那么远的城市，远离家乡，内心除了新奇和期待，还有恐慌，好像我要永远离开那与我相伴十几年的村庄。

在此之前，我从未离开过家乡方圆五十里的范围。

还记得儿时，第一次被二姐带着离开村庄，到别的村庄玩耍，我吓哭了，二姐百般哄着、背着，才将我安抚下来。

十年后，我再次被大姐和二姐带着离开家乡，去到百里之外的更大天地，心中还是惧怕、紧张。只不过，一想到那座陌生的城市里，有我最爱的大哥在等着我们，我的心中便安定了不少。

二姐按照大哥留下的地址，带着我们在大哥单位的那条街上，来来回回坐了好几趟公交车。

因为我们是第一次坐城市公交车，不会看站牌，不懂得看方向，在青岛又分不清东西南北，找不到准确的下车站点。

我们最后一次上车、下车，二姐辗转打听了好多人，才弄明白了指路人所说的上下左右方向，找到了大哥工作的单位大门。

大哥给我们三人买了工作餐，四菜一汤，我长这么大，第一次吃外面的饭，有种吃大餐的感觉。

饭后，大哥带我们简单地参观了一下他工作的地方。他的单位太大了，感觉比我们那一千多户的村庄大很多，只转了几栋楼的外围，就累

147

得我头晕眼花。

大哥下午请假，带我们到海边栈桥去游玩。

在路上，我问大哥："这些汽车为什么头顶上有根天线？总挂在空中的电线上，不怕拐弯时把电线折断吗？"

大哥笑着，耐心地向我们解释："那是有轨电车，那根天线是连接器，电线随着地面上的轨道平行架设，不会跟车的方向冲突。看，每辆车都是在地面的轨道上行进，就像火车的轨道。"

我跟姐姐们不停地点头，笑道："原来是这样……"

那是我生平第一次看到蔚蓝的大海，阳光照耀的海面，波光粼粼，仿佛铺满了闪亮的珠宝，光彩迷人。

浅蓝色的天空，海鸥在空中嬉戏，欢快的歌声无尽嘹亮，海面上海浪连绵起伏，身边游人如织。

大哥要给我们姐妹照张相，留作纪念。他叫来了穿梭在游人中的专业摄影师，选好了背景，摄影师给我们三人排好了位置。

摄影师抓住几秒钟的瞬间，来一声"笑一笑"，"咔嚓"一下，我们三姐妹的青春被定格在了一个小小的盒子里。

几天后，我们收到了这张在青岛栈桥上拍的三姐妹的青春合照。

这是我们姐妹有生以来第一次照相，也是第一次，更是唯一一次在一起的照片。

这张照片，是我人生中第一次照相，也是两个姐姐第一次照相，那年我15岁，二姐17岁，大姐21岁。

因为家里穷，父亲从来没有给我们兄弟姐妹5个照过相，所以我们都没有留下一张小时候的照片。

记得儿时，有几次母亲要带我们去照相，都被父亲以不能吃喝、瞎浪费钱为由给阻拦了下来。

直到现在，没有能给我们兄弟姐妹留下一张儿时照片的遗憾，像一根刺儿一样，永远扎在了喜欢浪漫、看重仪式感的母亲心中。

她每每想起来，就要絮叨一遍，埋怨父亲的小气、不通人情，然后挨个儿描述一下我们每个人儿时的模样。

在母亲看来，她的儿女们个个美丽帅气。尤其是我们小时候，粉嫩漂亮又可爱，穿着她为我们缝制的衣帽，堪比一个个金童玉女了。

没能留下一张照片为证，真的是她这辈子心中最大的憾事。

这张照片，对我和姐姐们来说意义非凡。它是我们青春的定格，是我们三姐妹这一生姐妹情缘的见证，也是我们在成人之前的生命瞬间的永恒定格。

照完相，我的目光流连在一些特殊人群的身边。

那就是路边蹲坐着的一些摊贩，他们的面前摆放了一些海螺、贝壳、珍珠、海星等海产品、工艺品的小玩意，令我目不暇接，爱不释手。

我们没有钱买，只是仔细地摸一摸，把玩一下，满足一下好奇心而已。

大哥看到我在一只由无数小海螺组装而成的小鸟面前徘徊，拿起来放下，放下又拿起来，不舍得放手。最后他走过来，跟人家讨价还价，最终花了五元钱买下来。我高兴地抱着大哥的胳膊，转了两圈。这是我人生中收到的第一件礼物，一只漂亮的海螺工艺品小鸟。

它被我珍藏了几十年，一直保存在我的木箱子里，我走到哪儿带到哪儿。

婚后多年，在第二次搬家时，我发现它快被虫子啃光了，才万般不舍地丢弃了。但是它那红唇黑眸、回首凝视的模样，却永远刻在我的心里，连同当年大哥给我买下它时的场景。

下午，大海涨潮了，海浪像一头喝醉了酒的巨兽，摇摇晃晃，每一次蓄势之后的爆发，都力量惊人，威猛无比，仿佛不吞掉你，就无法展现它的勇猛似的，一次次扑向栈桥的栏杆。

我心中的恐惧感无法言说，越看越心惊，那种对海底之下的未知世界的恐慌，包裹了我柔弱的心。

但是看到大哥和姐姐们护着我往回走的神情，我心里的恐惧便逐渐消散，握着心爱的螺壳小鸟，我心里洒满了阳光。

多年后，每当我看见那张照片，看着照片里我们略带紧张却青春洋溢的笑脸，那湛蓝的天空、飞翔的海鸥、银光闪烁的海面、红唇墨眸的小鸟、哥姐们的温暖笑脸，就如同电影画面般扑面而来。

时光未老，我们已老。

唯有那些青春，从未老去，那抹温暖的亲情，不曾远离，定格在照片上，凝聚在我的心里，如始终不败的花，永远在记忆的芳草地中闪耀……

报恩的猫咪

闫义达（笔名：达达）

春天到了，卫生城市建设又开始了。随着工程建设的大力推进，我们家属院外的一排小破违建房被拆除，取而代之的是干净整洁的围墙，还有一个露天垃圾池，也被拆除，替换成制式的分类垃圾桶。依靠这个垃圾池生存的老鼠、流浪狗、流浪猫全部需要搬家。

特别是流浪猫部落，它们是这个胡同的精灵。我总能跟它们碰面，但它们只是跟我不远不近地相处，不远离，也不亲昵。

若是楼上的毛小子小六，情况就不是这样了。小六在家是集万千宠爱于一身的"呆霸王"。别看叫小六，其实他可是毛家的独苗，前面五个哥哥姐姐都流产了，小六也是费了千辛万苦才保住的。

这个小六异常调皮，上幼儿园时，经常欺负小朋友，上小学时经常跟老师对抗，猫咪见了他也会远远地躲开。因为，他一看到猫，就快步地追上去，并哈哈大笑。

拆垃圾池的时候，正好赶上小六放学回家，他围着施工人员捣乱，施工人员不耐烦，怕出安全事故，却赶也赶不走这个调皮捣蛋的小子。有一个老师傅递给他一个"喵喵叫"的旧鞋盒子，让他去一边玩儿。

小六打开鞋盒子一看,是两只小奶猫,正在"喵喵"地叫着,一只黄白花,一只全白。全白的那只小猫,两只眼睛的颜色还不一样,是一只漂亮的波斯猫。小六一把掐住猫脖子,把小白猫抓起来一顿揉捏,小猫痛苦地哀嚎。

"快放下,你这样就把它掐死了。"一楼的刘婶买菜回来,正好碰上。

"要你管!"小六瞪着刘婶,一点儿也不礼貌。

刘婶也不生气,蹲下来,拉着小六说:"来,你看这是什么?"刘婶拿一把香椿芽凑到小六的鼻子前。"香不香?把小猫给我,香椿芽拿回家,让妈妈给你炒鸡蛋吃。"

小六欢天喜地地跑回家,让妈妈烹饪美食,小猫咪的事儿一下子抛到了脑后。

刘婶因为对动物毛发过敏,不能在家养小动物。她就在不影响环境美观的地方,给小猫安了一个家——一个木箱子,铺上旧棉坐垫。小猫"喵喵"地叫了没多久,猫妈妈就找了去。猫妈妈是一只纯白的波斯猫,一只眼睛是黄色的,一只眼睛是绿色的。它一边给孩子们喂奶,一边舔着它们身上的毛。刘婶在猫窝旁,放下一些炖鸡切下的碎鸡肉。

我们家属院的人都知道这里有个猫窝,除了刘婶,也都经常接济它们一些食物。李叔叔周末钓鱼回来,会扔下一两条小鱼。李奶奶、张大娘也会偶尔照顾一下。小六妈应该是得到了提点,严厉禁止小六虐待小动物,并引导他仔细观察小猫咪,就能写出好作文了。

谷雨以前的香椿芽,还能再吃一段时间,刘婶在车位旁种的这两棵香椿树,是家属院里的人春天打牙祭的宝树,人人都称颂刘婶的功德。刘婶总是慈祥地笑着说:"树是我种的,地是大家的,谁家需要随便摘。"家属院里没有贪得无厌的人,谁家想吃就去摘个三四朵,趁着新鲜,开水焯一下凉拌,或者切碎了炒鸡蛋。

春天还没有过完,刘婶得了急性阑尾炎,在医院住了7天,回家也没有下床，卧床调养着。家属院的邻居都陆续前来探望。小六妈昨天刚好收到娘家送来的土鸡蛋，惦记着给刘婶送一些过去。正好是周六，小六不上学，也非要跟着一起去。

母子俩一边为昨天背诵的古诗翻着旧账，一边从六楼下到一楼。走到二楼的时候，听到一阵"喵喵喵"的叫声。小六松开妈妈的手，"咚咚咚"一路小跑着冲下楼去，"啊"的一声惨叫，又跑了回来。

"怎么了？"小六妈紧走两步，抱住小六。

小六指着刘婶家门口说："刘奶奶家门口有死老鼠，一定是那些臭猫恩将仇报，来吓唬刘奶奶的。吓死我了！"

小六妈搂了搂小六的肩膀，温柔地说，"这你可就错怪猫咪了，这是猫咪来报恩呢！人也要知恩图报才行。"

清明节，看了一部电影，理解了父辈，懂得了人生

吴爱民（笔名：刘青山）

这是我步入社会的第三个年头了，此刻，我正坐在同事的宿舍里，电脑里放着的，是韩寒导演的电影《乘风破浪》。

这部电影我曾经看过，然而今日再跟同事重温，感触竟然大有不同。正值清明时节，我不禁又想起了身在故乡、灵魂在天上的，我生命中极其重要的那两个人——我的爷爷和我的爸爸。

王小波在《黄金年代》中写道："后来我才知道，生活就是个缓慢受锤的过程，人一天天老下去，奢望也一天天消失，最后变得像挨了锤的牛一样。"

我常常会想，一个孩子，但凡没有步入社会，没有挨过人间的锤，不曾体会赚钱的辛苦和现实的诸多无奈，大概率是无法真正理解他的父母和长辈的。如今细细想来，我这个在他们眼里从小到大读书争气的孩子，过去对他们的误解实在太深了。

记得有人曾经说过：当一个人越来越理解他的那些长辈时，说明他越来越成熟了，悲观一点地说，也就是越来越老了。站在"奔三"的路口，再看《乘风破浪》这部电影，我越来越理解了自己一路走来的成长

印记,以及定格在岁月里的那些人,还有他们不愿明说的、与大多数人共通的难言之隐。

(一) 赚钱不是一件容易的事

自我记事起,我的爷爷赚钱养家就靠种庄稼和收破烂。

中国作为一个农业大国,种庄稼,自然是我爷爷作为一个农民不能丢也丢不掉的传统手艺。而收破烂,就是在我们那个村子里,收购各家各户不要的废品,然后集中倒卖给城里面同样从事该行业的熟人,这就带了一点儿商人的性质。祖父若不是念书念到了初中,想来也摸索不出这条生存之道。

话说回来,祖父依靠着这门生意,不仅养活了我们一大家子人,还在我们那个小小的村里,成为几乎家喻户晓的名人。很多人见到他,基本上都会笑着唤他一声:"尧公子,今天收了多少破烂儿,赚了多少钱啊?"

这活儿好是好,多了一条赚钱的门路,至少比纯粹做个农民聪明一点儿,但就是脏啊,累啊,臭啊,而且社会地位也比较低。这是我小时候的感觉,当然,家人也常常会教导我和我哥,长大了千万不要干这行。

说到我爸,他就更比不上我爷爷了,只会卖苦力,没有我爷爷那样的商业头脑不说,自己该拿的,有时候也不好意思向别人开口要。

他的职业是什么呢?嗯,还是种庄稼,不过他也捞沙子。捞沙子,就是在挖掘机尚未像今天一样常见的时候,人工到河里去捞那种金灿灿的流沙,然后堆到岸边,等有人需要建房子时,就卖给他们建房子用。在我的印象里,一卡车沙子是50到80元钱,偶尔有大容量的卡车,一车可以卖到一百来块钱。

这可是一个纯力气活,赚的是血汗钱,首先得用铲子把沙子甩到河岸上，还要花时间花力气把沙子铲到大卡车上，这几十块钱，还真不好赚。

在我的记忆中，像现在这样大热的天气，我爸经常光着膀子去折腾沙子，汗流浃背，全身发酸，颇有点儿愚公移山的味道。

爸爸辛辛苦苦把沙子装上车之后，有些司机还不给现钱，赊账是常有的事。所以，我就记得小时候我妈经常拉着我，打个手电筒照着穿过漆黑的巷子，去别人家里讨账。

我爸这个人，太老实太善良了。

2013年，我和我哥高中毕业，名落孙山之后，我哥选择去学家电维修技术，一向学习优秀、尚有希望的我，则进入了县城唯一的一所复读学校。

直到如今，我哥在辗转学了家电维修、铝合金门窗安装、打字机复印机维修、送快递之后，最终在深圳一家工厂成为流水线工人。而我，顺利念完大学，在大学毕业那年，为了紧紧抓住眼前的饭碗，考上了公务员，来到一个特别偏僻的乡镇机关上班。

我哥在工厂流水线上三班倒。没有歧视的意思，工厂里面的工人，真的就是我们网上常说的，为了碎银几两，每天慌慌张张，看不到未来，看不到希望。

而我呢，当然得感谢知识的力量了，可是一踏入社会，就发现真的太渺小了，普通人三百六十行没有哪一行的钱是好赚的。

是啊！我们不得不承认，赚钱是要吃苦的，这并不是一件容易的事。

（二）一代人有一代人的困境

许多学者都曾说过类似的话：一代人有一代人的压力、困难和挑战，一代人有一代人的长征，一代人有一代人的使命，这是我们不得不面对的。

爷爷在世时，曾反复跟我说过这么一件事，他说："你们不知道吧，我很多次卖废品的时候，都曾到过县城一中。站在一中的门口，我很想进去看一看，但是都没有进去，其实我那时候应该去读书的……"

爷爷排行老三，家里从上到下有七个兄弟姐妹，在那个特殊的年代，爷爷的父亲去世之后，成年的兄弟姐妹逃难的逃难、出嫁的出嫁，尚未成年的，必须有一个负责任的兄长站出来，挑起养家糊口的重担。

爷爷后来跟我们说，他后悔的是当时太年轻了，为了照顾弟弟妹妹，只知道出去帮人担煤或者卖针线换钱，却没有想过要坚持读书，寒暑假多做点事挣钱养家就行了。

爷爷还说，那时候他本可以去县城一中读书的，但是没办法，弟弟妹妹不可能一下子长大，他得照顾她们。

爷爷的经历，让我想起《平凡的世界》中的孙少安和孙少平，正如路遥在书里面写的：在这个世界上，不是所有合理的和美好的，都能按照自己的愿望存在或者实现。

至于我爸，我努力想象了一下，根据他的出生年龄来计算，改革开放那年他13岁，八九十年代时，他正值青春和壮年。

奶奶抱怨过，那时候在学校念书，爸爸的成绩其实不错，后来为什么没能把书给读下去呢？原因出在爷爷那些逃难出去多年又回到老家的兄弟身上，他们回来之后，大肆宣扬外面的世界有多么精彩，赚钱吃饱饭是多么的容易。

于是，我爸、我叔还有我姑姑都心动了，拦都拦不住，书也不读了，地里的农活也不干了，偷着跑到外面去谋生，为了吃上一口那时候算是相当珍贵的白米饭。

可问题是，真如我那些祖爷爷说的有人带着他们下海捞金倒也罢了，事实却是，到了外头还得帮人家做长工，干农活种庄稼混口饭吃。坐火车混到城市里去，没有技术，没有知识，有时候甚至只能乞讨或者捡一点儿那些大酒店的剩饭剩菜来吃，夸张点儿说，那在当时可能还真是他们眼里的"珍馐美食"吧！

等他们回过神儿来，再回到家乡之时，已经错过了最佳的读书年龄。我奶奶还说，我爸后来落下了心理阴影，加上被我爷爷骂得够呛，精神还出现了点儿问题。读书这条光明大道，竟然在他们眼里越来越黯淡下去了。

到了今天，我想不用说大家也都明白，机会越来越少，每个人都面临着自己的人生困境。

去年有两个热门词汇：一个是内卷，一个是躺平。我觉得无论这种现象好不好，它们确实是我们这个时代的象征。每个人都有对美好生活的向往，可是社会资源、自然法则摆在这儿，我们想要突破眼前的困境，认知、风口、人脉资源……一个都不能少。

路遥说过："生活不能等待别人来安排，要自己去争取和奋斗；而不论其结果是喜是悲，可以慰藉的是，你总不枉在这世界上活了一场。"有了这样的认识，你就会珍惜生活，而不会玩世不恭；同时，也会给自身注入一种强大的内在力量。

或许有人和我一样，在年少之时，总是误会我们的父母和长辈；在我们的人生遇到困难之时，总是免不了幻想为什么自己没有出生在富贵之家……可我想说的是，每个人都有自己的困境，偷懒是到不了想去的远方的，万里长征路，还得靠自己才行。

电影《乘风破浪》的最后，徐太浪（邓超饰）的父亲徐正太（彭于晏饰）在入狱之前，告诉徐太浪，给他留了一箱子宝贝——BB机。在此之前，徐正太还断言说电影院是没有前途的，小马（董子健饰）搞的那个计算机编程，也不知所云、没什么用。

但是穿越过去的徐太浪知道,那些东西,都是未来的趋势所在。而他爸爸口中所说的宝贝——录像带和BB机,最终在时代的浪潮之下,很快被大哥大、诺基亚、智能手机、电脑等取代,淹没在岁月的浪潮之中。有人说:"人生如置身迷雾之中,每走一步,都是一种艰辛;每一种艰辛,都伴随着一种疼痛;每一种疼痛,都是一道难以逾越的坎儿。"

的确,我们都处在迷雾之中,一如当初我们的爸爸辈,我们的爷爷辈。可以说,时代岁月是不同的,现实困境却是不尽相似的。

如果你能理解自己,换种时空,我想你应该就能轻易理解他们吧!

阅读，开启我写作的新世界

宋君（笔名：白雪读书）

记得小时候读书那会儿，除了会认真读老师教的课本，其他的课外书籍看得是少之又少。一是不知道该看什么书；二是觉得看这么多课外书，对学习不会有什么帮助。

踏入社会工作后，书籍在我的世界里也基本消失殆尽，因为上班的时候就上班，下班后就和朋友去喝奶茶、喝咖啡，精力没有放在阅读上。

结婚、生子、带娃……在人生的黄金年龄，我经历了每个女人都该经历的一切，生下了第一个宝宝，接着开始工作，挣钱，创业，买了属于自己人生的第一套房子、第一辆车……

岁月如梭，时光荏苒，十年的时间悄然而至，我生下了第二个宝宝，开启了我的第二次人生转折。因为属于高龄产妇，产后恢复慢，我基本在家做起了半全职妈妈，闲暇时间少之又少。

因为长期睡眠严重不足，我的头发大把大把地掉，除了身心疲惫，也很焦虑。那段时间，我的情绪临近崩溃的边缘，唯一的感触就是：带娃真的是太辛苦了！

再后来，妈妈来家里和我一起带宝宝，我的精神状态才逐渐恢复，开始有时间看看书，在简书平台上分享自己的只言片语。

"养儿方知父母恩"，这是我做母亲后最深刻的感悟。

（一）开启我的阅读写作萌芽期

我看的第一本书是理财类的书籍《小狗钱钱》，没想到这本书完全引起了我对阅读的兴趣。我开始有意识地学习不同平台、不同读书博主分享的读书笔记方法，并且开始运用和记录，我的第一篇读书笔记也因此而诞生。

采购了一波又一波自己喜欢的书，我正式开启了我的阅读时光。每看完一本，我都认真记笔记，摘抄喜欢的句子和段落并进行分享，乐此不疲。从 2021 年 6 月到 12 月，我一共阅读了 15 本书，分享了 20 篇读书笔记和学习内容。

（二）惊喜，总在不经意间出现

"你是自己的投资人，每天所做的事情、所花的时间，就是你最昂贵的投入，时间用在哪里，结果就会产出在哪里。"

付出，就会有收获！没想到，今年年初分享的一篇名为《阅读半年，我的微改变》的文章，获得了很多文友的点赞、收藏和留言。这意外的惊喜，让我更加坚定地阅读和写读后感。原来，我的身后还有这么多爱阅读的朋友结伴而行，亦师亦友，共同分享。

另一个惊喜接踵而至，几家出版社陆续联系到我，开始给我寄样书。从 2022 年 1 月到 6 月，我总计收到了 19 本新书，这些书彻底打开了我实现纸质书自由的大门。这是对我的肯定，我得用文字来表达我最诚挚的谢意。

每天把宝宝哄睡后，我就开着小电筒，在床上一本又一本地阅读。从 2021 年 6 月到 2022 年 6 月，整整一年的时间，我一共阅读了 26 本书，写了 48 篇读书笔记。虽然数量不多，但也见证了我从 0 到 1 的学习过程和改变。

（三）遇见简书，遇见齐帆齐老师

阅读使人充实，写作与写笔记使人精练。

阅读一年，写了一年的读书笔记后，我发现自己因为词汇的匮乏，而写得力不从心，思想立意缺乏独特、犀利的见解。

于是，我萌生了这样的念头："我要提升自己的写作水平，实现自己变现的目标！"

因为我知道，写作，是成本最低的投资。

我不能一直瞎写，最重要的是知道怎么写、写什么，不能再像记流水账一样，写出毫无营养的文字，这样的文字没有情感，没有汲取点，也不能让人产生共情和共鸣，这是失败的文字！

我对自己提出更高的目标和要求，我要学习！

关注到齐老师，是一年前刚接触简书时。她的写作课程我一直很感兴趣，但由于当时产后带小孩，时间和精力不允许，所以迟迟没有具体咨询和报名。这次，我加了齐老师的微信，对所有的课程和授课方式进行了全面了解。齐老师耐心地解答了我的疑问，并鼓励我勇敢地去写，让我对写作充满了期望和信心。这时我知道，我找对人了！

加入年度写作训练营，学习了一个多月的时间，我确实有了明显的提升：

1.以前写一篇随感，不会超过 300 字，写的内容像记流水账，没有新意，没有读者，越写越没劲儿，越写越不知道写什么。

而现在，我通过学习知道了写作的类型、结构和框架，开始积累写作素材，拟写主题选题，等等。

现在我写的每一篇文章都在800字以上，不再无话可说，显得空洞和乏味。

2. 以前写文章就是自己唱独角戏，没有人阅读，更没有人给予点评。

现在，有社群的老师们、同学们，相互打气鼓励，给予中肯的点评，让我的写作水平不断地提升。

和一群志同道合的笔友一起交流，这个圈子我真的很喜欢！

写作，只要肯学习，肯付出时间，敢于下笔，就会慢慢形成自己的写作风格和作品。

我的下一个目标是：能有机会在报刊上刊登自己的文字，让文字变成铅字。

期待自己通过时间的锤炼，通过自己的坚持，能收获不一样的自己！

长歌当哭，我的老爸他走了……

李洁（笔名：云飘碧天）

  2月21日下午5点多钟，在德国的我惊闻老爸住进医院后，心顿时揪了起来。

  奈何国内已经午夜12点多了，我只能极力按捺住内心的不安，焦急地等待天明，我想和老爸视频。

  然而，在第二天早上和老爸视频时，我情绪失控了，小哥怕影响老爸的心情，不到一分钟就果断地挂了视频。

  我怔怔地盯着手机，心宛如被人摘去了一般，疼痛像疯长的野草，在心里拼命地蔓延。眼前是老爸油尽灯枯的身影，毫无生机地躺在雪白的病床上，那么虚弱，那么脆弱，仿佛风一吹，就会烟消云散。

  我真的很害怕啊！

  我害怕老爸的生命就这样随风而逝，我害怕见不到老爸的最后一面，我害怕老爸就这样长眠不起……

  我也真的不甘心啊！

  我们彼此熬过了七年漫长的等待，我的脚已经踏上了回国的征程，马上就可以回到老爸的身边，我不甘心就这样满怀希望又失望……

没有哪一刻，我是这样地希望苍天能够保佑老爸，保佑他能够延续生命，哪怕只能再延续一个月，哪怕只能延续到我回到老爸身边，握住他的手，亲口叫他一声"爸……"。

心绪不宁的我，抱着手机像无头苍蝇一样在房间乱转。外面依旧漆黑一片，路灯昏黄的光，在黎明前的黑暗中显得格外冷清。雨丝轻轻飘落，如泣如诉，像一首凄婉的老歌。

不知道过了多久，手机突然再次响起。我的心一沉，慌忙接听，依旧是小哥打来的视频电话。

这一次，老爸清醒了，二哥正在喂老爸喝牛奶。我泪眼婆娑地看着老爸，没敢出声，我怕一开口，就忍不住号啕大哭，吓着了他。

我强忍着夺眶而出的眼泪，静静地盯着老爸的一举一动。他太虚弱了，虚弱到连拿一包牛奶的力气都没有。他慢慢吮吸着牛奶，似乎已经用尽了全身的力气。

我流着泪静静地看着老爸将一包牛奶喝完，静静地看着二哥拿纸巾擦去他嘴角残留的牛奶，终于忍不住放声大哭起来，叫了一声"爸……"。

老爸抬起疲惫的双眼，对着镜头露出了一个浅浅的微笑，吃力地张开嘴叫了我一声："幺儿……"

我极力地忍着眼泪，一声声叫着："爸……爸……爸……您一定要好起来，等我回家。"

老爸虚弱地说："好。"

小哥担心老爸太费神，又果断地挂了视频。我茫然无措地盯着手机，直到黑屏。

千山万水的阻隔，将我和老爸分隔在天涯两端，此时此刻，纵然我再不甘心，也只能等待，只能祈祷。

我以为，老爸还会像从前那样，只要好好地吃药，好好地休息，就一定会康复，就一定会等到我回家。

一夜无眠，看见老爸清醒过来后，疲倦便趁虚而入。我对黎说，我去睡一觉，睡醒了起来包饺子吃，黎答应了。

我给姐姐转了一些钱，留言叫她给老爸买点好吃的，老爸想吃啥买啥，钱不够告诉我，我再想办法。

然后，我躺了下来，只睡了一个小时，手机又响了。

这次是姐姐打过来的，她说老爸想吃饺子和西瓜，姐夫已经拿着钱去超市，买了一个8斤的小西瓜送到医院去了。

她一边剁饺子馅，一边和我聊了老爸病倒的原因。

原来，老爸去年腊月二十七时，身体就已经开始不舒服了，但他想着快过年了，忍一忍、自己吃吃药就扛过去了，所以一直没有告诉家人。

这一拖，就拖到了正月十六，实在扛不住了，才叫大哥二哥送他去医院。

我心说怪不得，我经常给老爸打电话，他什么都没说过。正月十五那天，我还和他说我订了3月8日回家的机票，老爸当时非常开心，说我终于要回来了。

其实也是我大意了，腊月二十八那天我和老爸打电话时，他说叫我妈煮苹果给他吃。想来那时候老爸的胃口就已经不太好了，已经吃不了硬东西了。

只是我以为老爸咬不动苹果，煮着吃会软一点。如果当时我留心一点，问他是不是生病了，再给哥哥姐姐们说一声，叫他们及时地带老爸去看医生，估计老爸的病情就不会拖得这么严重了。

姐姐安慰我说，老爸现在想吃饺子和西瓜，应该没事了，叫我放宽心，她和哥哥们会照顾好老爸，等我回家。

姐姐还说，老爸非常想我，说他住进医院后一直念叨着我，说我快要回来了，他会等我回来。

听姐姐这么一说，我提着的心才放了下来，我想，也许是我太紧张了，我的老爸牵挂着我，放不下我，就会有顽强的求生意识，就不会轻易放弃，他一定会等我回家的。

这么一想，我又充满了希望：我的老爸，一定会没事的。

于是，我便起床洗漱，去超市买包饺子的食材。

走到大门口，我鬼使神差地又拿出了手机，拨通了小哥的视频电话，此时国内已经是晚上八点多了。

小哥很快接通了视频电话，我一眼便瞧见床头柜上还剩的半个西瓜，心里莫名地有点欣喜。老爸还能吃，证明他没事，应该很快就会好起来的。

可是，小哥却拿着手机跑到走廊上，低声说："老爸的状态不是很好，你状态好点儿，别吓着爸。"

我的心又一下子提了上来，但小哥既然这么说，我便赶紧收敛心神，低声说："我知道了。"

小哥回到病房后，我忍着心里的巨痛，平静地对老爸说："老爸，您要快点好起来，等我回家，等我回来孝顺您，别让我们彼此留下遗憾！"

老爸又露出了一个浅浅的微笑，虚弱地说："好，我一定会等你回来的，不留遗憾。"

我极力地忍住眼泪，努力控制自己的情绪，勉强挤出微笑，对老爸说："老爸您说话一定要算话，不能骗我啊！"

老爸微笑着点点头，全程我都不敢掉一滴眼泪，内心却巨痛无比。有什么东西正慢慢地从我的心里抽离，带着尖锐的痛楚。

挂了电话，我失魂落魄地走进蒙蒙细雨中，天大地大，此刻却了无我的藏身之处。

从超市回来，我剁饺子馅的时候一直心神不宁，很想再给小哥打个电话，但又害怕吵醒了老爸。

七个小时的时差，就像横亘在我和老爸之间的天堑，连打电话都不能随心所欲。

　　万般无奈之下，我只能往好处想，我的老爸吉人自有天相，也许很快就能出院，就能回家等我回国。

　　临睡前，我看了一眼手机，什么消息都没有。

　　我有一丝自欺欺人的安慰，都说没有消息就是最好的消息，也许，老爸真的没事。

　　这么一想，我便放心入眠，却睡得极不安稳，脑海里全是乱七八糟的景象。我极力地忍住不看手机，不想面对醒来的世界。

　　夜晚爱丽丝咳嗽不停，我起来给她倒水，给她盖被子，就是不敢去看手机。潜意识里，我很害怕看到令我害怕的消息。

　　终于熬到了天亮，爱丽丝要起床上学了，我颤抖地拿起手机，一边侥幸一边害怕。

　　打开手机之后，可怕的消息还是如晴天霹雳般劈在了我的头上，姐姐说："小妹，我们的爸爸，在凌晨一点五十分还是走了！他老人家已经84岁高龄，又没有受什么罪，算是喜丧了，这么多年爸妈的日常吃喝用度，你已尽心了，所以你在外要节哀顺变，照顾好自己，别哭坏了身体，早日回来，我们和妈妈等你回家！"

　　我顿觉一阵天旋地转，最害怕的一幕终于还是发生了：我的老爸，他最终还是没能等到我回家！

　　昨天的一切，不过都是老爸的回光返照。

　　我终于还是做了不孝女。

　　在大洋彼岸的我，长歌当哭，却再也哭不回我慈祥的老爸，他带着无尽的牵挂与遗憾，永远地消失在这个世界上了。

　　而我，再也没有爸爸了！

　　那个最疼爱我的人，再也等不到我叫他一声"老爸"了……

记忆里，有个传奇老人

夏世华（笔名：绿叶垂芳）

儿时的记忆里，有个传奇的老人。

母亲说他是个传奇人物，但我左看右看，却怎么也看不出他到底"奇"在哪里。他经常在冬天穿着大棉袄，叼着大烟袋，坐在那个阳光暖暖的墙根下，一个人，耷拉着花白的脑袋。

父亲说，他年轻的时候曾经闯过关东，背回来了一麻袋一麻袋的钱，后来因为得罪了关东的某个势力，就带着妻儿回到老家，一住就是五年。五年后，他又带着妻儿回到关东，可让他倍感惊讶的是：家里养的那条大黄狗，竟一直守在家门口帮他看家。邻居们说，有一天夜里，一帮人想闯入他的家，大黄狗扑上去一阵撕咬，竟然将那帮人吓跑了，但是，大黄狗也生生被打断了一条腿。每当大黄狗饿了，就拖着断腿去垃圾堆里找点吃的，然后继续趴在门口看家。

家里的东西完好无损，而大黄狗却断了一条腿。听到这些，这个山东大汉居然抱着大黄狗流下了眼泪。

关东的邻居们看到他回来了，三五成群地前来看望。他想款待邻居，又没有钱去买肉。作为一个七尺汉子，他要面子，也讲义气，于是，在抱着大黄狗痛哭一场后,他用狗肉款待了邻居。据说,大黄狗死前曾经两条前腿跪地,眼泪汪汪的。

就在大黄狗死后的一个月里,他的两个儿子也全部夭折了!之后的闯关东生活也是日益窘迫。后来,他年纪大了,就和老伴回到了山东老家。他和我们不是一个家族的,但按辈分,我还是要叫他爷爷。

听了父亲说的关于他的故事,我和哥哥非常心疼那条大黄狗,也感觉他很可怜,毕竟年纪这么大了,除了长年生病的老伴,孤单得让人同情。

母亲跟我们说,每次走路经过那个墙根,都要问候他一声"爷爷好",一个孤苦的老人家,听到小孩子满脸笑容地问好,心里多少是有一些开心的。

从那之后,不论是上学还是放学,只要我蹦蹦跳跳地经过那个墙根,看到他时,都会脆生生地喊一声"爷爷好!"。刚开始的时候,他有点不知所措,慢慢地,他的脸上有了笑容,再后来,他会开心地回答"唉"。

日子轻悄悄,一年年匆匆而过,我读完了小学,到外地读初中、高中,回家的日子就越来越少了。但每次回家,我还是会拐个弯,经过那个墙根,遇到他,大喊一声"爷爷好!"。

高二的一个周末,我经过那个墙根的时候,又看到了他。他明显地苍老了很多,头发已经全白了,耳朵也有点背了,他抬起无神的眼睛,定定地看了我一会儿,然后一朵微笑就慢慢在脸上绽开了:"娃回家了?念书累不累?"

"嗯嗯,这周末放假,不累不累。爷爷身体好不好?"我问,"我这儿有同学姐姐结婚的喜糖,给您几块吃。"

"唉,好好好,老喽老喽!"他摸了一把眼睛,接过我递给他的糖,"娃要好好念书啊,念好书将来才能享福啊!"

回到家后,听母亲说,他这几年身体不太好,也很少出门晒太阳了。

"年纪大了,身体不好,又无儿无女的,可怜呐!"母亲又说:"你爷爷奶奶经常去看他,他每次都会问:家里那个小嫚(我老家对小姑娘的称呼)回来了吗?"

后来,我到济南读书,回家的次数就更少了。大三那年寒假,我去看爷爷奶奶的时候,奶奶告诉我:"后街的那个爷爷走了,临走前几天,我和你爷爷去看他,他一直在说着你的好,说自己家族里的孩子都不搭理他一个孤老头子,你见了他就问好,还给他糖吃,是个好心肠的孩子啊……"

那一刻,我心里是说不出的滋味。感慨那柱死的大黄狗,感叹他孤苦的一生,也感触他到死都记得我那小小的一声问候……

动物有情,我们要善待它们,不然可能会愧疚一生;人间有暖,我们要关心他人,同时会温暖自己;怀一颗善心,留一份善意,每个日子就会更阳光满满,脚下的路也会更宽敞明亮……

写作，要坚持长期主义

黄艳（笔名：千山月）

早起，看到群里齐老师分享的一段话后，我有了一段关于写作的感触。

从今年4月份到现在，半年多的时间里，我生病住院了26天，但也一直在坚持写作，尽管有的文章写完后被锁，并没有机会公开发表，但内心总有一个声音告诉自己，写作要坚持，不能放弃。

我知道自己的弱点，一旦停下，再捡起来就很难了。重新开始，重新出发说起来很容易，可如果坚持了一段时间后放弃了，再重新起航，终究需要更大的勇气。

一个荷花池，第一天荷花开放得很少，第二天开放的数量是第一天的两倍，之后的每一天，荷花都会以前一天两倍的数量开放。

如果到第30天，荷花就开满了整个池塘，那么请问：在第几天池塘中的荷花开了一半？

第15天？错！是第29天。这就是荷花定律，也叫30天定律。

很多人的一生就像池塘里的荷花，一开始就用力地开，玩命地开……

写作更要坚持长期主义。

（一）习惯了，就无所谓坚持

写作，坚持一天很容易，坚持一周也不难，坚持一个月，你就会觉得自己很了不起。

可如果让你坚持一年、三年、五年呢？你能做到吗？这时候估计就有人不敢回答了，因为不知道自己到底能不能坚持那么久。

如果你已经坚持一年以上，甚至已经坚持了5年，那说明你真的很厉害，而且一定是热爱文字的。曾经一起走上写作之路的文友，有一些已经离开了，可能是想要快点看到结果；也有些写了一阵子后，突然发现没有什么好写的了。

可是坚持写的人就会发现，只要你用心观察，永远都有东西写。有时候是一句话，有时候是听到别人的一个故事，有时候是你自己正在经历的事情。

写作是需要长时间积累的，你不能三天打鱼，两天晒网，还想追求很好的结果，写作要坚持长期主义。

（二）想，是问题，做，才是结果

网络时代，成就了大批的自媒体人。不管是短视频、广告文案还是自媒体文章，都离不开文字，因此，写作是一项永不落幕的技能。

可我们总是把写作想得很困难，我之前也是如此认为的。尽管在网上看到很多文章，也知道是不同的人写的，但脑子里面却固执地认为，写作是作家的事情，离我们很远。

古往今来，文人骚客多是风雅之士，感觉跟自己都沾不上边。所以，虽然处在这个人人可以写文发表的时代，但是自己却迟迟不敢行动。

其实，脑子里有再多的想法，没有实施，都是空想。

每个人都有梦想，也都希望可以实现梦想。但，只想不做，永远不会有结果。

我想了，也开始行动了。刚开始的时候，动力满满，中间慢慢地就感觉自己有点能量不足了。

每次我不想写，想退缩的时候，我就要去看看齐老师的书，想想她的故事，我就又有了能量。

就像手机需要充电，汽车需要加油，人一旦没有动力，就需要补充能量，除了身体的，还有心灵的。

所以，有想法，就去行动。想写，就马上动笔去写，只有动笔写了才有可能。不写，永远也没可能。

当你习惯了写作后，如果一天不写点文字，就会觉得像早晨没刷牙洗脸一样别扭。

当你每天努力更文的时候，慢慢地就会形成这种习惯，而好的习惯，会贯穿终生。

一直认为"教"才是最好的"学"。一个人拥有再多的知识，如果讲不出来、无法表达也是一种遗憾。写作可以把你的想法输出，对表达能力也是一种锻炼。

不要把写作想得太难，就像王小波说的，"会说话就会写作"。

（三）不知道写什么怎么办

相信很多人都有不知道写什么的苦恼，我在坚持日更的时候，有段时间真的不知道写什么。那时候就写自己的生活，写生活的日常，写心里的想法和感悟。

写多了就发现，坚持下来，不知道写什么的时候也在慢慢消失。

还有一种方式，就是看看文友的文章，也许你能从别人的文章里找到思路。同样的内容，如果你来写，要怎么写呢？

还可以看看文友对文章的评论，有的评论角度新颖，你可能会受到启发。

有人总是担心写不好，总想着我得再琢磨琢磨，再好好构思构思，其实先写出来才是最重要的。

特别喜欢齐老师的一句话，先完成，再完美。先完成，再完善。

刚开始写的时候，不必特别在意写得好不好，文笔、用词、表达都是慢慢写出来的。

作家海明威说："一切文章的初稿都是臭狗屎。"

作家余华也说："写作的技巧就一个字，写。"

有时候，你脑子里有各种想法，觉得好多内容可以写，就要及时记录。因为想法转瞬即逝，如果当时没有记录下来，等到要写的时候，就会发现脑子里空空如也，之前那么多的想法，都随风而逝了。

不要觉得自己写得不好，不好意思公开发表，不要觉得自己写的读者不喜欢，因为写出来了，对于自己就是进步，就已经迈出一大步了。

看别人的文章好像很随意，感觉信手拈来，其实哪里有什么信手拈来，那也是日积月累、不断提升的结果。

我们必须非常努力，才能看起来毫不费力。

种一棵树，最好的时间是十年前，其次是现在。

只要开始行动，什么时候都不晚。

管理大师彼得·德鲁克曾经说过："我们总是高估一年内可以做成的事，但又往往低估自己未来五年可以做成的事。"

写作也是需要脚踏实地的，眼睛可以眺望高空，但双脚却必须踏在地上。

哪怕梦想、愿望再宏伟，现实却是每天必须做好单调甚至枯燥的工作。

也许刚开始写作的你，也曾经豪情万丈，可当你发现写作变现并没有想象中那么容易，觉得花了这么多时间在写作上，现在这个结果并不是想要的。你要相信，写作是有时间复利的，几个月前写的文章还有人看，长期主义才会有更大的收益。

我们不妨从今日起，从此刻起，认真观察，在写作上努力耕耘，做一个坚定的长期主义者，做时间的主人，简单的事情重复做，你就会变得不普通。

很喜欢余世存的一段诗：

年轻人，你的职责是平整土地，而非焦虑时光。

你在三四月做的事，在八九月自有答案。

正如春天播下希望，秋天收获梦想。

写作是需要长期主义的，认真耕耘，总会有结果。

只是早晚而已，毕竟每个人的成长环境不同，花期也不同。

写作路上，与大家共勉。

一位温籍商人的"诗和远方"

喻爱群（笔名：樱红樱）

近日读完《从温州出发》一书，我被作者何崇秋先生身上那种坚韧、睿智、儒雅、笃学和博爱的精神所吸引。

何崇秋先生，温州龙湾人，30多年前，他从温州出发，赴西安创业，创办了西安美丽时服饰有限公司，并投资智能驾驶、生态环保等领域。同时，他是西安市政协委员、西北大学客座教授、陕西省温州商会常务副会长、西安温州商会常务副会长、陕西省服装协会副会长。

《从温州出发》全书23万字，收录了作者的生活感悟、读书心得、心情杂记、风景游记等内容，全书分为"瓯江潮依旧""天下藏大美""寸步走天涯""诗书养精神""苦难砺筋骨"五大部分，字里行间洋溢着其对生活、家乡、历史、文字和自然的热爱。

第一辑"瓯江潮依旧"，作者夹带着柔软的俚语乡音，怀揣着远方游子对家乡山山水水的思念，笔端从古色古韵的温州龙湾区永嘉场一路走来，像一幅浸润着历史斑驳的水墨画卷，铺呈在读者的眼前。

昔日永嘉场的商贾繁茂，北头桥寺前街的河运码头，小河潺潺，拖轮穿梭。龙湾小河，回荡着儿童戏水耍闹的欢笑。华灯初上，小河微波荡漾，码头上小船桨声不绝于耳。夜间小巷里灯影摇曳，人头攒动，观看露天电影的人摩肩接踵，好一派江南水乡文化繁荣的景象。

作者回忆儿时的甜蜜过往，让人恍惚间穿越了时光隧道，沉浸在无忧无虑的孩提时光中。

世纪老宅的前世今生、母亲的"走归眙眙"、故乡和海峡两岸的思乡愁，在传统的春节、中秋之时，愈加忧伤和惆怅。

作者怀念头发花白、背影微驼的父亲为他准备的早餐，唯有父爱温暖心扉，多想再为父亲端上一碗温州的糯米饭、一碗家乡的猪肠粉，如今却只能泪眼蒙眬倍思亲。

温州这个东海之滨，人文荟萃的风水宝地，孕育了一代又一代的古圣先贤：谢灵运、永嘉大师、朱熹、刘伯温、黄公望、张璁、李叔同、朱自清……这里的人们勤劳、务实，富有开创精神。正如作者所言：只要给阳光就会创造灿烂，只要给机会就会创造奇迹，这就是东方犹太人——温州人。

书中有一句话："白天能当老板，晚上能睡地板。"这立刻让我想起多年前海边收海蜇的往事，因为很多外地客商携带大额现金很不安全，我们去宣传存款。在1996年到1999年期间，苏北黄海沿海海蜇大丰收。那些操着南方口音的温州大老板，亲力亲为，和工人们一起在大暑的烈日下，搬运腌制海蜇。衣服被汗水浸透了，捂干再汗湿后，冒着白色的"盐硝云"，可他们还在继续埋头工作；夜晚就在海边露天的盐袋上打盹，饭菜随便凑合着吃一口，从不讲究。我们本地人惊叹不已：这些老板这么有钱，还这么节俭拼命！

作者，一位血液里流淌着倔强、踏实、拼搏精神的温州人，满怀豪情壮志从温州出发，全身心地投入工作当中，几十年风风雨雨地打拼，磨炼了坚强的品格，成就了梦想。

从小熏陶在文化氛围中的作者，胸怀感恩，扶危济困，资助学校，回报社会，肩负起企业家的社会担当，彰显了一位儒商博大的道义和情怀。

通过这本书，我们了解了温州这块美丽的沃土，它有着底蕴厚重的历史、人文荟萃的山水风光。我们见证了她的繁荣、柔美、豪气、洒脱和辉煌，也确信温州的未来，必是历史名城、文化名城、英雄之城。

第二辑"天下藏大美"和第三辑"寸步走天涯"，着重描写了作者游历祖国壮丽山河、历史古迹的见闻，抒发了对生活的热爱，对大自然的敬畏，以及心植菩提的博爱情愫，表达了一位游子对祖国、对故乡温州血浓于水的赤子情怀。

所谓读万卷书不如行万里路，作者抱着"修身之道，先修德行"的禅念，以及对众生的悲悯情怀，对镜正冠，寄情山水，广交能人志士，遍访智者贤达，增智修身，悟道思远，克己守诚。

读后，我不禁凝心聚神，发自灵魂地拷问内心：我是谁？我想成为谁？为了谁？反躬自省，让人不再迷茫。

书中的一段话，让人忍不住咀嚼三遍，进行一一对照：当我们专注于自己应该做的事，丝毫不受外界干扰时，我们一定能把它做得最好。成功往往就源于对当下所做的事的专注和坚持。既然选择了远方，便只顾风雨兼程，不去想是否能够成功，因为一切都在预料之中。尽管前方风雨交加，荆棘满途，但不要被困难吓倒，一定要勇敢起来，因为如果你不勇敢，谁替你坚强？人生的征程，很少有人会陪你一直走到最后，所以只能努力做好自己，使自己变得更强大，后面的路才不会那么艰难。努力做好自己，不要怀疑自己。自信，是成功人士所必须拥有的财富。做自己该做的事情，做自己认为对的事情。

第四辑"诗书养精神"，主要叙述了作者从古代圣贤的文字里，吸收的大量经典传统文化精华和哲理思想精髓。

屈原的忠贞爱国、孔明的睿智机敏、崔颢《黄鹤楼》的苍茫寥廓、李白《黄鹤楼送孟浩然之广陵》的雄浑大气、张载"为天地立心,为生民立命,为往圣继绝学,为万世开太平"的浩然胸襟、苏东坡的才情与乐观心态、张居正的忠实革新敬业品质……

作者是个成功的商人,又如此钟爱文学,二者相辅相成,相得益彰;既有商人的睿智视野,又有文人的风雅气量,实在是众生望尘莫及的儒商翘楚,令人折服。

第五辑"苦难砺筋骨",可以看出作者有力的企业治理和谦逊的治学态度。

"读书足以怡情,足以博采,足以长才。"作者建议"读名著,读经典,读名篇",时间一长自然而然会受到熏陶。大师们原汁原味的文字,能让你的思想永远高悬于蓝天之上,大地因之而广阔,江河因之而生动,历史因之而不会被黑暗笼罩,人类因之而免于陷入愚昧,文化因之而得以经久传承。

一个人只有经过了艰辛的拼搏,经受了高处的严寒,经历过大起大落的人生,才会真正地大彻大悟。

纵观古今中外,真正能把财富留下来的没有几个人,真正留给后人的是你的精神与文字。

循循善诱的字字箴言,体现了作者"讷于言,敏于行,慧于心"的经商及为人处世之道。作者秉持诚实的心态、严谨笃定的信念、超然的境界,给予世人及后来者以忠告。他把自己的感悟用文字的形式分享出来,而且把收益全部捐献出来,这是一种社会责任和大爱。

《从温州出发》,让温州的月照进长安的心,让我们见证了温州商人的创业激情,感知了温州儿女的精神图谱,情不自禁地想走进它、了解它、读懂它——一位温籍儒商 23 万字里的"诗和远方"。

车间风波

吕民华（笔名：冬瓜）

早上七点半，精品公司金工车间已灯火通明，七十几台车、铣、刨、磨等机床已奏起了欢快的交响乐。那是普机工段员工提早上班，干得热火朝天的景象。

普机工段是精品公司的支柱工段。工段长顾名是全国技术能手兼省工匠。他带领着这支素质优良、工作技能高超的团队。他们勤勉的工作态度一直被公司推崇。

一阵手机铃声响起，打断了顾名流畅的工作，电话是车间主任钱海打来的，要求顾名叫上范成和佟梁，到他办公室来一趟。

三人一到办公室，就看见钱海脸上没有了往日的笑容，黑沉的脸色，令气氛凝结了。

"我上个月奖励了王安一百多块钱，你们都要跑楼上去说？都是二十多年的老师傅了，还要跟一个学徒工比，丢不丢人？只看到他这个月工资比你们高，你们有没有想过年底的时候你们都比他多？"车间主任钱海对顾名、范成和佟梁吼到。

范成是车工小组长，是公司有名的话痨，特擅长给他人取绰号。佟梁是铣工小组长，为人特现实。

听到责问声，顾名满脸无奈，心想："这范成呀，惹祸了吧，没事跟公司办公室的人说什么车间主任奖金分配不公，造成员工工作积极性丧失干嘛呢。"嘴里却回答道："不会的，不会有人跑楼上去说的。"

"还不会？总经理都派人到车间里来调查我了。说是铣工的老师傅们因为我分配不公，带着情绪干活。"他说完转过头去对佟梁说，"你铣工小组怎么管的？"

佟梁说："我下面的人，工资一发下来，就会相互比较，但不会有人跑楼上去说的。"心里却想，我还没学徒工工资高，你还好意思问我。

顾名看了看范成，范成一声不吭直挺挺地杵在那里。

气氛凝结了一会儿，钱海说："你们三个去好好反思一下，为了几百块钱弄得车间如此被动，应不应该？我最反感这种事了。"顾名、范成、佟梁无言以对，只好悻悻地离开了车间主任办公室。

回到了工段，范成的话像机枪一样朝顾名扫射过来："他能做还不允许别人说呀？王安一个月干不了别人一半的活，钱却比别人拿得多，谁没想法？不就是王安花了一个月工资给他买了箱酒吗？他当我稀罕当这个小组长，给我工段长都不当，净瞎管。"

顾名对他吼了一句："少说两句。"

顾名想弄明白王安同哪几个人比较过，便径直朝王安走去。"你手上停一停，你一个学徒工跟老师傅们比什么工资？弄得满城风雨的。"

"我没跟别人比。"王安扯着嗓门大声回答道。

"那别人怎么会知道你发了多少工资？"

"我没跟别人比，我的工资只给范成师傅看过。范成师傅前几天跑来问我发了多少，我打开手机给他看了一眼，然后他又去问了其他的人。他们在一起议论什么，我真的不知道。"

中午，钱海发微信给顾名："下午一点半，你召集六名工段员工代表到二楼小会议室开会。"

会议室里，员工代表们一个个屏住呼吸，等着钱海开口讲话。钱海沉默良久后说："我打算对你们进行工资改革，采用工时制。车床每个工时十五块钱，铣床十八块钱。你们有多少本事拿多少钱，到发工资时也就不用比来比去了，按本事拿钱。这工时价格是根据你们去年的收入和去年完成的工时计算出来的。王安是学徒工，他的工资由我来定，你们不要过问，也不要跟他比。"

听到这段话，大家愈加沉默，任凭身体内的小心脏快速地跳动。钱海说："顾名你作为工段长，你先说说。"

顾名回答："按工时计算工资，会造成今后的工作难以安排。这么多年了，工时定额不准确的现象一直存在，一直在反馈，一直没得到有效地解决。现在用这不合理的工时定额去考核大家的工资，是不合适的。"

"工时是不合理的，但你可以把它分配成合理的。"

"机床型号这么多，加工的零件都是单件生产，想要把工时分配合理我做不到。"

"做不做得到是你的事，现在我把你们叫过来，就是要你给出答复，是执行还是不执行这个方案，你的决定我来上报公司。"

顾名说："这么重要的事，车间定下来就好了。"

钱海又说："你们不是说我分配不公吗？现在给你们一个公平的机会，执不执行这个方案由你来定。"

又是一阵沉默后，员工代表中有人说："顾名，你下去问问全体工段员工，看他们愿不愿意，按大家的意愿来。你个人担不起这个责任。"

顾名对钱海说："这是我们的员工代表的意见，我也是这个想法。半个小时后我给你答复。"

到了工段内，顾名把员工都召集了起来，说明了情况。员工们异口同声地反对，理由是：（1）按以往经验，工时车间是可以随时调整的。

到时候车间想让你做多少工时，就只能完成多少工时。（2）工时的价格也是车间说了算的，到时候大家拼命干，工时单价必然会下调，弄得累死累活，钱也没赚多少。（3）万一今后工作量不多，大家没有工时好挣，就只有饿肚子了。

顾名听了大家的意见，也觉得不无道理，就回复钱海，不同意该方案。

一个小时后，总经理找顾名谈话："公司指令、车间指令应该无条件服从，哪有讨价还价的？我现在对你提出警告，上班时间开会影响工作是绝不允许的！有本事你下班后，再把你的员工召集起来讨论。"说完没等顾名回话，就气呼呼地走了。

次日，工段内出现了令人费解的一幕。车间下发文件，撤销了佟梁铣工小组长的职务，由范成兼任铣工小组长，全面负责车工、铣工的日常工作，并赋予其调配车工、铣工工资奖金和人员去留的权力。

这场风波，也就在范成的笑容中暂告了一段落。

36岁，人生的两个版本

赵科景（笔名：景木兮）

版本一　我眼中的她

今天早晨收到她的信息的时候，我正在跑步。

跑道两侧挤满了春天。桃花与樱花一色，柳丝触湖心温柔，晨光在桃红柳绿梨白间，如月华倾泻。鸟鸣声声，浪漫如是，在这个特别的日子里。

也是同样的春来之时啊！只不过那时候，她还是豆蔻年华的少女。她一手好字，落在雪白的纸上成信，在我习惯性地紧锁双眉时分，忽地一下塞进我手中，然后她燕儿似的轻盈飞向来处。

信的内容我早已记不清楚，但那曼妙的年华，那美好的时节，却印在了我的脑子里，不曾缺失半分。

怎样细腻的少女，才可以在看到别人一次不经意的锁眉后，就毫不吝啬自己的关怀和温柔？没有别人，就是她了。

我清晰地记得，她写的走之旁是三笔完成的，写得快而流畅，第二笔折叠成阿拉伯数字三的样子，可却比三美多了。似乎就是这样的特质，注定了她以后会学艺术。

她学的是画画。在花季或者雨季的年龄，我专门去找过她。

打开一扇很窄的门，入眼的画面是她端坐在画架前，画着一个立体的圆，抑或是三棱锥，我记不清楚了。

但我记得很清楚的是，她在一个基本成型的画里，画上几笔，就擦掉，然后再画，再擦。在不懂素描的我看来，她画得已经很美了。但她就是画了擦，擦了画。寥寥几笔，来来去去无数次。

最后，她把整幅画全部擦掉，然后拉着我一起走出画室。她对我嘘寒问暖，开心地笑。

当时的我不懂得太多。如今思量，那画画抹抹的冗长时间里，她也许是在精益求精，也许是正在被某些我揣测不到的事情烦扰。无奈我们都太过年少，万千心事，于一笔一画间，终归潦草。

后来的好多年，两颗年轻的心都沉浸在远方的诗和梦想中，所以我们鲜少见面。只记得有一年夏天，她从远方归来，我去接她。长途客车停下来，车门打开的那一刻，入目的就是一个瘦瘦的女孩，样貌清新，青春飞扬。我们相拥，因见到彼此而开心得直跺脚……

那一次，令我记忆犹新的是，她手中只拎了一个很小的袋子。

一个娇小秀气的姑娘，只身在外数年，归来时却只带了那般轻小的行囊。我不知道她拥有过什么，也猜不到她失去了什么。也或许，她只是喜欢洒脱。

人生有许多事呢，日复一日，喜乐哀愁累加；年复一年，得得失失无数。但我们就是那般默契，从来不问彼此都经历了什么，只在每一次相逢时，给对方最甜的笑和最温暖的拥抱。

此后的十多年，我们在对方的记忆里只留下了一段空白。她结婚生子，我亦结婚生子。人生路上的这一截儿，我们有关彼此的信息寥寥无几。

直到去年,她问我,你脸上有皱纹吗?我答,应该有的吧!她说你什么时候回来,我们见见。

我回去了。我敲门,她开门,四目相对,盛在眼眸里的,依然是多年前的欣喜。她拉着我左看右看,感叹我竟像个十八岁的姑娘。她说她脸上有皱纹了。

其实我并没有在她脸上发现皱纹。我只是觉得她看起来"老"了。相比同年龄段的人,沧桑了。或许是她没有打扮自己,也或许是她一人带着自己的两个孩子还有她两个哥哥的三个(或者四个)孩子,日复一日地操劳,让她变胖变"老"了。

我把老字加上引号,因为她并不是真的老,只是不再是我当初记忆中那个水嫩嫩的女孩了。因为莫大的责任心和天生的慈悲,她被一群孩子拖住。丈夫常年在外,一个小家的柴米油盐本就够她受了,她却把自己放进了一片乌乌压压的鸡飞狗跳中。

岁月很难败美人,美人易败,大概是因为她承担了本不属于她的重负,却依然要倔强地挺着腰板坚韧前行。

我曾许多次在私下里为她担忧,但又深知无济于事。再好的关系,对有了家庭的人来说,除了艰难之时,给予的一点微末帮扶,其他什么都做不了。人生再难,也还是要自己去过。

唯一让我高兴的是,两年前,她又拿起了画笔。她的画很惊艳,只要有人买,她就可以多一份收入。但这并不是我高兴的真正原因。我高兴的是,脱俗半生,又烟火十年,如今,她终于又一次本着自己的心,行走在了些许清雅的道路上。

烟火虽浓,精神的追求却没有停止,这就是她画龙时点的"睛",是她碌碌人生中一道别样的风骨。

版本二　她眼中的自己

我自幼勤劳懂事，帮助爸妈做了许多家务和体力活。再热再累，我都能坚持。

上学时虽然成绩不太好，但学画画后就不一样了，我画画得还可以。

后来，我遇见了现在的老公。他高大帅气，最重要的是，他懂我。虽然囿于生计他常年在外，我们生活也并不富裕。但我想做的事，不用多说，他都能理解并给予支持。他就是我行走世间的王牌，他是我的底气和后盾。

我的底气也不全来自老公，很大一部分还来自自己。我懂一点艺术，也能在现实中吃苦。我可以带好孩子并耐心地给他们辅导作业，也可以抽出少得可怜的时间，画自己喜欢的画贴补家用。

时间飞逝，今天，我36岁了。旋转的年轮不曾减速，倏忽间，已经转了三个12年。但我知道这是当打之年，是为自己想要的生活努力的最好时期。

因为孩子们终于长大，可以自己上学去了，我也有了可供自由支配的时间，所以我马不停蹄地忙碌着，却知足快乐。

许多时候，我会觉得累。但谁又不累呢？不过都是为自己期待的明天奔波。累一点没什么，只要有梦想，也健康，我就能努力向上生长。

其实，我也长成了自己想要的样子：

上学时，我学了自己想学的东西；走进社会，我努力工作；我嫁了一个能体谅我包容我的人；我有两个可爱漂亮的孩子；我靠自己努力买了很大的房子；我正在发展自己的爱好，并顺带赚一些零用钱。父母健在，孩子健康，老公爱我，而我，还如此年轻……

我虽然也有更大的梦想，但是较之于现实，我知道那不过是梦幻泡影。所以我安于目前的小欢喜，也在可丈量的范围内，认真规划这仅此一次的人生。

其实，我是为自己骄傲的。因为，我的一切所得，全部来自自己的双手。这样的生活，是36岁的我喜欢并热爱着的。而且，我一直坚信，日子会越过越好，生活也会越来越幸福。

祝自己36岁生日快乐！

写在最后的话

如果不是她今天亲口告诉我，她觉得自己很幸福，我是万万想不到的。

我以为女孩子无论婚否，一直明媚靓丽才不负此生。毕竟人生短暂，哪怕只为自己，也要一辈子娇艳。而这样的柔美状态，势必要有一个幸福美满的家庭做支撑。我以为眉间脸上的沧桑，必是操劳过度，且不够幸福。

但她今晨给我表述的简简单单的几句话里，却是掩盖不住的幸福和对美好未来的期待。于是我才知道，此前，我内心深处因她而隐隐升腾的伤感，仓促了。

她心中的幸福是为自己创造的现世安稳，是不拘泥于表象的智慧所得，是用单薄的肩膀挑起一大家子的重担后，无限满意的心安，是按照自己所想所思经受风霜刀剑后，此生可慰的无憾。

如此，真好。如此，也就够了。

所以，日子是给自己过的，这句话，扩展开来就是：我的幸福快乐我知道就好，不需要谁来认同。你认为我被琐事淹没很可怜，那是你的想法，与我无关。我不活在任何人的期待里，我只为自己而活。子非鱼，焉知鱼之乐？

一位七十岁老人的求学申请

王少君（笔名：君子悠悠）

尊敬的齐帆齐老师：

您好！

我是一名退休老人，今年七十岁了。我是《人人都能学会的写作变现指南》的忠实读者。我自认为是你这位"网络女神"的铁杆粉丝吧！

一次偶然的机会，我在今日头条上看到介绍你的文章后，产生了极大的兴趣，便立即订购了《人人都能学会的写作变现指南》，以下简称《写作变现指南》。

（一）

在等待书籍邮寄的时间里，我在网络上搜集了许多关于你励志经历的文章。拜读了《追梦路上，让灵魂发光》等作品和学友交流群的随笔，我对你的情况有了进一步的了解。

艰苦的童年、家庭的变故、父母一代的影响，造就了你顽强的性格和骨子里固有的拼搏气质。

你在从事写作之初,潜意识里认为,写作可能是自己后半生命运的转折点。

你发现了,又敏锐地感觉到了,就紧紧地抓住了命运的尾巴。打工是很多人的无奈之举。打工人有千千万,可很多打工人,终其一生都在打工。而你却利用打工的经历,开阔了视野,学会了与命运抗争的本领。

从你不熟悉电脑操作到在互联网上自如地笔耕;从不会注册网名到如今经营着多个自媒体平台。

你从零开始,发表写别人的文章,到现在写了400多万字,连续出版了3本电子书,拥有了4份版权。

你从14岁辍学到拥有以自己名字命名的齐帆齐商学院。这一切的变化,仅用了六年、不到2000天的时间。我有了一个惊人的发现,关于2000这个数字的魔变。

2015年,你在家乡小镇的服装厂当工人,工作时间是从早上8点到晚上10点多,一个月的工资才2000元左右。

现在,你是一位年收入百万的自媒体写作者,上市公司品牌营销顾问和三个MCN矩阵创建人。这本身就是一个天方夜谭的传奇故事。

你成功了,生活有了质的飞跃,你拥有海一样的胸怀,你把你的成长经历、写作技巧,用文字表达出来,毫无保留地向同样有写作梦想的人传授。

你成立了齐帆齐商学院创业孵化园,写就了《人人都能学会的写作变现指南》。

你是互联网的受益者之一,是这个时代的幸运儿。

(二)

我收到《写作变现指南》后,如获至宝,迫不及待地打开通读了一遍，只觉是这许多年来，我最喜欢的一本写作技能手册。

这本书，语言通俗接地气，文风朴实而走心，使我十分受用。

在阅读本书时，我时常被书中透彻的分析、充分的论据所吸引，为书中总结出的写作方法和有效攻略而折服。

我不由得在书上画出重点，写出感悟，还不时对书中的金句、警句和有趣的比喻拍案叫绝。

在第一章里，你用贴近生活的语言、亲切的语句劝大家写作，说现在是互联网时代，人人都能写作。写作使人快乐，能助力升职，能多一份收入，能记录孩子的成长过程，还能打造个人品牌。

针对有些人种种的推托理由，你用简单而使人信服的办法，告诉大家学历、环境、年龄、性别、设备，这些都不是问题。

每当有人决定写作时，你都会像邻家大姐那样，告诉他怎么渡过开头这一难关，"先完成，再完善"，走好第一步；利用碎片化的时间，一个字、一个词、一句话、一个段落，持续而稳定地坚持，聚沙成塔，积少成多。

你把写作小白扶上马，再送一程，并告诫大家"开始写，不停手"，要注意总结，找到自己的写作规律；保持属于自己的节奏感，拥有持久的输出能力，是最大的写作技巧。

针对有些人的自我怀疑、自我设限、自我内耗和自我否定的状态，你说服大家要调整好心态和认知。

写作可以留住人生的各种滋味，让文字成为桥梁，实现人生的跃迁，以及人生的自我救赎。

针对如何利用网络平台练笔和发表文章，你又毫无保留地给大家推荐了很多有实力且人们常用的写作平台，以及众多的读书平台，并简要地介绍了这些平台的特点、服务内容，供使用者选出自己喜欢的平台发文。

（三）

自从研读了《写作变现指南》后，我的创作欲望就被大大地激发了出来，我想当一名作家。

于是，我从《写作变现指南》中汲取营养，解决难题，又按照指南提供的方法尝试写作。

比如我在回忆童年经历的时候，想到上二年级时，班主任让我给她丈夫送了一次信，我就写了《老师让我给她当"信使"》这篇文章。

我从当时交通不方便，又不通电话，只能人工传递信件，写到后来交通便利，手机、互联网普及，既升华了主题，又突出了时代的发展变迁。

这一次尝试，进一步激发了我的写作热情。我今年已经七十岁了，但我好像又焕发了青春，感觉时间特别宝贵，有很多的事，需要争分夺秒去做。

本来计划五月份住院检查身体的，但自从看了这本书之后，我心中有了计划，就把住院的时间一推再推。

思路的闸门打开后，我似乎开窍了，有时感觉自己虽然老了，但一辈子的经历、一生的故事就是财富，我要用这些财富装扮我的生活。

（四）

写作最难的是开始和坚持。一篇好的文章、一部好的作品，自然要求更高。

我曾当过几年兵，复员后在单位当过党委秘书、商场经理、党办主任和总办主任，写过工作计划、年度工作总结及工作报告。但那都是公文，和现今网络上流行的文章是有区别的。内容不一样，作用不一样，受众也不一样。

后来，我退休后，也试着写一些见闻、感悟、随笔和回忆，但总感觉文章写得没有"美观度"，用词不精练，语言不生动，没有包袱，就像没有烧开的水一样，喝起来淡而无味，品起来味同嚼蜡，更不要说有金句、警句了，往往自己看了都不满意，辛辛苦苦写了一大本，只能付之一炬或扔到纸篓里。

其实，这些问题在《写作变现指南》里，都能找到答案。

齐老师就像良师益友，想人们所想，包括已经遇到的、可能遇到的，抑或将要遇到的，都充分地考虑到了。她不但指出了问题，而且拿出了解决这些问题的锦囊妙计。我们只要照着去做，去坚持就行。

因为齐老师都已亲身体验过，实践证明过，都是经验之谈。

（五）

怎么才能让文章更加凝练，拥有一定的思想深度呢？写出一篇好文章不是一蹴而就的，需要我们平时用功，有意识地进行培养。

当然，多读古典文学作品，储备一定的知识量，深入生活，体察生活，拥有生活，用金句增色，是一些很有效的方法。

但到了一定阶段，通过进一步的技巧培训、专业的理论学习，系统地提升文笔和思想深度，是一个写作者的必经阶段和过程。

那么，齐帆齐商学院就能系统地解决这个问题，这也是我申请加入齐帆齐商学院深入学习的主要原因。

树老根多，人老话多，莫嫌我老汉的文章啰唆。

自我研读了《写作变现指南》后，与齐老师总有一些相识恨晚的感觉。因此，有很多话想对她说，于是就有了这么一篇啰啰唆唆的文章。

但这些都是我的心里话，是研读《写作变现指南》后的感悟，就权当加入齐帆齐商学院的申请吧！

爷爷那弯弯的镰刀

王芳（笔名：林子语录）

"霍霍……霍霍……"

一阵磨刀声响把我从睡梦中惊醒，紧接着听到"嘎吱……嘎吱……"的开门声，随后传来爸爸无力的责怪声："一大清早的，不睡觉，你起来磨刀干哪样嘛！你都这把年纪了，种不了地了，现在也没得哪家喂牛了，你那把镰刀已经锈成那样子，不能用了……"

原来是90岁的爷爷，又在磨他那把又钝又锈的镰刀了。

听爸爸和大姑说，爷爷这样的现象已经有一阵子了。

近年来高龄的爷爷越发地糊涂了，一些人一些事，有时能清晰地记得点滴，有时却又很恍惚，就算你前一分钟告诉他你是谁，后一分钟他又会用诧异疑惑的眼神盯着你，然后一本正经地问道："你是哪个，吃饭了没？"这样的现象是爷爷88岁后，开始慢慢发生的。

爷爷虽已忘了很多事情，却忘不了他那把弯弯的镰刀。不管身体状况如何，不管白天或黑夜，他总要时不时地把镰刀拿出来，在那块被他磨了几十年、已被磨平的磨石上磨一阵子，然后再用围腰布或衣巾布细心地擦拭。在他的精心呵护下，这把布满岁月年轮且有些生锈的镰刀，偶尔还能刀光剑影，只是再没被派上用场。

记得小时候，天刚蒙蒙亮，爷爷便会在院坝里的磨石上开始"霍霍……"地磨着那把镰刀。当我们还在四脚山上呼呼地睡着觉时，爷爷常常已经磨好镰刀上山割牛草去了！

他哼着小曲，腰间叉着那把镰刀，双手把扁担往肩上一扛，迎着风，借着朝阳里的第一缕阳光，尽情地开始挥洒他的汗水。

听爷爷说，这把镰刀是他的老伙计田爷爷送给他的。田爷爷和爷爷是同一个村的，年龄相差无几，同年不同月份，爷爷还要年长几个月。小时候，他们一起上山砍柴，一起在山野放牛，一起在小溪里洗澡，一起在河里摸鱼、捉虾……

但后来，12岁的爷爷被祖父送去书舍上学了，而田爷爷则去街上铁匠铺当了学徒。

成年后，爷爷当了生产队队长，而田爷爷也在街上巷子里开了一家铁匠铺。五天一场的赶集日子，爷爷总会去田爷爷的铁匠铺坐上几个钟头。每每看着田爷爷铸刀时被烫伤的手，他总想帮他打铁。

后来爷爷经常下乡，基本上一年四季都穿梭于邻近的几个乡镇。夏夜里他就地取材，到稻田里找来干稻草，一边哼着小曲，一边麻溜地开始编织草席。想必这其中一张定然是田爷爷的，如果遇见吆喝着卖手套的，他也会顺手给田爷爷买上一双棉线手套。

田爷爷也花了好几天时间，精心为爷爷铸了一把沉甸甸的镰刀，爷爷看着刀光剑影的镰刀爱不释手。

不管是年轻时的走街串巷，还是归家后的面朝黄土背朝天，爷爷无时无刻不带着那把弯弯的镰刀。

还记得那是一个阴雨绵绵的早上，夏至后，天气变得异常炎热。晚上在蚊虫嗡嗡的吵闹下，我睡得一点也不好，临近四更，天气才逐渐转凉，蚊虫们也终于吵累了，躲在不起眼的角落里，我也沉沉地睡去了。

同样也是一阵"霍霍……"的磨刀声，打碎了我与周公的幽会，我猛然从床上弹起来，一股刺眼的光聚在窗前，然后聚集成一团强光，径直向我袭来。我睡眼蒙眬地走到贴着报纸的木窗前，用手轻轻扒开，爷爷在阳光下，正细致地磨着他那把上山必带的镰刀，只见他一会儿磨几下，一会儿又用腰间围腰布的一角轻轻擦拭刀锋。

此刻，他正目不转睛地盯着镰刀，在阳光的照射下，弯弯的镰刀呈黑褐色，刀柄下镶着光滑的、可以一手握住的青色木棒，木棒上有一个小洞，五六根稻草拧成的一股绳子从洞眼径直穿过，结成一个死结牢牢地套住镰刀。那弯弯的镰刀虽然看上去有些时日了，但是刀锋在阳光下反射出的亮光，足以证明刀锋锋利。

片刻后，爷爷小心翼翼地把镰刀擦了又擦，望着镰刀仰天长叹了一口气。

我轻轻地走到爷爷的身边，他或许发现了，或许没发现，只听见爷爷喃喃自语道："老伙计，等我把刀磨锋利了，来帮你开路……"那时年幼的我一脸茫然，并不理解开路是什么意思。

直到吃早饭时，我才从爸爸口中得知，就在头天夜里，田爷爷突发疾病去世了。

饭桌上爷爷看上去很严肃，我们姐弟三人也没敢像往常那样吵吵闹闹。爷爷吃得很慢，也没喊我给他添饭，吃完饭后，爷爷像往常一样从衣兜里拿出烟袋，然后漫不经心地卷着草烟，只是没有平日里卷得那般仔细，而是胡乱地把草烟卷成微圆，便塞在烟锅里了。

爷爷用力擦燃一根火柴，点燃草烟，随着草烟慢慢地燃烧起来形成的袅袅青烟，爷爷心事重重地好像在思考什么。他没有马上把烟放入嘴里，而是定睛看着青烟冉冉升起，直到烟雾弥散开来，才恍惚着将烟嘴慢慢放入嘴里，随后，几声咳嗽声响彻了整个房间。

男儿有泪不轻弹，这是爷爷常常说给弟弟听的，但这一刻，我分明看到了爷爷蜡黄的眼里噙满了泪水，只不过被烟雾遮挡得若隐若现。

一杆烟的时间，爷爷似乎都在沉思，他对田爷爷的不舍，明眼人都看得出来。

快到晌午时，爷爷和爸爸说，他先去田爷爷家了，让爸爸晚点也去坐夜。他一边说着，一边把镰刀用一块干净的围腰布包起来，带上烟锅袋便走了。直到第二天凌晨，他才睡眼蒙眬地回来，随后换身衣服又去了，连续几天都是这样。

第五天，到了田爷爷出殡的日子，我们三姊妹在妈妈的带领下也去了田爷爷家。我看到爷爷在独龙的最前面，挨着田爷爷的红木棺材，手腕上系着白色的孝布，肩上背着一个沉甸甸的背篓，爷爷红着眼眶，胡子拉碴的，看上去很憔悴，由于连续几晚熬夜，加上原本身体就很单薄，那一刻，感觉只要一股风便能把他吹倒。

但随着鞭炮声一响，阴阳先生一声"起……起……"，爷爷就像离弦的箭似的，径直地向前跑去，很快便走在了独龙的最前面。

在前方抬棺材的都是一些身强力壮的年轻人，一共24个人，龙首6个人，龙尾6个人，其余的人紧挨着龙首龙尾快步走，做好随时换肩的准备。每走几分钟，就要换上一肩，中途不能停下，棺材也不能落地，后面送孝的后辈子孙们，也是马不停蹄地紧跟在后面，一个个跑得上气不接下气。

饥饿的女儿

李永芬（笔名：一个认真写字的理科女）

  《饥饿的女儿》的作者虹影，是享誉世界文坛的著名女作家，1962年生于重庆，曾在北京鲁迅文学院、上海复旦大学读书，代表作品有长篇小说《阿难》《饥饿的女儿》《K》《一个流浪女的未来》，中短篇小说集《脏手指·瓶盖子》，散文集《危险年龄》和诗集《鱼教会鱼歌唱》等，编著有《海外中国女作家小说精选》和《墓床》等，曾获"英国华人诗歌一等奖"、中国台湾《联合报》短篇小说奖新诗奖、纽约《特尔菲卡》杂志"中国最优秀短篇小说奖"，三部长篇小说被译成16种文字在欧美、以色列、澳大利亚和日本等国出版。她凭借长篇自传体小说《饥饿的女儿》，获得了中国台湾1997年《联合报》读书人最佳书奖，被中国权威媒体评为2000年十大人气作家之一。

  《饥饿的女儿》中的六六就是她本人。六六在十八岁生日那天，得知了自己的身世，原来自己是个私生女。在她隐秘和耻辱的身世背后，是母亲几段撕心裂肺的绝望爱情，是生父苦熬十八个春秋的等待，是养父忠厚善良的担当与庇护。小说讲述了母亲苦难的一生，个人和家庭的痛苦悄然转化成历史的痛苦，二十世纪四五十年代到七八十年代的风云变幻，不动声色地展现得波澜壮阔。

作者以重庆草根为背景进行写作，剥去了所有人性关系中温情脉脉的面纱，有力地展现了人生的悲苦。

（一）母亲

母亲一生中有过两次婚姻，而作者是母亲在第二次婚姻中出轨生下的孩子。

"我是母亲所有的孩子中一个特殊的孩子。她怀过八个孩子，死了两个，活着的这四个女儿两个儿子中，我是幺女，排行第六。我能感觉到我在母亲的心中很特殊，不是因为我最小。她的态度我没法说清，从不宠爱，绝不纵容，管束极紧，生活上却特别周到细致，好像我是来串门的别人家孩子，出了差错不好交代。"

这段话很好地描述出了母亲对六六微妙的感情。

出轨的这段感情代表着母亲撕心裂肺的爱情，母亲在与情人的关系中感受到被爱与关心，但最终她无奈地选择了放手，因为不忍心伤害淳朴的丈夫和其他五个孩子。

母亲无疑是个有个性、倔强、肯吃苦的人。

母亲为了逃婚，从农村来到城市谋生，被一个帮会头目袍哥看中，用两排喜房红烛娶回家，生下了六六的大姐。袍哥是个混账男人，常常通宵不归，后来还带了个摩登女人回家。他常常殴打母亲，因为她生不了儿子，母亲受不了，一气之下一手抱女儿，一手拎包袱，逃回了家乡。母亲在家躲了三天又回到重庆，遇见六六的养父。

第二段婚姻的发生，源于母亲背着几个月的婴儿在嘉陵江边洗衣服袜子谋生时，被六六的养父看见。那时的母亲有诱人的身材，头发梳了个髻，没一件饰物，整个人干干净净，清清爽爽，六六的养父以为这个女人是从另一个他所不知的世界而来。养父勇敢地与母亲结了婚。

"她左右肩膀生起肉疱,双腿不雅观地张开。房间里响起她的鼾声,跟猪一样,还流口水。"

这段文字,让她想到了母亲,每天从早忙到晚,上床睡觉时,母亲会犒劳一下自己,喝罐牛奶,但往往喝到一半就睡着了。有时牛奶沿着她的嘴角往下流,她会突然惊醒,见旁边有人看见了她的模样,就尴尬地笑笑,放下牛奶倒头又睡了,鼾声马上就会响起。极度疲劳后的睡眠是极好的。

(二)生父

"学校大门外是坑坑洼洼的路面,向一边倾斜。跨过马路,我感到背脊一阵发凉,一定又被人盯着了。"

生父是以让她背脊发凉的方式出场的,在她十八岁那年。

十八岁是生父被允许来探望六六的年龄,在这之前他不可以去看望自己的女儿。在六六十八岁之前,他太渴望见女儿了,竟然跟踪女儿,默默地关注她。可怜的是,如果女儿在路上被人欺负了,他也不能出手相助,那份痛苦,或许不做父亲的人不能理解。

六六的生父与母亲是在六六家最艰难的时刻相遇的。母亲的第二任丈夫是船工,常年在外,母亲又刚刚丢了工作,去六六生父的工厂打工,由此认识了彼此。六六的生父非常善良,帮她干重活,给她钱补贴家用。

在苦难的日子里,有人在背后默默支持,那份感情一定是很深刻的。当时生父三十多岁,母亲四十多岁,丈夫又不在身边,正好是干柴遇到烈火,青年与少妇必然会发生故事。

六六的生父是个有担当的男人,当他知道了六六的存在后,选择了承担责任,愿意娶六六母亲回家,不过因为六六母亲不忍心放弃自己的丈夫而没有成功。但是他会每个月给六六母亲抚养费，即使去了离她家很远的工厂工作，依然会把工资的一半寄给她。

就是因为对六六的负责，他成家后家庭生活并不幸福，没有哪个妻子能够忍受自己的丈夫把一半的收入给私生女，况且自己家也不富足。

生父在四十多岁时就得肺癌走了，还存了五百元钱给六六做嫁妆，全部是五毛、一毛的小面额钱币积攒起来的。这是一个亲生父亲全部的爱啊！他全力以赴地爱着六六。

（三）养父

"父亲对我跟对哥姐们不一样，方式与母亲完全不同，他平时沉默寡言，对我就更难说话。沉默是威胁，一动怒他就会抢起木棍或竹块，无情地揍那些不容易服帖的皮肉。对哥姐们，母亲一味迁就纵容，父亲一味发威；对我，父亲却不动怒，也不指责。

父亲看着我时忧心忡忡，母亲则是凶狠狠地盯着我。

父亲工作中出了事故，视力越来越差，就领了退休金在家。母亲经常在外面加班，六六很多时候由养父照顾，养父有很多机会虐待六六，但他都没有。他会在六六生日的时候给她五毛钱，庆祝她的生日，家里其他人都不记得她的生日。

从这些点滴，可以看出这个养父胸怀宽广，把别人的孩子当成自己的孩子来养，而且更加小心翼翼地对待，不得不说这是六六的福气。在那个物质极其匮乏的年代，能额外得到一点关心真心不容易。

（四）六六

六六觉得自己是个多余的人，不招人待见。但从旁观者的角度来看，她有两个父亲疼她，母亲看起来对她很凶，但每次她向母亲讨上学费用时都会得到。实际上，家人都爱六六，只不过是用了她无法理解的方式而已。

六六天性极其敏感，没有安全感。她感受不到母亲和父亲们的爱，最后投入了历史老师的怀抱，只有在他那里才觉得自己被看见，有价值。历史老师却是对她最不负责任的一个人，为了满足自己的欲望，与六六发生了性关系，导致六六怀孕，又独自流产。

小说让我们感受到时代的变迁。在那个动荡的战乱年代、三年困难时期、"文化大革命"时期，人们活下来不容易。那时的人们只是寻求生存和温饱，没有其他更多的想法，更别说有创造性的行为了。我们应该更好地珍惜现在的和平年代，努力实现自己的梦想，创造价值。

外婆大人

周炯（笔名：奔奔817）

我的外婆是个农村女人，清清瘦瘦，身材中等，腿脚却十分利索，走起路来如踩风火轮，呼呼疾行。

外婆非常勤快，天刚露点微光，她就会起床准备一家人的饭菜。一个小时后，一大家子十口人的早餐就弄好，而且能满足各自喜好。面条、馒头、油条、豆腐脑、五谷杂粮粥、米饭加菜荤素搭配，每个人早餐的心头好都热气腾腾地摆在餐桌上。不多久，一家人便呼啦啦地围坐在饭桌上，美美地吃了起来。

吃完饭，上班的去上班，溜达的出去溜达，上学的去上学。外婆扛起一把锄头、一担水桶，便往田垄那头走去。每年开春，外婆便同我一起，拿着小锄头把上一年的土地重新开垦、施肥并种上蔬菜瓜果籽。我总是自个儿拿着小工具一通乱垦，在土里挖蚯蚓，翻鼠洞，拦蚂蚁搬家，看它们惊慌失措地逃窜。我只是觉得好玩，并没有学会种植辣椒等容易生长的蔬菜，却也知道了萝卜是长在地底下的，丝瓜是挂在藤上的。外婆时不时抬头瞄我一眼，看我在土里乱捣鼓，却并不斥责。

我记忆犹新的，是学龄前的那场病。春寒料峭，紧闭的门窗被呼啸的大风吹得呼呼作响，趁虚而入的寒气扰人清梦。我天生体弱，又因为年龄小不懂得照顾自己，连半夜发高烧也不知道叫唤几声。庆幸的是母亲半夜为我盖棉被时及时发现，否则高烧四十度的我，怕是会成为一个脑袋烧坏的家伙了。母亲大概被我额头的高温吓着了，有点不知所措。外婆听到母亲的惊呼，披上衣服，抱着我便往镇上唯一的卫生院赶。天黑，夜寒，路上没有行人，平时50多分钟的路程，外婆竟然30分钟就赶到了，紧随其后的母亲气喘吁吁地赶来："妈，您休息会儿。我抱娃去找医生。"

"妈，医生说娃高烧得厉害，年纪又小，不肯治，我求了没用，还是不肯救……"望着瘫在地上带着哭腔的母亲，外婆焦急地走过来说："我们先回去，回去再想办法。"

于是还是外婆背着我，母亲跟在后面，深一脚浅一脚地回到家中。我依旧高烧不退，嘴里喊着"外婆，疼……"。外婆让母亲去端一盆温水，反复给我抹擦额头和脸，自己则敲开邻居家的门，请他把在外面给人帮忙而夜宿邻村的外公叫回来，让外公想办法把当地十里八村有名望的赤脚医生请来。

外公带来了赤脚医生，他说："这娃高烧得厉害，看她的造化了，如果喝了这碗水，她要睡觉，醒来后喊着要吃饭，药就起作用啦，病也好了一大半。"说来也奇怪，喝了药不到一刻钟，我便开始打哈欠，沉沉地睡着了。母亲和外婆被我闹腾了一晚上，悬着的心才算有了着落。也许是不忍母亲伤心，也许是外婆为我四处奔走的操劳感动了上天，我竟然很快就康复了。事后母亲笑着搂着我说："多亏了你的外婆，多亏了你的外婆。"

是啊，多亏了我的外婆。外婆大人，谢谢您！

外婆尽管连自己的姓名都不会写，却也喜欢读书人，总给我讲些为人处世的礼仪和古人好学的故事，要我好好读书。等我开始上学了，除了干农活,外婆最大的乐趣,便是我写完作业后,拿着我的作业本喜滋滋地品评道:"这字写得真好看,每个都一样大小呢,还斗大一个,以后是能做大事的人!"小小年纪得了夸奖的我,读书更起劲了,住在外婆家的日子里,每天天刚亮就起来读书。从此早晨又多了一个晨读的我,朗朗的读书声和外婆的锅碗瓢盆应和着,也是一道别样的风景。

等我长大了,外婆更老了。有时候母亲看着外婆因为干农活不慎摔伤的腿脚很是心疼,对八十好几、白发苍苍的外婆说:"妈,您都一把年纪了,还种什么菜啊!我们兄弟姊妹给您的钱,你要买点自己喜欢的东西吃啊!"外婆听了,笑着说:"我还没老,种点菜好。没打农药,健康!"

外婆总是很节俭,对我却很大方。每逢我放假回家,无论多晚她都会等我,屋内的煤油灯总是亮着。我只需轻轻地唤一声"外婆",便听见掀被子的声音和外婆的惊喜声:"我孙妹子回来了。"然后,她就把热了很久的菜端上来,一大桌子都是我爱吃的,她一个劲地往我碗里夹,假期结束,又是大包小包的零食往我背包里塞。

等到快九十岁了,外婆腿脚不灵便,又怕子女和孙辈担心自己,便闲下来了。以前每逢节假日就打"叶子牌",现在因为反应速度慢,她总是揭重,就只能坐到邻居家,看别人打牌。我不爱好打牌,却不忍看外婆落寞的样子,便悄悄学会了。后来,我和母亲经常一起陪她老人家玩"叶子牌"消磨时光。可惜这样的日子没过几年,她就离开我们了。

在外婆身边生活的几年,她对我的影响大而深。外婆脾气好,事事细心,事事勤快,事事宽容,温和仁慈。后来离开外婆来到镇上生活,又来到省城上班,我一直思念着外婆,记得她对我种种的好。感谢您,我敬爱的外婆,谢谢您,外婆大人!

愿您在天国安好!

该如何生存才不被卷

顾文静（笔名：柚子青青）

世事难料，谁知道会有持续时间这么久的疫情出现，彻底打乱了世界的步伐，深深影响社会各个方面的发展，每个家庭也都受到了不同程度的影响。

暑假来临，看到街上来回穿梭的人流中，有一大部分都是学生，尤其以大学生为主。他们朝气蓬勃，阳光帅气，即使是炎炎夏日，也依旧挡不住他们三五成群玩耍的热情。

大学本来是人生学习生涯中最美的时刻，在大学校园里有懵懵懂懂的恋爱，互帮互助的舍友，闲闲散散的生活状态，每天的课并不多，却不敢逃课去干自己的事情……

想起自己的大学，从未逃过一节课，现在都觉得好遗憾，没有尝到逃课的滋味。

大学时间有四年，不长也不短，比小学短，比痛苦的初高中要长，这四年足以改变一个人。有些人进入大学便开始混日子，毕业后还得依靠父母；有些人四年出来就像是蜕了一层皮，积极向上，毕业后顺利就业。

后者很少，大多数都是前者，上一个一般的大学，毕业后找一份一般的工作。近几年来，社会的毕业生与日俱增，但是就业机会却很少，再加上疫情的原因，所有人都看到了进入体制内的好处，进入体制成了许多人的梦想。

从公务员、事业编考试的报名人数和分数就能看出来，这个社会有多卷。就拿河北省来说，之前几年参加考试，岗位报录比是20∶1或30∶1，现在都在100∶1以上，甚至火爆的"三不限"岗位都是1000∶1以上，看得人汗毛直接都立起来了。再看分数，之前有的岗位90~110分就差不多可以进面试，现在你不考个140分以上，都进不去面试。

昨天天津2022年的省考分数出炉了，有些学生考了150分，都没有进入面试，现实就是这么残酷。参加考试的不再只是普通院校的学生，还有双一流大学的高材生加入，即使是一个普通的基层岗位，都是这种状态。

这都不能用"卷"来形容了，这就是妥妥的绞杀场面，想要进入体制内没点头脑和功夫是不行的，一切都得用分数说话。

现在不单单进入体制内是这个样子，别的行业也是如此，只要卷不死就往死里卷啊！看看北上广深凌晨的样子，你就懂了。

时代如此内卷，但也不要慌张，怎样生存才能不被卷死呢？

利用好碎片时间，提升自己

正是因为网络渠道发达，所以你用一部小小的智能手机，就看到全国乃至全世界的新鲜事物，每天都有，令你看得乐此不疲，忘了自己的世界。

时间就像海绵里的水，挤挤总是有的。不要小看碎片化时间，这些时间聚集起来，足可以成就你内心小小的梦想，《刻意练习》中提到了

"一万小时定律"，坚持就会出奇迹。

我想现在大多数人的碎片时间，不是用手机刷着别人的生活，就是用游戏来填满自己的人生。说实话，这种日子一时可以，时间长了，就很无聊，满口说着人生碌碌无为，但还是待在原地不动。

时间管理是很重要的，你可以在早晨起床洗漱的同时，蒸鸡蛋做早饭，你可以在休息时闭上眼睛听听书，可以在看电视时健健身……

总之，你要时时刻刻超越自己，只和努力的人学，只和自己比。

先养活了自己，制订职业规划

日子艰难，你不能奢望一开始就找到把兴趣当事业的工作。俞敏洪说："首先你得有一份能养活自己的工作，然后再努力追求自己的梦想。"

有了工作后，很多人就开始选择躺平、摸鱼、混日子。这种生活、这种状态希望你不要有，人生很长，不必去羡慕谁，你只要好好规划，结合兴趣制订自己的人生计划，就一定会收获不一样的人生。

跟着自己的节奏，不要太心急

这是一个追求快的时代，什么都是快节奏，本该慢下来的事物却渐渐消失，就连本该浪漫的爱情，现在都是结婚快，离婚也快。

时代在变迁，你我渺小如尘埃，无法干预世界，只能干预自己的人生。你要守住自己的内心，快不一定就好，十年树木，百年树人。

你要把握住自己的节奏，不要太心急，该经历的过程，都要体验一遍才完美，没必要羡慕别人，自己亦是风景。

明确目标，调整、管理好自己的情绪

情绪是这个时代最大的杀手之一，管理好自己的情绪是每个人需要终身修炼的主题。如果情绪控制不好，人就容易自暴自弃，容易破罐子破摔，酿成大错。

古人云："三思而后行。"有些事没想好就不要回复，话没说出去就还不是话，一旦说出去了就很难收回。

明确自己的目标，在事情没成定局之前，就不要弄得尽人皆知了，潜下心沉住气，尽管朝着自己的目标前进就好，结果不会骗人。

都说，人的一生百分之八十都由你的业余时间决定。如果你实在不知道自己的兴趣或者目标是什么，那就多读书，读书可以给你带来一切答案。

说一千道一万，在这个快速发展前进的时代，"卷"已经成为常态，要活出自己的人生。

在命运面前，她选择勇敢面对

明凤霞（笔名：雨霏霏）

有时候，当我们抱怨现实的残酷、命运的不公时，也许有人比我们还无奈，只不过他们在默默地接受，勇敢地面对。

记得我上高一那一年，刚开学没多久，大概两个月的时候，一个很平常的下午，课间休息时忽然传来一个女生的哭声，哭得撕心裂肺，无法控制。

那是坐在我前排的同学，她叫小玲，我不知道当时发生了什么事，那时候我和她还不太熟悉。她的同桌一直在安慰她，过了几分钟上课铃响了，我们还有一节自习课，课堂也安静了下来。我不经意间抬头看到了小玲，她的眼泪大颗大颗地往外流。她是如此地伤心，难过。放学后她同桌陪她一起向班主任请了假，回了宿舍。后来听说，她收拾东西回家了。

因为那天下午，她的邻居来学校找到她，说她的妈妈去世了，让她尽快回家。

这时候我才明白，她为什么哭得那么伤心，那么难过了。过了两个星期，小玲来学校了。小小年纪就经历了母亲的离开，她的脸上再没有了往日的笑容，眼神变得很忧郁。之前她也是一个活泼可爱的小女生，我们同学之间相处得还不错。

有一次，老师给我们重新调座位，没想到，我成了她的同桌。渐渐地，我们熟悉起来，后来，我们成了形影不离的好朋友。

很自然地，在学习和生活中，我了解了她。她学习很努力，吃饭、生活方面也很节俭，经常是一个馒头、一碗汤或者一包咸菜。

但是，我从来没有问过她家里的情况，我觉得应该尊重别人的隐私，我知道，那是她的伤心事，如果她想告诉我，自然会对我吐露心声。在相处的过程中，我得知她还有一个姐姐在读大学，一个妹妹在上初中。关于父母的事情，她从来没有说过……

记得有一次，学校让交学费，我们班同学陆陆续续都交了，最后只有她还没有交。班主任也催了她好几次，她就告诉老师："姐姐还没有发工资，发完工资会给我打银行卡上。"老师说："给你姐打电话，让她给你借点钱打过来。马上要期末考试了，如果没有交学费的话，不能参加考试。"

唉……那时候我们只能感叹，不知道学校怎么规定的。考试的前一天，小玲背着书包回家了。我看着她渐渐离开学校的背影，是那么无助，那么伤感，很快就消失在我的视线里……

可是，第二天早晨她又回来了，她来到学校，直接去了校长办公室。她给校长讲了她家的情况，校长就找到了我们班主任，跟班主任说，让小玲正常考试，学费的事情，他们开会讨论一下。后来，学校减免了小玲一半的学费，还给她申请了贫困生补助资金，当时，我很佩服她的勇敢。

她说不想让姐姐那么辛苦，回家的那天晚上，她想了很多。她说不能什么事情都依靠姐姐，要学会靠自己。于是第二天，她毫不犹豫地来到了学校。

有一次，我和小玲，还有一个同学丁丁，周末去学校附近买日用品。买完东西后，丁丁提议吃完饭再回学校，我们两个都同意了。于是，我们去了一家烩面馆。我和丁丁各要了一碗烩面，当时大概是三块钱一碗，我问小玲吃什么，她说她不饿。我和丁丁提议，让老板再拿一个空碗过来，我们三个人吃两碗，可是小玲怎么都不同意。我们也没有办法，吃完后就一起回学校了。回学校后，小玲就去学校食堂买了两个馒头，自己在宿舍吃，我看到后，突然心里很不是滋味。

我当时总觉得她身上写满了故事。

有一天晚自习，突然停电了，据说是线路坏了，一时半会儿修不好，于是，我们就提前放学了。"现在回宿舍睡觉还太早，要不我们去操场上散散步吧？"小玲跟我说。于是，我们就来到操场上散步，那天晚上，我们敞开心扉聊了很长时间。她第一次给我谈起了家里的事情，她说自己姐妹三人，有一个姐姐，一个妹妹，姐姐在上大学，妹妹在上初中。

小时候家里很穷，吃饭都成问题，于是，她的爸爸经常去卖血，不小心感染上了艾滋病，后来妈妈也得了这个病，爸爸在她上初中的时候就去世了，后来妈妈也病倒了。

她的姐姐请假回家照顾妈妈，在大家了解到这个病情之后，就知道妈妈在不久后，也会有这么一天。那天听到妈妈去世的噩耗后，她只是觉得太突然了。处理完母亲的后事，邻居和亲戚都说让她们别上学了，出去打工。可她的姐姐说，无论再艰难，也要继续上学，钱的事情她来想办法。于是姐姐就承担起了父母的角色，勤工俭学，按时给她们打生活费。交学费的时候很令人头疼，姐姐只能拼命做兼职，拼命加班。有一次上班的时候，姐姐晕倒了，过了很久才醒过来。

她的姐姐夏天在饭店大排档做兼职，夜里12点才下班，她晚上12点之后偷偷跑出来，去学校公用电话亭给姐姐打电话。因此，她才这么节俭，她也想过放弃，想过逃避，几次都想放弃学业，但是姐姐一直在鼓励她们。

听到这里，我看到她的眼角已泛起了泪光，但是她的眼神依然很坚定，我觉得她们三个都很坚强，尤其是她姐姐，坚强，勇敢，有担当。

那天晚上，我的心久久不能平静，她小小年纪就经历了这么多，接受了别人很难面对的命运。

后来，小玲和妹妹都在姐姐的坚持下，完成了高中学业，考上了大学，到了大学也是半工半读，毕业后找到了工作，现在过得很幸福。我相信，上天会厚爱坚强的女孩儿，也会给她们最好的奖励。

我在写这篇文章的时候，一幕幕画面浮现在我的眼前，仿佛就在昨天，那一年、那一天、那个小县城、那个高中校园……我用一分钟的时间拼命回想我现在在哪里，终于想起来了，我在北京。

一位人民教师的故事

胡宝丹（笔名：狮子心雨）

大宝是S市一所高校的一位普通人民教师，从事教育工作两年，从一开始的兴致勃勃到焦头烂额，再到现在的淡定从容，大宝想好好回忆一下自己一直以来的经历，写一篇关于一位人民教师成长的故事。

教师这个职业，好像就是大宝与生俱来的梦想。小时候的大宝和大多数的女生一样，喜欢玩过家家的游戏，大宝最喜欢玩的过家家游戏，就是扮演老师和学生来上课。有小朋友一起玩的时候，大宝总是喜欢充当教师的角色，给小伙伴出题目，叫小伙伴起来回答问题，批改作业，认真讲解，模仿老师上课的神态，有模有样，玩得不亦乐乎。小伙伴不在的时候，大宝也可以一个人既当老师又当学生，乐此不疲。

大宝从小到大语文都比数学的成绩好，她把这个归结为过家家玩得溜。对大部分学生来说，最怕的莫过于"请熟读并背诵全文"，但是大宝却很开心，因为自己玩过家家又有了一个新的主题。接到课堂上老师布置的作业后，大宝一回到家就迫不及待地玩了起来。

"上课！""起立！""同学们好！""老师好！""好！请坐。今天我们的主要任务是背诵《×××》。好的，同学们，现在先给大家一点时间,自己来朗读并背诵,最后,老师再来抽查大家的背诵成果。"

大宝既当老师又模仿学生,进行了一段课前的开场白后,开始自己大声朗读起来。在大宝觉得自己背诵得差不多了后,就开始点学生起来背诵,当然,这个时候还是大宝自己。

当遇到背得不是那么流利的时候,大宝老师会不停地鼓励当学生的自己,"加油哦!还不是很熟练,继续背,老师看好你哦!"如此一来一往,她最后总能将课文背得滚瓜烂熟。如果涉及需要默写的古诗,就加到黑板默写这一项,其实就是在墙上拿手假装书写。如此下来,一篇古诗也就烂熟于心了。

当一名光荣的人民教师,成为大宝念念不忘的梦想。高考成绩出来后填报志愿时,大宝的分数够不到 H 省提前批的分数线,与全国六所著名的"公费师范生"院校无缘。大宝开始迷茫了,第一次在人生的路口迷茫,曾经她以为一切都会按照自己既定的轨迹走下去。大宝选了一所据说就业率很高的大学,也相当于选择了一个专业性很强的行业。不是教师,那么其他任何职业都是一样的,无所谓喜欢或者不喜欢,大宝这样想。

大学四年一晃而过,转眼就到了找工作的毕业季。大宝是个恋家的孩子,所以工作地点不在 H 省的单位都不会考虑。在浮躁的大四,大宝反而很平静,因为目标明确,所以无形之中少了很多徘徊和纠结。怀最大的期望,尽最大的努力,做最坏的打算吧!大宝对自己说。

一天,像往常一样刷着招聘信息的大宝,发现了一条 H 省 S 市高校招聘教师的简章,她喜出望外,曾经的梦想瞬间就浮现在脑海中。山重水复疑无路,柳暗花明又一村。投简历,面试,等待,最后大宝终于等到了自己想要的答案,终于有机会站在了一直梦寐以求的舞台,成了四海八荒、成千上万的人民教师中的一员。

新入职的教师要先进行试讲,在台下准备试讲时,大宝还有些许的紧张，但是一走上讲台，那种熟悉的感觉就涌上心头，紧张感慢慢地消失殆尽后，换来的是淡定从容，她慢慢找到了讲台的感觉。正式上课的第一年，根据学院规定，她必须要当一年班主任，还要到办公室坐班打卡、备课、上课。现在大宝已经记不清当时具体是为了什么事情而烦心劳神，只记得每天晚上都在办公室加班到十一二点，收获了与所带班级学生们亦师亦友的感情。转眼一年过去了，带班和坐班任务也相应结束，除了上课，剩余的时间相对自由一些。一开始大宝还特别地不适应，就像一直紧绷的皮带突然松懈下来，生活貌似变得很不充实，心也跟着慌了。但是，适者生存，大宝用了一个学期的时间，慢慢适应了这样的生活，开始给自己找事情做，上完课的空余时间用来备课、看书、写作、锻炼。这不就是自己刚入职时特别向往的生活吗？要好好珍惜！大宝想。

一个学期，一个假期，周而复始，两年的教师生活转瞬即逝。走了很长一段时间后再回过头来看看，原来自己走过的路是那么漫长。一切都会过去，一切又在开始。不论生活给我们带来了什么，我们都要笑对生活，不停学习，不停成长，这就是一位人民教师的成长故事。

成为母亲后我的改变

郑河珍（笔名：茗月）

朋友准备结婚了，很兴奋也很忐忑，说找我聊聊，那天我们聊了很久。

她问我："怎么我就戒不掉主动熬夜呢？怎么才能不刷手机到半夜呢？"

她还说，之前很多朋友给过她建议，例如，先营造一个睡眠氛围，或者听听睡眠音乐，或者把手机扔到一边等，这些方法她都试过了，没有用。

我微微一笑，开玩笑地回答道："先抛开你晚睡的原因不做分析，我可以肯定的是，等你结婚生娃后，你就不会再为这个问题而烦恼啦！"

虽然是句玩笑话，但却是我真实的生活写照。

生娃后，我才知道充足的睡眠对我来说是多么地奢侈。特别是当宝宝1岁之内时，睡眠时间还不规律，要半夜起来陪玩，每2～3小时喂一次奶，换一次尿不湿，拍背哄睡等，能够连续睡上4个小时，我真的会偷着乐。

现在的我，可会充分利用娃睡觉的时间快速补觉了，甚至已经练就了站着睁眼睡着的好本领。

她还问我："做了妈妈以后，会不会很辛苦？"

我思考片刻回答道："生娃后，虽然会累，但更多的是快乐和幸福。"

她说她看到近几年来，网上关于宝妈抑郁症的报道挺多，问我是怎么管理情绪的。

宝妈睡眠不够，精力不够，各种家务、各种家庭琐事加在一起，情绪自然就来了。我觉得这是很正常的，关键是我们如何转化负面情绪。

做全职宝妈两年来，通过学习不断提升自我和迭代，我总结了好几点快速转化情绪的小方法（包括写感恩日记、情绪三环法、晒太阳等），方法用起来以后，就会发现自己转念越来越快，情绪的疏通速度也非常快了。

慢慢学会让情绪的遥控器到自己手里来。

她还问了我生娃以后有什么变化，一下就打开了我的话匣子，我发现对我而言，变化还是很大的。

我细数了下，有以下重要的10条：

1. 生了娃后，变得更有包容心了。

看着娃每天在成长，我会明白，孩子是发展中的孩子，很多我们所想的条条框框，并不是像内存条一样安装上去就可以的，而是随着娃娃不断地长大，不断地习得与体会到。当我懂得并放下了期待，就不再那么追求完美了。

2. 生了娃后，更明白了夫妻关系应该放在首位。

因为有了娃，很多时候关注的话题都是娃，夫妻常常因为很多育儿方面的观点不同，意见不合，常常当着娃的面吵得不可开交，其实生活中这样的例子很常见。那这个时候，如何调整夫妻关系就是最大的课题。

我最近认识了很多心理学的探索者，他们很多是因为亲子关系或夫妻关系出了问题，然后去探索心理学和家庭教育的。其实对孩子最好的家庭教育，就是爸爸妈妈相互疼爱，在一个和睦的家庭氛围下，孩子的身心才更健康和快乐。

3. 生了娃后，多种生活技能迅速提升。

比如，我会惊奇地发现，很多女孩在没当妈妈之前，是不会下厨的，但是有了娃以后就成了"美食家"，整天研究给宝宝吃什么更营养，如何制作美食和摆盘，会让宝宝吃得更开心，等等。

4. 生了娃后，多了很多的快乐。

孩子给我们带来的快乐是无法用语言来表达的，小小的脸蛋，好奇的眼神，稚嫩的声音，孩子的一颦一笑都是那么可爱。很多亲子小游戏，都是可以随时随处上演的。

5. 生了娃后，才发现更要注重锻炼身体了。

作为孩子坚实的后盾，自己健康就是给孩子最大的爱，背娃、抱娃、牵手都是力气活。所以，我现在每日的运动锻炼是必不可少的，对于运动计划，内心也有了更大的内驱力和动力。

6. 生了娃后，才发现更需要生活的仪式感了。

孩子安全感的培养，需要秩序感，秩序感的培养，需要仪式感。也就是说，不仅是美少女时期需要给自己仪式感，当妈以后也要给孩子培养仪式感，更要给自己仪式感，让每天的生活都充满正能量。

7. 生了娃后，才发现更加爱学习了。

如果你不爱学习，怎么跟得上孩子的教育呢？怎么知道孩子想什么呢？怎么知道未来孩子的方向是什么呢？娃一天天长大，怎么跟孩子更好地沟通交流呢？

我不想做一个故步自封的父母，我必须要终身学习。

都说孩子是父母的复印件，其实很多的亲子教育问题就是来源于父母。世界上没有笨孩子，只有不会教的父母，所以随时保持学习，对我来说是放在重要位置上的。

我出月子的第二个月，就进入了学习状态，错峰利用宝宝睡觉的时间戴着耳机学习，连续多个月参加线上训练营，考取了多本证书，不断地提升自己。

8. 生了娃后，发现更懂得爱父母了。

养娃更知父母恩。我之前是两三个月回一趟娘家，现在则是每周回一趟，电话或视频通话也变成了每天的习惯。

9. 生了娃后，才发现要重视提升变现能力了。

如果能趁带娃期间，开始学习和储备变现能力，那一定是让人开心的。

变现的能力有很多种，写作是我认为离我最近的，我在这两年全职带娃期间，通过写作推广，实现了副业一个月顶我以前上班一年的工资。特别是加入了齐帆齐老师的写书营后，我更加前瞻性地笃定了写作变现这条路。写作是一项能力，如果普通宝妈能把它变成硬本领，同样会活得很精彩。

10. 生了娃后，才发现更要爱自己了。

孩子跟我们一样，是一个独立的个体。只有我们懂得如何爱自己，才能让孩子得到的爱更加圆满。

我们是父母也是自己，只有我们学会怎么好好地爱自己，才能教会孩子如何好好爱自己。我本俱足，活出高版本的自己。

那天我们还聊了很多，聊到了亲子教育，聊到梦想……

今天，谨以此文赠送给同是宝妈的你，共勉。

家庭教育离不开高质量的陪伴

王一乔（笔名：乔复）

在幼儿园里，总有个别的幼儿与众不同。了解家庭情况后，我们发现有的孩子与父母缺乏沟通交流，孩子哭闹、满地打滚时，家长拿孩子没办法，就让他们去看动画片。有的孩子从小娇生惯养，自理能力差，这样的孩子一般都是爷爷奶奶照顾的。

家庭教育很重要，年轻人没有经过培训就当了父母，很多人都缺乏教育常识，更谈不上正确的家庭教育理念了。

孩子长大了就将孩子送到幼儿园，送到学校，孩子的教育就是学校和老师的事情了，孩子有什么问题就谴责老师。

家庭教育是根，学校教育是叶，家长是孩子的第一任老师，也是孩子的终身老师。孩子的行为习惯、个性特点、心理健康等，都是在家庭中初步形成的。

可是很多家庭却忽略了对孩子良好习惯的培养、个性的培养、人格的培养，只重视孩子的学习成绩。

中国家长在教育孩子时，总是在自己的能力范围内，把孩子送到形形色色的课外班里，如托管班、兴趣班、特长班，却没有时间陪伴孩子。

再多的金钱,也替代不了父母对孩子的陪伴。

可是这个道理,还有很多家长不懂,有的家长陪伴孩子只是做到了"陪着",陪孩子写作业,自己却在一边看手机;有的家长则自己忙于工作,将孩子交由保姆、长辈看管。

孩子的成长只有一次,虽然陪伴孩子确实很辛苦,会占用父母大部分的时间和精力,但这不正是家长的责任吗?

如今,网课让家长能够直观了解孩子的学习情况,孩子学习上存在的不足、做得不对的地方,可以和他一起改正。不上课的时候,家长和孩子可以一起做些力所能及的事情,如一起运动,练习跳绳,花时间更好地陪伴孩子。

我们每个家庭都要为生活忙碌,身为父母的我们要抓住陪孩子的黄金时间,我们每天能陪伴孩子的时间有限,所以要尽量创造跟孩子在一起的黄金时间。

什么叫黄金时间呢?就是那个画面是能够让孩子记一辈子的。当我们回忆童年时,能想起来小时候爸妈陪着自己的一个个画面,觉得好温馨,那个温馨的画面,就是黄金时间。

那么身为家长,我们应该如何做到给孩子高质量的陪伴呢?

1. 亲子共读。

陪孩子阅读,不但能够培养亲密的亲子关系,还能够培养孩子阅读的好习惯。要根据孩子的年龄、个性、兴趣,选择适合他们阅读的书籍,阅读过程中,和孩子一起讨论交流书中的内容,引发孩子思考。

身为家长,要有榜样意识,自己要有阅读习惯。父母希望孩子成为什么样的人,自己首先就要成为那样的人,爱上阅读从我做起。

2. 沟通。

很多家长除了过问孩子学习上的事情,很少关注孩子的心理,利用睡前的时间和孩子聊天,跟孩子说说自己工作上的一些事,让孩子也主动分享在学校发生的趣事。

还可以和孩子讲述你的童年经历，给孩子分享秘密，多和他们一起讨论他感兴趣的话题。

3. 亲子运动。

在小区里看到一位爸爸带着孩子跑步，才意识到自己欠缺运动的好习惯。每天回到家里，除了陪孩子学习，很少陪他一起运动，应该多让孩子到户外进行锻炼，培养他们良好的运动习惯。

4. 全家游。

带孩子走出去，旅行可以让孩子拓宽视野，学会适应环境。有条件就带着全家一起去度假，让孩子参与制订家庭出行的方案，这样更能够拉近亲子关系，增加孩子的幸福感。

多陪伴孩子走近自然，大自然是天然的教科书，是巨大的博物馆。孩子投身自然，感知自然，能够愉悦身心，丰富精神生活，激发他们的好奇心，还能够培养热爱自然的情感。

5. 亲子游戏。

真正的陪伴是游戏。亲子游戏可以增强亲子之间的情感联系，提升家庭幸福指数。游戏过程中，家长给予孩子的回应，能够让孩子有成就感和安全感，在锻炼身体的同时，培养孩子与他人交流的能力，促进形成良好的社交能力。

高质量陪伴，还体现在很多方面：和孩子一起制订学习计划，带着孩子一起做家务，如洗袜子、收拾玩具、整理衣服等，多带孩子去看望老人长辈。

《朗读者》里有一段话：

陪伴很温暖，它意味着在这个世界上，有人愿意把最好的东西给你，那就是时间。高质量的陪伴就是爱，爱是陪伴，孩子有了家长的陪伴，定会收获幸福的人生。

我能做的对你最好的事情，是照顾好自己

滕秀丽（笔名：林夕风起）

罗莎是疫情刚暴发那年去国外上学的，如今已经三年多了，周末回老家时，我与亲戚聊起罗莎的情况。

亲戚问我："罗莎在国外你担心吗？那几年我的孩子在国外上学，我一直很焦虑，这两年又有疫情，来回不方便，你一定很担心吧！"

儿行千里母担忧，怎么可能一点都不担心呢？母亲说她时常想念在国外工作多年的二哥，夜深人静的时候会想得哭。

我倒不至于想罗莎想得哭，但思念确实像心头的一缕烟、一张网，无形却无处不在。

但我不想让这张网困住罗莎，我能做的对她最好的事情，就是照顾好自己。

做自己喜欢的事情，用力活出我自己，这样她也能放心地去做她自己想做的事了。

国外疫情还在，我尽量不看国内的各种不良事件的新闻，因为看完免不了会有些情绪波动。

不过我不会太焦虑，因为我相信罗莎经过几年的锻炼，会照顾好自己的。

我知道她一个人学习忙了会顾不上吃饭，租的房间没有空调，没有纱窗，虽然蒙村的夏天不是很热，但是她不说我也知道，夏天住在那里也不会舒服到哪儿。

不知道之前别人是怎么过的，我相信罗莎再租房的时候，会更有经验，租一个条件好些的房间。

人的一生不可避免地会踩坑，没关系，她所有的经历都会成为她一生的经验和财富。

担心不如祝福，我祝福宝贝一切顺利！

罗莎是我的孩子，但我不是她的前传，她也不是我的续篇。她本身对于我来说就是最美好的存在，我不期待她成为谁。如果说有期待，我只期待她成长为自己喜欢的样子，不为别人，只为自己而活，不要顾虑太多。

我也会做自己喜欢的事情，自己去实现目标，不断成长让自己更加完整，内心丰盛平和。

不要求你做什么，多去尝试，别留遗憾。

我们一直以来承受了诸多的要求。学生时代被要求好好学习，学习的每个科目都有要求，似乎在集体潜意识里，我们都对自己、对别人有要求。

可是我不想要求那么多，罗莎上不上研究生，是否回国工作，她有她的选择，没有谁一定是对的，或者一定是错的，那都是一种选择。

即便我们出发又回到原点，那也是不同的自己，有些道理只能自己去弄懂，有些弯路，趁着年轻走过去。

人生比犯错更不能让人接受的是遗憾，是你从未让自己去尝试过。

因为你想要做一件事却一直没有尝试，那么这个念头会不断地从你的内心深处冒出来，扯得你无助慌乱。

直到你的阅历够丰富，你的心智够成熟，然后你告诉自己：哦，那样做不可取，我不用再去想它了。

然而，你不知道自己需要多久，才能明白这些道理，甚至你穷尽一生依然无法放下，依然耿耿于怀。

而失败了，只不过是你知道了那样不行，然后带着你积攒下的人生经历，坦然开始下一段人生旅程。

所以，趁着年轻，有梦就去追，错了就回头，做不到就放过自己。

我的孩子，我能想到的对你最好的事情，就是照顾好自己，不担心，不期待，不要求，祝福你，支持你，关心你，在你需要的时候我一直都在。

我的孩子，你能做的对我最好的事情，就是学着爱你自己，照顾好你自己，照顾好你的身体，成长你的心灵，坦然面对生活的喜悦和苦恼。

为什么说写作是普通人最好做的副业

冷凤云（笔名：福猪喜喜）

小米创始人雷军曾说过这样一句话："站在风口上，猪都会飞。"互联网时代给我们普通人提供了很多创造财富的机会，齐帆齐老师就是抓住机会成功逆袭的人之一。只要抓住机会，找对方向，用对方法，你也能成就自己。只有不敢想的人，没有不可能的事！

寒门出身的知名作家——齐帆齐

如果你看过《人人都能学会的写作变现指南》这本书，对齐帆齐老师的成长过程应该有所了解。齐帆齐老师曾经也是生活在社会底层的打工人，她的父母是大字不识的文盲，她是家里的老大，因家贫，她十四岁半就辍学了。

麻绳专挑细处断，厄运专找苦命人。辍学后不久，她又遭遇家庭变故，迫于生计在服装厂和电子厂做流水线工人。摆地摊、卖早点、做销售员，这些不那么体面的工作她都做过，又苦又累，工资还低，付出和收获不成正比，当时的她可以说是在夹缝中求生存，和大多数生活在底层的普通人一样，没有舒坦和幸福可言。

爱好阅读且不甘于现状的她，随时随地坚持用文字记录生活，机缘巧合下，她仅靠一部手机，竟然成为现在年入百万的作家，这是她过去做梦都不敢想的事。

可见，写作不受家庭条件、学历、时间、地点的限制，可以说，只要有一部手机，认识字，会打字，喜欢阅读，热爱文字，你就能成为作家。

可能你会说今时不同往日，随着短视频的兴起，公众号等文字类平台的发展已经大不如前。是的，你说得没错，流量的确会被短视频平台给分走，但还是有绝大部分人保留着阅读文章的习惯。并且你要知道，所有短视频的底层逻辑都是文字。无论是现在还是未来，所有的行业都离不开文字本身，普通话需要文字，教育需要文字，科技需要文字。

我和文字结缘

福猪喜喜是我现在创作的笔名，事实上，我很少用这个名字发表文章，也不常公开发表文章。那你可能想问了，如果我不公开发表文章，我是如何在大学通过写作挣够生活费的？

在大学里，别人是这么评价我的：看书不要命、爱折腾、有想法、会挣钱、文采好，这些评价全都源于我对阅读和写作的热爱，可以说是写作让我这样一个普通的大专生，获得了经济上的收益。

我从小在杭州长大，那时杭州最大的图书馆就在我家附近，走两步路就到了，每天放学后，妈妈总带着我和弟弟去图书馆看书。久而久之，我和弟弟都喜欢上了这种书香气，对书的迷恋也一发不可收。几年后，因为我家是外地户口，读书成了问题，爸妈就关闭了生意蒸蒸日上的美容院，回到了老家盖房子，让我在本地读书。爸妈非常注重我和弟弟的教育，不仅时常陪伴我们做作业，还会时不时给我们添置课外书，《小王子》《鲁滨孙漂流记》《童话故事》都是我最爱的书。

到了大学，爸爸在老家开的超市、铝合金店倒闭了，家里的经济入不敷出，为了减轻父母的负担，我开始寻找更多的机会挣钱。挣钱的同时，我也希望培养自己的特长，经过反复思考，最适合我做的副业，应该是最喜欢的事。而我最喜欢做的事就是看书，也喜欢写写日记和随笔，问题来了，我也不是受过专业培训的作家，我要如何通过它来挣钱呢？

或许是我的"锦鲤运气"发挥了作用，我的创业老师给我推荐了他一个开文创工作室的同学——大佬头。他和我进行了多番交流，最终决定和我长期合作，合作的方式是我组织写手，他提供文单，顾客满意后打款。我召集了我们学校写作协会的同学，创建了一个群，把他们拉进去，请大佬头工作室的专业写作培训导师进行了半个月的指导。经过学习后，我们大部分同学都能够独立按照模板，写出符合要求的文章，经过专业的润色后，顾客都能很满意。随着合作的深入，大佬头和我越来越熟，给的佣金也越来越多了，不说群里的每个人都挣得盆满钵满，但凡是勤奋点儿的，都有不错的收益，我自然也不例外。对于我天大的野心来说，这还不足以满足我对金钱的渴望，我开始自立门户，在大佬头的帮助下，自己开了间工作室，有了自己的写手团队，不再按佣金分利，而是把所有的利润都掌握在我的手里，给写手们发工资，这样我挣得就更多了。

之后，我又带着团队写淘宝推文、商业宣传文案，拿到手的费用也是一涨再涨。再后来，我请了一位有名的作家，利用网络有偿教学，也得到了不少经济回报。我更加深刻地体会到挣钱的乐趣和有钱的快乐，更重要的是，我不需要再向爸妈伸手要生活费了，还能给他们买点儿东西或者补贴家用。

写作给我带来的收获不是只有金钱，它还提升了我的语言组织能力，锻炼了我的逻辑思维，增加了我的阅读量，让我结识了更多志同道合的文人朋友。

俗话说："人永远挣不到自己认知范围以外的钱。"就像我，如果我对"财富"一无所知，那么我也并不会知道如何利用写作去挣钱。要想挣钱，必须打开自己的思维局限，多阅读，多思考。

如何开始写作呢？

我虽然不是专业的作家，但我知你心中所想，我愿给你一些真诚的建议。

写作要从写开始。千里之行始于足下，最难的永远是第一步，先完成再完美，大胆地写吧，你会有收获的！

大量阅读。有人说至少需要看1000本书，才能写出一本书，可见阅读量对于写作的重要性。

建立自己的资源库。对于作者来说，最棘手的事就是写文章没有素材，拥有自己的素材库是每一位作者必备的。

针对性阅读。为什么读了那么多书，却感觉没什么收获？那是因为你在短时间内读的是不同领域的书，知识太零散，不能整合到一起。

拆解爆款文。爆款文通常都是经市场检验的读者喜欢的文章，当你用心拆解了一定数量的爆款文，坚持仿写，相信你对于市场需求已经有了清晰的认识。

公开发表，持续输出。写文章要公开发表，可以增加自己的信用压力，获得读者反馈也会让写作更有动力。

链接该领域的牛人。站在巨人的肩膀上，你才能看得更远，当你链接了一个领域的十个牛人，你的思维和能力也会有相应的变化。

工作有一种更高级的灵魂和意志，那就是热爱

田伟（笔名：姐是商务精英）

在这个世界上，有很多人工作的目的很纯粹：生活压力之下的养家糊口，在如今的二孩阶段，更必须负重前行。

放弃个人的节假日，两肋插刀拼命地干，只是为了一种虚无缥缈的情怀；因为被朋友邀请入职，被帮助别人成就事业的信任而感动。这些为工作付出的努力，都有一个共同点：只是为别人被动地工作。

其实，还有一种更高级的灵魂和意志，那就是热爱。把压力和苦难当作考验，为自己而工作，并让自己爱上工作，以正能量的姿态面向世人，创造属于自己的人生品牌和成功事业。

（一）稻盛和夫的《干法》掌握理解整个人生意义的金钥匙

长期处于工作压力之下的人们，被各种大小长假的消息振奋到忘乎所以，返回工作岗位时却出现了精神萎靡和沮丧的情绪。这时候，就需要认真地看一下稻盛和夫的《干法》这本书了。

工作究竟是为什么？如何工作更加有意义？

如何从逃避工作到接受无法改变的事实，再到快乐面对，最终达到成功的结果呢？

就像作者稻盛和夫本人一样，从一名无所事事、毫无目标的人逐渐变强，最后变成世界传奇，成为一名令人敬佩的传奇人物。他有极具正能量的价值观，从基层做起，从第一家单位京瓷做到CEO，以拼命工作的态度换来无数次的成功。

27岁，他创办京都陶瓷株式会社（现名京瓷Kyocera），公司股票上市。

52岁，他创办第二电信（原名DDI，现名KDDI，目前在日本为仅次于NTT的第二大通信公司），这两家公司又都进入了世界500强。

78岁高龄受日本政府之托，他接手了负债1.52亿元濒临破产的日本航空公司，一年后重回证券市场，让这家企业起死回生。

从一定程度上说，人类生活、生命的意义都源自工作创造的意义，真正理解了工作的意义，也就掌握了整个人生意义的"金钥匙"。

掌握了这把金钥匙，我们就不难建立积极、健康的工作态度和人生态度。

这是日本企业家稻盛和夫的金句，也是职场成功人士在工作中的最好状态。

（二）正视苦难和挫折，因为考验是走向辉煌的必经之路

稻盛和夫在书中说：以正确的态度对待劳动是百病良药，工作能克服人生磨难，让命运有转机。工作是治愈这种逃避病的疗效药，因为每个人都是自己的经营者，不论是打工者身份，还是老板，只不过是在各自扮演角色。

稻盛和夫年轻时，经历了种种挫折，先是初中升学考试失败，二次

考试又遭遇肺结核，家中还被大火烧得干干净净。

考大学和找工作频繁受阻，他的大学生活还算一帆风顺，但求职面试又屡屡碰壁，最后经大学老师介绍进了京瓷——一家制造电瓷瓶的企业。

这家公司最初是一家很破的小公司，濒临倒闭，连工资都发不出来。但是稻盛和夫经历了一件人生中不可相信的事情，彻底改变了他的人生，然后所向披靡，走向成功。

因为公司很破，他一度产生了辞职的念头，但转念一想，离职的理由如果仅仅是不满足现状，自己也说不过去，就算离开也得把公司做到最好才能走，于是他不再抱怨，毅然选择留下。

他的工作是研究最精尖的新型陶瓷材料，为了方便工作，他毅然地选择把铺盖和锅碗瓢盆都搬进了实验室，废寝忘食地投入研究。

为了让研究工作取得突破性的进展，他专门购买了美国的一本杂志学习，经常去图书馆翻阅书籍，加班加点，忘我工作。经过一段时间的学习钻研后，他发现自己已经逐渐痴迷上这种不断汲取知识的状态，最后他居然获得了出色的科研成果。

随后，他又接受了新任务——开发镁橄榄石（做电视显像管的材料）。经过夜以继日的工作和无数次的实验创新，他的研究成果在业界引起轰动。

成功人士的成功之路，都不是一帆风顺的，完全是靠自己的努力得来的。

人一定要工作人生才更有意义，带着负面情绪工作是对个人的一种摧残，如果精神层面达到足够的高度，工作一定就是快乐的。

（三）工作是实现人生价值的过程，提升认知，就不会有那么多烦恼

工作的首要目的是什么？是养家糊口吗？是也不是。

太多的人经常为工作而烦躁，并把这种烦躁从单位带到家里。干活儿人手不够多，烦躁；工作做不完，烦躁；工作做不到位，烦躁；工作出现失误，怕领导批评和扣奖金，烦躁。这无形中给自己增加了压力，使本该快乐的心情瞬间跌入冰点，甚至导致情绪失控。

太在意外界给自己造成的压力，太急于表现自己，想让别人看到优秀的自己。

当你把工作当作负担，当作养家糊口的救命稻草，并拒绝失败的时候，工作就是压力。这不应该是一种好的工作状态，出现这种状态时要及时抽离出来休息，换个环境调整自己，工作需要纯粹的心情。

放松自己再去工作，因为工作的第一目标不完全是为了挣钱。尽管有生活的压力在，但这绝不是第一位的。

当你不是特别专注于挣钱的时候，专注的工作态度和持续不断地精进自己会带给你更加出色的表现和奖励，这就是人生价值！

工作就是实现个人价值的过程，要享受这个过程，而不是把它当作压力。

（四）成功的人都在用给工作和人生带来硕果的正确"思维方式"

一位 HR 面试了一个 45 岁左右的造价员，他来应聘部门经理，这个人给人的第一印象，就是面带戾气。HR 感觉很诧异，为什么会有这种气质呢？于是就和他聊起天。

第一问：你为什么离开原单位呢？

答：没原因，我觉得自己的水平不适合那个单位，他们都不知道爱惜人才。

第二问：来这个单位想应聘部门经理，有没有做过管理层呢？

答：没有，但是我感觉我能够胜任这个工作。

第三问：你觉得你能够胜任这个职位，有什么优势吗？

答：我做了十年造价，也是造价主管，至少现在单位没人能比得过我……

这个面试的问答是真实发生的，看出什么问题来了吗？

很多人不是工作不努力，也不是不聪明，但是在职场就是吃不开，回首走过的路，不是选择成长，而是把相同的坑踩过无数次。

愤世嫉俗，怨天尤人，否定真诚的人生态度，负值的思维方式不利于事业发展；不辞辛劳，愿他人好，愿为大家的幸福而拼命工作，拥有正值的"思维方式"，才能使事业蒸蒸日上。

成功与否和情商与思维方式有很大关系，为什么相同条件的人，多年后会逐渐拉开差距？事业的成功与否和能力有关系，更与思维方式相关。

工作需要激情。无论什么工作，只要简单些，把压力释放出来，把热爱当作点燃工作激情的火把，积极面对自己的工作，把工作做得更出色。

全力以赴去做，就能获得满满的成就感和自信心，而且会产生向下一个目标挑战的积极性。这样的人生一定会硕果累累，一定会幸福美满。

写作，疗愈伤痛，成就自我！

朱芸（笔名：云姝曼珠）

这几年我坚持写作，为什么要写作，写作有什么好处？

写作，让我学到更多的知识，看到更广阔的天地，认识更多优秀的人。最重要的是，写作疗愈了我，让我走出伤痛，变得自信和强大，更加坦然地面对命运馈赠的一切，坚定而从容，风雨人生路，学会了自己为自己打伞！

（一）写作，疗愈身心

人生，充满坎坷、挫折、痛苦、烦恼、失落，人生不如意的事十之有八九，心灵坠落在最低的山谷，怎样才能解脱？

百般煎熬，无人能感同身受，万般苦痛，又有谁为你分担？人生的至暗时刻，只有咬着牙，流着泪，一步一步向前走，走出泥泞，总有柳暗花明的一天。

人生中，我经历了几次刻骨铭心的伤痛，日夜哭泣，痛不欲生，几近抑郁，不谙世事的我，被生活狠狠敲打，遍体鳞伤。

父亲对我们管教得非常严格，从小对我们的家庭教育都是正面的。做人要诚实、厚道、善良……他很少告诉我们这个社会的阴暗和丑恶面，这样的家教，让我们兄妹几个胆小怕事，憨厚老实。

单纯的我走上社会后，如白纸一张，怎知社会的复杂和人心的险恶，不懂得保护自己，以为别人跟自己一样，不存坏心思，到头来，被别人恶毒伤害！

那些流血流泪、伤心绝望的日子里，谁是你最信任的人？没有别人，只有自己！

多少个夜晚，泪湿枕巾，无法入眠，所有的痛苦和伤心，只能倾注在笔下，泪水伴着文字，无尽流淌。那些疼痛、屈辱、悲愤，如洪水般倾泻，冲出千疮百孔的心房，惊涛骇浪，泥沙俱下，奔向远方！

文字是我最好的朋友，她不会讽刺，不会嘲笑，默默陪伴，承纳我所有的坏情绪。

我在文字里哭，在文字里挣扎，在文字中蜕变，在文字中坚强！

那黑暗的人生之路，我走了几年，通过跳舞，通过文字，终于疗愈了身心，慢慢走出了伤痛，那些过往，结成一道坚硬的疤，回首往事时，泛出冷冷的光！

那些受伤的地方，会变成我最强壮的地方！

生活，让我看清人情冷暖，世态炎凉，磨难，让我披上坚固的铠甲，抵抗世间的风霜刀剑。

不管经受多少的伤害和薄凉，我依旧善良，珍惜亲情，孝顺父母，经常给患病的人捐款。但是，我的善良有着底线，带着锋芒，只对值得的人好，对那些丑恶的坏人，我的善良中带着锋芒。对坏人善良，就是对好人的残害！

一个真正的好人，是明辨是非、公道正直、惩恶扬善，而不是事事忍让、委曲求全，你的懦弱换不来尊重，只会让别人得寸进尺，变本加厉！

我始终相信，人在做，天在看，万事有因果，天道有轮回，做坏事的人，一定会得报应的！

总有一缕光，为你照亮前行的路，在文字中修行，在磨砺中强大，如今，我坚定从容，面对世间的一切风雨！

泰戈尔说：你今天受的苦，吃的亏，担的责，扛的罪，忍的痛，到最后都会变成光，照亮你前行的路。

（二）读书，丰盈自我

从小我就喜欢看书，看课本，看课外书，经常看得入迷，忘记了周围的一切。

记得上小学时，我第一次看金庸的武侠小说，那奇异的世界，看得我痴迷，无法自拔，砖头厚的书，我很快就看完了。

曾经看过什么书，我大多不记得了，但我相信，那些文字，已融入了我的生命，长成了我的骨肉。

爱好读书的我，在学校里始终是个好学生，步入社会后，因工作繁忙，经历了各种挫折不如意，有很长一段时间，我陷入颓废的泥沼，思想苦闷，烦躁忧郁。

生活，无聊至极，死水一潭！

不能再消沉下去了，怎么办？只有读书，才能拯救自己于水火之中。

于是，我去新华书店买书，刚开始，我买了心灵鸡汤类，喝上几碗鸡汤，希望能从中获得快乐的源泉。鸡汤美味，也有一定的营养，让心灵不那么空虚。

后来，我又买了些人际交往、演讲口才、文史方面的书，还有所谓的畅销书，那些书良莠不齐，有些看了几页便看不下去了。

最终明白了，读书要有收获，还得读经典好书。于是我买了《红楼梦》《西游记》《水浒传》《三国演义》四大名著，还有《莫言精品集》《平凡的世界》《穆斯林的葬礼》《白鹿原》《主角》等获得诺贝尔文学奖、茅盾文学奖的作品。

文字，如涓涓细流，浇灌了我贫瘠的心田；像一盏明灯，照亮我灰暗的心房；似三月春风，唤醒我沉睡的梦想；如海上灯塔，指引我前进的方向！

臧克家说："读过一本好书，像交了一个益友。"

余秋雨说："读书是摆脱平庸的最好办法。"

杨绛说："读书不是为了拿文凭或者发财，而是成为一个有温度、懂情趣、会思考的人。"

如梦初醒，豁然开朗。希望的种子已生根发芽，那是深植于我心底的对文字的喜欢和热爱，只有文字，才能让我走出痛苦和迷茫，文字，是我永远的老师和朋友！

从书中，我看到了大千世界，芸芸众生；看到了古今天下，金戈铁马；看到了波澜壮阔，气势磅礴；看到了羽扇纶巾，英雄豪杰；看到了义薄云天，光明磊落；看到了奸诈狡猾，卑鄙无耻；看到了情深意重，天长地久；看到了不畏强暴，出尘不染；看到了一身正气，顶天立地……

文字，把古今先贤名士的智慧和精华传授给你，你可以穿越时空和他们对话，领略他们思想的深邃和对人性的洞察。

文字，让我看到无比广阔的世界，足不出户便知天下；文字，让我领略到各地旖旎秀美的景色，无限风光尽在心中；文字，让我体验了与别人迥然不同的人生，众生皆苦，一切释然；文字，让我懂得苍茫天地间，人不过是沧海一粟，认识到自身的渺小，既不敢睥睨天下，又不至于妄自菲薄；文字，让我在历经伤痛和凉薄后依然相信温暖，相信爱，微笑向暖，传递善意。

毕淑敏说："书不是胭脂，却会使女人容颜常驻；书不是棍棒，却会使女人铿锵有力；书不是羽毛，却会使女人展翅飞翔；书不是万能的，却会使女人千变万化。"

腹有诗书气自华，我将以读书写作为终生事业，用文字丰盈自己的灵魂和生命，努力活成最美的模样！

（三）写作，遇见优秀的人

不甘平庸，成为我心中的一个梦想，十多年来，我一直默默写作，学习知识，增加积累。

2017年6月，我在公众号认识了花样年华老师，买了她的新书《花样年华》，通过花样年华老师，又结识了齐帆齐老师。10月，我参加了齐帆齐老师的第二期写作培训班，成为她的早期学员之一。如今，我已跟随老师学习写作四年多，成了她的长期写作班成员。

齐帆齐老师，我已在多篇文章中写过她的故事，她从一个贫困的打工妹成长为写作讲师，带领千千万万的人学习写作，并实现财富变现，齐帆齐老师在困境中自律自强，和命运作不屈的斗争，华丽变身，逆袭飞扬，被称为"励志女神"。

齐帆齐老师已出版实体书《追梦路上，让灵魂发光》《人人都能学会的写作变现指南》，编著《遇见梦想，遇见花开》，出版了多本电子书，成绩斐然。

如今，齐帆齐老师是安徽省作家协会会员、中国散文学会会员，并成功创办了齐帆齐商学院，拥有今日头条和百家号的三大MCN内容矩阵，曾为京东、阿里巴巴、菜鸟、老乡鸡等多家知名品牌做过内容营销。

参加齐帆齐老师的写作社群，我认识了很多喜欢写作的老师和朋友，如蒋坤元老师、与君成悦、雪梅、柳兮、茶诗花、潇湘清尘、风想留步、一紫、一格、一河漪沫、李菁、果果等，每个人都非常努力和自律。有优秀的老师和朋友们作为榜样，我坚定了信心，不管遇到怎样的困难，都要坚持写下去！

这些老师中，蒋坤元老师写作四十年，出版作品几十部，在报纸杂志等平台发表文章上千万字，他勤奋自律的精神值得我永远学习！

近两年，蒋坤元老师出版了《沉到河底就能采到珍珠》《蛇岛》《我就是那一只墙外的苹果》《水车转啊转》《四十才是青春》等著作，蒋老师是一位高产作家，人人钦佩！

茶诗花（周晓丹）出版了《在最深的红尘里相逢》，柳兮（徐宏敏）出版了《阳光暖暖，流年珊珊》，风想留步（吴瑕）出版了《销售电缆，我的人生转了一个美丽的弯》，潇湘清尘（王杭丽）出版了《诗经·国风》，祝贺她们实现了梦想！

老师和朋友们的书，我都购买收藏了，他们也给我送了很多书，感恩相遇，一路同行，遇见花开！

席慕容说："每一朵花，只能开一次，只能享受一个季节热烈的或者温柔的生命。"

为了这一季花开，为了不辜负自己，我会风雨兼程，义无反顾！

写作最大的收获，就是认识了一群优秀的人，和优秀的人在一起，自己也不会太落后！

文字给我打开了一扇通往远方的大门，文字给我展现出一幅美丽如诗的画卷，文字给我的梦想插上腾飞的翅膀，文字让我结识了更多优秀的朋友，文字让我成就更好的自己。

时光流逝，青春易老，只有文字，永远鲜活，记录着我生命的足迹。无论酸甜苦辣，喜怒哀乐，这个世界，我来过。

文字，丰盈生命，承载梦想，通过不懈努力，希望有一天，我也能收获属于自己的丰硕和快乐。

梦想还是要有，万一实现了呢？

父亲去世 20 年，我才明白什么叫"子欲养而亲不待"

钮治（笔名：三号老钮）

父亲去世已经 20 年了，他去世时，我才刚上班两年。他才过了生日没几天，就在那天晚上，我还跟他吵了一架。

父亲已经持续打嗝好几个月了，从早到晚不停歇，我怀疑父亲的呼吸都受到了影响。有时候会稍微好一点儿，打嗝的频率没有那么高，我们都松了一口气。可是没过一会儿，他又开始不停地打嗝，我们的心也跟着他打嗝的声音而颤抖。

父亲不仅打嗝，每天还会吐出黑色的东西，起初只是偶尔吐一下，后来每天都要吐几次。我们都不知道是怎么回事，我哥猜测，父亲是吃饭太快，食物消化不了。

母亲一直让父亲去医院检查，他都不愿意去，硬说自己没事。

那时候我哥已经结婚了，住在我们家老房子里，父母和我住在租来的房子里。我睡里屋，父母睡外屋。

房子又小又破，许多地方的水泥都脱落了，墙壁的隔音效果也不好，我的床跟父母的床之间只隔着薄薄的墙壁。每天夜里，我都能听到父亲那接连不断的打嗝声。

在母亲的一再劝说下,父亲终于同意去医院了,但是他不去医学院的附属医院,他对附院的印象不好。

我小时候患胸膜炎就是在附院住院治疗的,医生给我使用了新抗生素,我药物过敏,差点不行了。从此,父亲就对附院产生了不好的印象。

父亲不愿意去附院,母亲就陪父亲去另一家医院检查。回家后母亲说,父亲喝了一杯什么东西,去照了什么仪器,医生说父亲得的是萎缩性胃炎,给父亲开了药。

父亲每天按时吃药,可是药吃了很多天,打嗝、吐黑水的症状一直都没有得到改善。

男友的母亲是一名中医,我把父亲的情况告诉她,她让我给父亲买香砂养胃丸吃。

父亲吃了一段时间的香砂养胃丸,打嗝和吐黑水的症状果然减轻了一些,我们都很高兴。可是那些药吃完之后,我再去药店就买不到了。父亲依旧继续打嗝,不断吐出黑色的东西。

终于有一天,母亲说不能再拖下去了,她让我跟她一起把父亲架去附院。父亲很长时间都只能吃一点儿面疙瘩,人很瘦弱,怕冷。那是冬天,父亲穿了两件厚棉袄,我跟母亲一人架着他的一只胳膊到楼下。一向节省的母亲拦下一辆出租车,我们坐进出租车到了附院。

附院人很多,内科在二楼,父亲一点儿走路的力气都没有了,我们就去坐电梯。附院的病人很多,电梯里挤满了人。

我虽然已经到外地念过大学,而且已经工作两年了,可依旧没有见过世面。我不会按电梯按钮,眼睛近视又没有戴眼镜。电梯里有电梯员,我不知道进电梯还要告诉电梯员去几楼,也不敢说,只好自己瞎按,结果按到了三楼。我一看按错了,又重新按了二楼,被电梯员给训斥了一顿。电梯到了三楼,又下到二楼,我们才从电梯里出去。

母亲一坐电梯就头晕，我们出电梯的时候，母亲晕乎乎的，我傻乎乎的。我们架着父亲找到内科诊室，父亲走进诊室就往墙边的椅子上一瘫，直喘。他已经很长时间没有走这么多路了。

坐诊的是一位年纪很大的医生，头发全白了，戴着眼镜，腰微微弯曲，他看起来比父亲年纪还大。

他问父亲怎么了，母亲把父亲怎么打嗝、怎么吐的情况告诉了他。他让父亲躺在看诊的床上，撩起父亲的上衣，招呼那帮医学院的学生围过来，指着父亲的腹部说："你们看，这就是胃癌。"

我的心一哆嗦。

母亲告诉老医生，别的医院说父亲得的是萎缩性胃炎。

老医生摇头说，父亲这种症状不是萎缩性胃炎，萎缩性胃炎不是这样的，这已经不仅是胃癌，而是晚期胃癌了。

我感觉心口有点堵，像是喘不过气来。诊室人太多，太闷。

老医生说了一大堆专业术语，我完全听不懂，只知道父亲得了很严重的病。我们周围没有得癌症的人，不知道癌症有多可怕。

在我的认知里，病人如果得了重病，医生是不会当着病人的面说出真实病情的。而瘦弱的父亲，肋骨根根分明，躺在床上像个标本，由医生给学生教学。

这个老医生一定不会想到，他的话给父亲造成了什么样的影响。有时候我会想，如果那天母亲和我没有带父亲去医院，或者没有遇到那个医生会怎么样。

老医生给父亲开了人参，他说没有什么药有效果了，父亲的病已经很严重了，而且他年纪大了，身体很虚弱，没有手术的价值了，就用人参吊着吧。

他让父亲第二天再去医院，做更详细的检查，最好能住院。他肯定想不到，第二天，父亲已经不能再去医院了。

我们拿了药打车回家，母亲又晕车了。

回到家里，父亲躺在床上休息，母亲给父亲熬粥，我给父亲切人参。

人参很硬，医院药房不给加工，加工要另外收钱。母亲要节约每一分钱，我就用家里的菜刀一点一点地锯。锯下一点递给父亲让他含在嘴里，我再继续锯。

父亲含了一片人参在嘴里，问我："你明天陪我去医院吗？"

我说还要上班。本来我那天就是请假陪父亲去的医院，不想再请假了，就让他喊我哥陪他去。

其实我心里想的是：我哥是儿子，又是老大，这样的事为什么要让我去？

父亲没说话，我看出他不想让我哥陪他去，就说再请一天假陪他去医院，他脸上这才又有了笑容。

从医院回家后，父亲一直在喘，不停地深呼吸。后来，他说心里难受，要吃速效救心丸。我认为他是受到医生的话的影响，知道自己患了重病，心理过于紧张了。

我不知道速效救心丸在哪儿，母亲找出来递给他，父亲抠了一把塞进嘴里。不管是什么药，总要按量服用，父亲一下子吃了一把药，我觉得不好，就从他手里夺。

可是，父亲明明早上一点儿力气也没有，这时候力气却大得吓人，他手里攥着药，怎么都掰不开。

当我好不容易把药抢过来，发现药瓶已经空了，药已经都被父亲拿出去了。趁我愣神的时候，父亲把所有的药都塞进了嘴里。我心里很慌，不知道父亲把那些药都吃下去后会怎么样。

母亲说，父亲以前脾气就很倔，又说了父亲以前的事，具体说了些什么我已经忘了，只记得我把心里的慌乱化作了怒气，朝父亲发作一番。

我明明是担心父亲，却又怨恨父亲不体谅我们的心情，也埋怨他不该对母亲不好，让母亲老是抱怨他。

夜里，我隔着墙壁听到父亲还在打嗝。过了一会儿，父亲的打嗝声渐渐停了，我听到母亲喊他，喊了好几声，他都没有回应。

我心想：父亲的倔劲儿肯定又上来了，因为我们下午说他了，他不高兴，生气不理母亲了。

我正想着，母亲喊我，说父亲不动了。我连忙下床看了一眼，然后匆匆忙忙去打电话。那时候我们家才装电话，我打过急救电话后，连忙披上外衣就去楼下等急救车。

正值深冬，我只披了一件外套，套了一条薄裤子，可是一点儿也没有觉得冷。

急救车来了，开不进院子，车停在路边，我带医生走进狭窄的楼道，走上黑洞洞的楼梯。

我疑心如果我们家不是住在这样的环境，医生还会再把父亲拉到医院抢救一下。医生跟我上了楼，我好像从他的表情里看出一种"还有人住这种地方"的意思。

医生随我进屋，让我们把父亲从床上挪到地上。他翻翻父亲的眼皮，趴在他胸口听了一会儿，说："人没了"。

我没有丝毫准备地发出一声疑问，然后哭声完全不受控制地冲出嗓子。

母亲问医生："不用去医院吗？"

医生说，父亲的瞳孔已经扩散了，心脏也早已停止跳动。他说："你看你们家……"环顾四周，欲言又止。

我知道他要说什么，小小的屋子里堆满了东西，父母的床挨着小厨房，黑漆漆的油腻。任何人站在门口，一眼就能看到屋里所有的一切，这样的家庭，哪有钱送人去医院抢救？

花钱续命的重点在"钱"。

母亲送走医生,把我哥找来,又找来老邻居家的大哥帮忙,给父亲准备丧事。嫂子也来忙活,我去照看小侄女。侄女才两岁,她还不知道家里发生了什么事情,睡得正香。

我陪着小侄女也睡着了,梦中被人晃醒,原来是嫂子喊我去吃饭。

我吃不下,跟着邻居大哥去父亲的单位报丧。他说,报丧本来应该是我哥的事,可是我们家人少,亲戚都在外地,我哥还有别的事情要忙。

他教我:报丧的时候,他来说话,我只要进门就下跪磕头,人家看到我的孝衣就知道怎么回事了。我跟着他,下跪磕头,有人拉我起来,大哥跟人家说"她父亲去世了",然后我们再去下一个地方。

等我们回到家,灵棚已经搭好了,母亲也给老家的亲戚发了加急电报。我跪在灵棚前,有人来就磕头。

大姑从老家赶来,一直在哭。大姑说的是老家的方言,我虽然听不懂,但大概明白她的意思。她说父亲可怜,没享过福。

父亲还在家躺着,一会儿就有殡仪馆的车来拉他。

我盼望有人来告诉我,弄错了,父亲只是睡着了。我不吃不睡,坐在灵棚里面,一直都没有人来告诉我这个消息。直到遗体告别的时候,我看着躺在菊花丛中的父亲,大声叫他。我以为自己声音大点儿,父亲就能听见,他会坐起来,告诉我,他只是跟我开玩笑。可是父亲一直没有动,我想扑上去,把他拉起来。邻居大姐拽住我,不让我去拉他。我只好盼望着火化的时候,有人突然来说,弄错了,人还活着。

骨灰盒寄存在殡仪馆,等公墓那边办好手续才能移过去。

我在梦里见到了父亲。

天气很好,晴朗的天空很明亮,却不刺眼,父亲穿着一身白衣,撑一把大伞,站在那里,还是像原来那样对着我笑。他的脸颊虽然还是凹陷下去,却显得红润有精神。

"爸爸。"

248

我从来都是叫他"俺爸",像"爸爸"这样小女孩的叫法,我印象中是没有过的。不知道是不是因为这个叫法太陌生,父亲不说话,只是看着我笑。

醒来后,我把梦说给母亲听。母亲说梦见已经去世的人穿白衣撑大伞是好事,说明那个人在"那边"过得好。

我不知道母亲是不是在安慰我,我一直认为要不是我跟父亲吵了一架,父亲不会那么快就离开。他病得那么重,我还跟他吵架,要是我,也会伤心的。

每天回到家,我都幻想一推门还看见父亲坐在那把椅子上,对着我笑。

我走在路上,看到瘦瘦的老人,就疑心是父亲,他会回头对我说:"跟你们开了个玩笑。"

梦里,我经常见到父亲。

我们一起旅游,我像小时候一样坐在自行车大梁上,父亲骑车带着我。其实,我小时候倒是经常坐在父亲自行车的大梁上,只不过,他从来不骑车,都是推着车。因为他不敢骑,怕骑不好把我摔了。

梦里的我很开心地想:原来父亲真的只是跟我开个玩笑,他又回来了,然后我们一家人平淡又幸福地度过一天又一天。母亲居然都没有发现父亲是很长时间不见了又出现的吗?真是粗心啊!

等我从梦中醒来,才发现父亲永远不会回来了。

再遇杭州初雪

翟娇娇（笔名：翟娇娇）

  那年不知雪美，也不懂雪贵！当我来到一座很少下雪的城市，才惊觉最美应是初雪，贵如油的不只是春雨，还有冬雪！

——2018.12.08

  2015年，我从北方一座五线小城市来到杭州，第一次离开自己出生长大的地方，除了惶恐不安，更多的是向往。一次次幻想它的繁华和先进、开放与包容，我以为这些会让我喜欢上这座城市。

  但在杭州生活三年多，两次遇见初雪，竟是这初雪让我越来越依恋杭州。

  我的家乡冬天下雪多且大，每年都可以溜冰、堆雪人、打雪仗，早晨在床上就能听见扫雪、铲雪的声音，冷得双手的手指都伸不直，拿起一把雪，搓几下，立马把手塞进兜里，不一会儿就双手发烫……

  可我来到杭州后，下雪成了一种奢望，司空见惯的事成了回忆。冬天里，很多次我都想来一场鹅毛大雪，就在雪地里一个人走着走着，望着眼前白茫茫的一片，再将自己冻得冰冷的双手伸进脖子里，打一个激灵，享受这雪白世界的安静，但也偶尔给自己来一个刺激！可我做得更多的，就是想象。

也许是我想的次数多了，2015年有幸遇到杭州的初雪，那个时候的我，毫无保留地激动和欣喜。

也就是那天，我正式成为学校社团广告宣传部的一名干事，第一次在陌生的城市，穿着正装与雪景合照。

造型很土，过时的衣服裹在外面，裤腿卷了几圈，皮鞋被雪水浸透，嘴里哼着"时尚时尚，最时尚！"。

我还不懂初雪对于杭州的意义，也没有想到在这个飘着小雪的夜晚，我收获了大学里的第一份友谊，以至于三年后的我想起这个场景，心里依然满是感动和温暖。

当时有位广西室友，从小到大没有见过雪，杭州这场初雪真是让她惊喜万分，一大早光着脚、拿着脸盆，到宿舍阳台接雪花。

我们住在七楼，楼下是一条小河，天空中飞舞的雪花唯美而又转瞬即逝。

见过很多次雪的我，无法深刻理解杭州初雪对于我室友的意义，但我知道，这不仅仅是杭州初雪，更是她生命中的初雪，她惊喜也珍惜！

今年，杭州的冬天来得似乎有点迟，十二月份仍然像北方的晚秋，衣服少穿一点儿怕冷，多穿一点儿又突兀。

前些天伴随着一场雨，天气转冷，天气预报说晚八点开始下雪，然而到点了也只是零零星星飘了几点，我和室友有些许失落。

没想到，今天早上八点左右，我在实习单位刚换好工作服，就有人惊呼"快看，下雪了。""好大的雪啊！""我要拍照。""杭州的初雪呀！"……

实习以来，我很忙碌，身边人也很忙碌，与家人、朋友的联系确实不多，热闹少了很多，更多的是清淡与重复。

大家对雪的热情，就像是给生活单调的我加入了一些温情，我享受这种感觉。

　　今天是周六，科室很忙碌，有实习的同学不止一次地跑到休息室的窗台，对着雪景录视频、拍照。我就在旁边，静静地欣赏她认真而专注地找角度和调滤镜的样子，这样的时刻真是太美好了。

　　下班回家的路上，朋友拿着手机小心翼翼地拍照，"我好喜欢这个有积雪的小红车哦，拍一下"。她好开心啊，我嘴上不说话，却也有想和她一起拍照的冲动。

　　"下个雪，你怎么这么开心，都拍了一路了。"

　　"因为珍贵呀，物以稀为贵，因为杭州初雪少见，所以我很珍惜！"

　　大城市从来都不缺忙碌的人，尤其是晚上，大家在马路上行色匆匆，在冷风中低着头前行，迫不及待地想赶回家里去。

　　初雪乍到，不少人放慢了匆忙的脚步，感受这雪白的世界，也尽情享受此刻的安静和内心的愉悦。而我实习以来，每天挤地铁，赶公交，时间总是不够用，有着年轻人的活力，却也疲惫。

　　我知道大城市的工作，压榨了很多人的时间和自由，孤独和忙碌，让人们在工作以外的大部分时间，选择做一个低头族。

　　而杭州这场雪，让我看到了丝丝温情，这才是生活中更重要的部分，谋生更谋爱，爱坚持奋斗的自己，也爱这个世界！

　　朋友圈常常是人们坐在一起聊天的地方，今天我朋友圈的主题，就是杭州下雪了。

　　好雪应当知时节，来得恰到好处。在我朋友圈的小小世界里，有人晒结婚，有人激励自己考研加油，有人鼓励表白……都说瑞雪兆丰年，但愿这场雪也给他们带来好运和祝福吧！

　　同时我又看到了那个第一次见到雪而欣喜若狂的广西室友，她也发了动态，把雪形容成"精灵"，隔着屏幕都能感受到这位姑娘对于雪的深深喜爱，希望她以后每年都可以看到雪。

　　再遇杭州初雪，我对杭州这座城市有了更多的认识，不知不觉中更加爱她了，我的第二故乡！美不美，故乡雪；亲不亲，故乡人！

　　夜里恍然间，我回到了家里，陪爸爸铲雪，和妈妈一起做饭，还和当年的少年雪中漫步，学着电视剧《步步惊心》里的若曦、八爷，一步一深情，期许到白头！

　　是啊，我想家了，这雪是我寄托的乡愁啊！

旅行，不只在远方

张芳娥（笔名：三月娥子）

午后阳光甚好，天空蓝蓝的，略有几丝云朵飘着，弟弟提议带妈妈去爷爷奶奶曾经住过的栗园村转转。那时妈妈是新婚的新娘，曾和父亲陪爷爷奶奶住过好长一段时间，应该有很多美好的回忆。我也常听年长的哥哥姐姐提起，他们从外地回来都喜欢去那里看看，寻找他们儿时的欢乐。一直纳闷，他们心心念念的，到底是一个怎样神秘的地方呢？于是我欣然前往。

随着两山一湖景区的开放，公路修到了云台山下，从云台山下往东北方向有条岔路横贯庙山，延伸到方山森林公园。妈妈一路上啧啧感叹，过去的崎岖山路、羊肠小道去哪里了？

栗园村位于庙山下半山腰，公路从村旁通过，我们在村口下车，首先被一户人家门口的槐树吸引了。这棵槐树看上去历经了多年风雨的洗礼，树形大而魁伟，枝干遒劲挺拔，虽是秋天，叶子还是翠绿的，从树下透过空隙能看到蓝蓝的天，清澈明丽。

经过栗园村的牛棚、猪圈、羊圈、狗窝，听着哞哞声、呼呼声、咩咩声，还有狗叫声，一只大红公鸡带着一群母鸡刨土，啄食，散步，它们好像在欢迎我们。我心想这里的人们应该是靠山吃山，水草丰厚，以养殖业为主吧，村里有几个晒谷子、玉米的人，妈妈向他们问起了几个老人是否还健在，身体状况如何。其中有一个就是故人的儿子，他竟然知道爷爷奶奶，说是住在北窑里的，他们称爷爷奶奶住的地方为北窑，说当年他家住在下边，上一个山坡就到了爷爷奶奶住的地方，看到妈妈很是高兴，有一种乡音无改鬓毛衰之感。

  从这个小山村的东边下坡，就是去北窑（姑且叫北窑）的路，在这条路上才有山路之感、山村之感，土路上是半干的、干的、湿的牛蹄子印，踩在上边硌脚、绊脚，孩子们没见过这像标本一样的牛脚印，高兴地用他们的脚去丈量牛的蹄印，蹦蹦跳跳，就连路上的牛粪、羊粪也是新鲜的，比来比去分辨，自有他们的快乐。

  走完这些脚印路，我们遇到一个浅池子，水是黄绿色的，不甚清澈，可能是牛羊吃饱了草料饮水用的，边上也有蹄印。池旁的路泥泞不堪，牛脚踩的印渗出水来不好过，我是背着女儿过去的，弟弟提出要背着妈妈过，被妈妈拒绝了，妈妈踮起脚尖竟小跑了过来，把我们惊讶到了。经过这个池子，继续走是上坡路，有些陡峭，路上多石块，大的小的都有，刚好可以坐在上边歇一下脚。妈妈说以前这都是窄细的小路，仅一人能通过，现在哪里来的这么多石头，我说可能是经年累月大雨冲刷下来的，偏僻之地没人打理就成了石块路，也成为来者眼中的风景。我不禁想，这北窑是什么样的地方，竟有一种世外桃源之感。

  我牵着女儿，儿子护着他的外婆，弟弟在前边探路，在斑驳的树影间前行，不一会儿到了一个平坦的地方。这里比较宽阔，有一棵很大很大的核桃树，妈妈说："到了到了到了，就是这儿了。"这棵树虽然长大了，可树杈的样子没有变，还是原来她心目中的样子。妈妈指着崖畔，说这里以前有一棵更大的核桃树，每到夏秋时节结了核桃，树枝能垂到地面，一伸手就能摘核桃吃。树下有一个磨盘，是爷爷奶奶磨面粉、磨饲料用的，妈妈也曾在树下支着织布机纺线、织布，以供全家人的衣食之需。夏天的夜晚坐在树下乘凉，听山涧的虫叫鸟鸣，看萤火虫飞来飞去，在我听来竟有些向往，这是多么惬意的生活啊！

我们绕着这棵核桃树，妈妈指给我们看，那里是曾经盖屋子的地方，那里是牛棚，那里种过菜。她说爷爷奶奶曾经养了两头牛，用来耕种这山后边百来亩的平坦土地，那个年代人们缺衣少穿，好多人家吃了上顿没下顿，勤劳的爷爷奶奶种植着先祖留下的这块风水宝地，带上尚未成年的小儿子——我的父亲，离开村庄来到这里，春种秋收，开砖窑创收入，自力更生，供养一大家子人生活。家里的日子在那时算是富足的，我的外婆愿意把我的母亲——家里唯一的女儿、东塬村子里数一数二的女子、生产队里的劳动标兵，不顾外公反对嫁到人们称为"山里"的地方，很大一部分原因就是能够吃得饱，穿得暖。

妈妈说这里有两眼泉子，我们找到了一个下陷的坑，妈妈说这是那个大泉子，用来洗衣服、浇地，还有一个小泉子，用来烧水做饭喂牲口的。我们没有找到小泉子的痕迹，以前这里有个滴水崖往下滴水，爷爷就利用天时地利挖了两个泉子，多么聪明睿智的爷爷。这里是半山腰，免去了下山挑水的不便，也免了很多劳累。

后来退耕还林，土地归了国有，栽了树木，隶属于新卓林场的刘坪工区，爷爷、奶奶、父亲、母亲便回了村。我是在他们离开这里后出生的，妈妈说爷爷去世时我不到一岁，奶奶去世时我不到两岁，奶奶对我甚是疼爱，因为上边有一个姐姐不幸早夭。我的小名是奶奶起的，希望我像山间的荆棘一样浑身带刺，不被人欺负，也希望我像荆棘一样不畏恶劣的环境，顽强生长。而我对爷爷奶奶是没有印象的，仅有的印象停留在家里仅有的两张照片里，听着妈妈的讲述，我对勤劳、智慧、慈祥的爷爷奶奶多了很多崇敬之情，也多了很多想念。

妈妈说从滴水崖向东爬坡，就是回我们村凉泉的路，路上要经过石梯子、石蛤蟆、十二盘、山神庙梁，这些耳熟能详、充满想象、富含传说的名字，小时候我常听父母说起。如果走累了，往石蛤蟆的嘴里支根棍棍，就又精神饱满了，十二盘是十二道弯盘旋，到了山神庙梁，眼界是那么开阔，一眼就能看到山下的凉泉村。如今这里已不见妈妈说的那条路了，但我相信这附近肯定有路能走到妈妈所说的胜景之地，若不是今天携老带幼，我很想去探探，但只有待来日了。

我们坐在那棵核桃树下，这里有一片草坪，旁边的茅草长得一簇簇的，像芦苇一样随着微风摆动；那泉迹旁两头小牛正低头吃草，看起来闲适信步；一只小黑狗被太阳晒得懒洋洋的，醉卧在结满橘黄果实的软枣树下，我们刚来时还叫了几声，可能是主人让它看护着小牛吧！山坡上的山花正烂漫地开着，听妈妈沉醉地向我们讲述那过去的事情，竟有指点江山，激扬文字之感，真应了那句："心中若有桃花源，何处不是水云涧？"

我望向远山，青黛如蓝，那云蒸霞蔚里有数点红叶点缀，呼吸着自由的空气，沐浴着自由的风，看西斜的阳光洒在妈妈的头顶上熠熠生辉，好像来到了妈妈心中的桃花源。这何尝不是我们向往的诗和远方呢！

二大爷偏瘫后的最后时光

熊东（笔名：三月晨曦）

二大爷很幸运，硬撑着一口气走到了有人的地方才倒下来，这让他捡回了一条命。二大爷很不幸，捡回了一条命却失了尊严地活着。从那以后他再也不能去侍弄他的地，喂他的牛了，就连吃口饭都得依赖别人。

二大爷刚从医院出来的半年里，身体有过好转，能挂着拐杖一个人走到几百米外的桥头，声音也还是那么洪亮。他告诉唯一的儿子，春天来了哪块地要除草了，哪块田要耕了。唠叨得多了，儿子也烦，每天做不完的事情，还得伺候这么一位半身不遂的人。

久而久之，儿子对二大爷不再像以前那么有耐心了，有时甚至会因为一点儿小事冲二大爷发火。刚开始的时候，二大爷还会和儿子怄气争吵，哭着说要去派出所告儿子，儿子则怨恨他连累了自己的生活。

但二大爷毕竟是得过脑溢血的人，加之以往太过于劳累，这好转就像回光返照一样。他后来连自家的院子都出不了了，只能挂着拐杖，迈着那条不听指挥又沉重的左腿，从客厅慢慢挪到厨房，又从厨房移到外面的屋檐下，再回到客厅。

天气不好的时候，他连大门也不出，赶上好天气时，才坐在屋檐下的椅子上，倚着窗户晒会儿太阳。有时候有人从家门前经过，隔着院子和他打招呼，二大爷黯淡无神的眼睛会突然亮起来，忍不住和那人多说上几句话。

再后来，二大爷病情不见好转也不见坏，唯一的儿子怨言恶语却越来越重，甚至会骂出"老东西，你怎么不去死！"这样的话。可谁又能想得到，一年前就是这个儿子丢下工作，在医院里陪了二大爷整整一个月。特别是在重症监护室时，是儿子一直睡在走廊上等着盼着。二大爷的女儿在得知他生病后，在医院露过一次面后就再也没见过。都说久病床前无孝子，二大爷再也没有享受过刚生病时的待遇了。

二大爷也开始变得沉默，除非不得已的情况下，他是不会叫儿子的。儿子还是会照例问他要不要上厕所，可二大爷宁可少喝点儿水，也不敢再叫儿子帮忙上厕所了。因为他知道每一次上厕所时，儿子都会责骂他，甚至"动手"。但二大爷已经老了，还得了这么个病，不能再像年轻时一样，跟儿子对着吵，吵到面红脖子粗了。

伴随着二大爷的沉默，他的身体也开始每况愈下。二大爷不再坐在客厅的沙发上了，因为儿子说他越来越沉，每天要把他从卧室抱到客厅太难了。更主要的是，儿子有天早上突然发火，把二大爷摔在了地上，二大爷的孙女见到后十分心疼、愤怒又无奈，便叫她的父亲不要再把爷爷从卧室弄出来了，让他在卧室待着就好。孙女的本意是父亲少做了一项事就少些烦恼，爷爷也会因此少受些罪。

也不知道是不是二大爷的活动范围缩小了的缘故，他每天就那样呆呆地坐在卧室的窗前，有时候是在打瞌睡，有时候是一直凝望着窗外。有一次，二大爷问孙女现在是哪一天了，孙女告诉了他。他对孙女说："我每天就盼着，从天亮盼到天黑，我就看着那外面的树，枝丫都伸进窗子来了，我却不知道是什么时候了。"

孙女朝他说的窗外看去，他的卧室靠着北面山坡，看到的景致也实在有限，难以见到日落日出。他说的那个枝丫，果然是朝窗子里伸进来了一些。山坡上长满了草，那还是二大爷身体健康时种下的，目的是防止下雨的时候将泥土冲刷到屋檐沟里。再往上看，就只能看到一棵高大的泡桐树，树丫上有个大大的喜鹊窝，这便是二大爷所能见到的所有外界事物了。

孙女鼻头有些发酸，她觉得自己的爷爷像极了井底的青蛙，只能见到那么一方小小的天。孙女也不知道怎么做，安慰爷爷一切都会好的。这样的话开始还有用，说多了都知道是骗人的。孙女逃也似的赶紧离开了那间卧室，二大爷也好像习以为常了，病了这么久，来看他的、能和他说说话的人越来越少。

家里人都说二大爷的脑子出了问题，记性不好了，常记错事情，有时还做出些很奇怪的动作，而他自己却浑然不知。二大爷依旧是能吃能睡，就是动不了。二大爷望着窗子发呆的时候越来越多，儿子责骂他的次数也越来越多，好像一天不骂个一两声就不正常一样。

有人推门进去看他的时候，他连眼皮子也不抬一下，只有听到了不一样的开门声时，他才会拿眼神递过来，看看来人是谁。

二大爷和以前越来越不一样了，他一个那么要强的人，最后被折磨得连一丝精气神儿仿佛都要被抽走一样。想当初刚出院时，二大爷说话不利索，但还惦记着等病好了，还要继续喂牛。如今他好像已经习惯了这样的生活，认了命一样，好死不如赖活着，也不知道终点在何处。

某个早上，儿子又和往常一样骂骂咧咧地侍弄他起床，二大爷像个木偶似的任由他摆布，只有在儿子弄疼他的时候才会哼一声。给二大爷穿衣吃饭收拾完后，儿子正要出门干活儿去。二大爷叫住了他："我想华儿（二大爷女儿）了，你给她打个电话叫她回来看看我吧！还有你大伯、三叔、幺叔……"

儿子开始还不耐烦，哄骗说打了电话，"你以为都像你一样没事做啊？"

但儿子突然一个激灵,老爹已经一个多星期吃不了多少东西了,会不会……儿子心里有点儿发慌,赶紧打电话。那天正好是隔壁镇的集市,只有二大爷的女儿和三哥赶了过来。等他们来了后,儿子给二大爷交代说,他出去买点东西就回来,家里有人莫担心。

儿子出去没多久,二大爷说要解小手,女儿和三叔扶他去上厕所,二大爷不愿意,说要等儿子回来。女儿便也只好由着二大爷,等自己的哥哥回来。因为女儿觉得,自己实在也弄不动自己的老父亲。

儿子一直没回来,二大爷一直在催促,一直在问怎么还没回来。女儿只好哄着他,三叔也和他聊着。等到儿子回来后,二大爷才在儿子的搀扶下去了厕所。儿子得知二大爷趁他不在不愿意解手后,又是一顿怒吼。二大爷不作声,任由儿子吼,直到儿子要把他扶到床上时,突然说要坐会儿,此时距他上一次能坐着,已经一个月了。

儿子小心地把他扶到椅子上坐着,没坐多久,他示意儿子过去扶他。儿子走过去,张手准备将二大爷抱起,二大爷的手却垂了下来,重重地落在儿子胳膊上。儿子感到怀里突然变重,一种不好的感觉漫到了他心头……

"爹……"

"爹啊……"

"二哥……"

二大爷的一生,终于在他病了三年后,画上了逼不得已的句号。很多人都说,得了脑溢血的人活不过三年,就算侥幸活过三年,那也活不长。

如果三年前,二大爷知道自己将得这样的病,他还会那么超负荷地干活,不顾惜自己的身体吗?没有人知道答案,包括他自己也不知道,他的人生会以这样的方式收场。

人生从来就没有早知道,再逞强的人也会败给岁月,再宝贵的尊严也要在重病前让路。

山那边有什么

杨英（笔名：梦溪花开）

每个人的心里都有一个温暖的故乡，那里总有一条小河蜿蜒着通向心灵最深处。

故乡有着絮絮如常的景色，整齐的稻田，纷飞的柳絮，月下的村庄，以及一年四季都在忙碌的农人。

稻子黄时，有旅人提着不重的行李箱回家。他快到家门口时，拐弯去了隔壁的包子铺，听说这是镇上的老字号，二十年来包子依旧保持着出锅必用荷叶包裹的习惯，好让包子入口时能有荷叶的清香。包子铺所在的地方是一片新建的繁华街区，各种门店高大宽敞，和周围的店铺相比，这家包子店显然寒酸了不少，只有一个很小的门面，店里仅有一张桌子供人们临时坐着。

旅人与店家亲切地打了招呼，依旧是熟悉的乡音。买了包子，坐在狭窄的凳子上，打开包着荷叶的包子，热乎乎的热气冒了出来，扑面而来的清香提醒着他，就是这个味儿，错不了，这是故乡的味道。这普普通通的包子不会让人着迷，却让远归的人儿一遍遍惦念。

当煦暖的微风从苍翠的大山中冉冉飘来，附近的农人就会领着山羊在青山绿水间游荡。羊儿安心地在草场吃草，牧人悠闲地躺在一旁，搭着帽檐呼呼睡上一觉，在这漫山遍野的羊群中，他只需要看好最强壮的那头山羊即可。因为别的羊儿看到它在，就不会乱跑，而那只最大的山羊，只要看见牧羊人，就会安心地在一旁吃着青嫩的草儿。

太阳缓缓爬下山坡，牧羊人起身赶着羊群往山下走。云儿也似乎预见羊群要回家了，一路跟着小羊护送它们往家走，形成了一片金黄的火烧云。羊群被照得满面红光，看，那头最大的山羊全身都焕发着一层金光闪闪的红晕呢，牧羊人朝羊儿吹了一声口哨，成群结队的羊开始加快脚步，欢快地朝山下跑去，不断发出"咩咩咩"的声音。很快，羊群消失了，热闹一时的大草坝又恢复了往日的平静。

天色将暗时，牧人家的厨房里早已弥漫着香气四溢的饭菜味道。家里的阿妈已为放羊的孩子准备了可口的晚餐——一锅羊肉汤加荷叶包子。牧羊人这会儿正在门外一边招呼着羊群回家，一边数着："36、37、38、39、40。"对的，羊儿一只不差，又是充实的一天。牧羊人愉快地朝屋内喊着："阿妈，我和羊群回来啦！"

在牧羊人家旁，年迈的母亲已为远归的孩子准备了一桌丰盛的晚宴。孩子拿出给父母带回来的礼物——两个智能手机，远方的孩子希望在遥远的他乡可以通过手机看见故乡的父母，那一根网线是他对故乡的全部牵绊。年迈的老人不会使用智能手机，孩子只能一遍遍地教，好不容易学会了，该给谁先发个视频呢？还是先给孩子发个视频吧！

"叮咚叮咚……"视频的声音响起，正在厨房洗碗的孩子接过电话："喂，爸妈，会发视频了吗？"

"会了，会了，这次在家待几天呀？"

"可能……两三天吧！"

对面传来了长长的一声"哦……"，就再没有了声音。

孩子挂了视频电话，眼泪夺眶而出，老人努力学会了打视频，第一个发给的就是自己的孩子。虽然此刻父母与孩子之间只隔了一堵墙,可那是故乡与他乡永远逾越不了的距离。

　　夜徐徐拉下帷幕,星星闪耀在整个天空,好似世间万物都悄然无息又悄然而去,日子也稳妥得没有褶皱。原来日子也会妥帖得让你习惯,习惯得一遍遍告诉你,山的那边是故乡。

仓央嘉措，我梦中的情郎

冉培仙（笔名：林慧蝶）

是从什么时候起，你在我的梦里幽居？

是那年冬天，白雪覆盖着大地，世界浸透着刺骨的冷，一如我不再温暖的心。还是那年夏天，我一身疲惫，在人生边上踽踽独行？

你从远处走来，带着深情的文字。你一身布衣，却英姿飒爽，不骄不躁，不急不扬，如风，如雾，如天上的星辰！

对，是你，你是光，是永久地住进了我心里的梦！

谁，执我之手，敛我半世癫狂；谁，吻我之眸，遮我半世流离。

谁，揣紧你的诗行，一路跌跌撞撞，一路忧伤；谁，心中一遍一遍地诉说，诉说你所有的过往。

红楼高墙，王位和繁华亦无法将你禁锢，你的灵魂自由地挥洒在你向往的每一个地方。

爱你的，何止那三个深情的女郎！

读你的诗，真的会心酥到无法呼吸的地步！

仓央嘉措，你就是我梦中的情郎！

想写关于你的文字，可久久不敢下笔，害怕一不小心，就写坏了心中对你的深情!

　　遇见哪怕只是你的诗行，抑或只言片语，都让我爱到不可收拾，爱到地老天荒!

　　仿佛今生，我要弥补前三十年的缺憾。

　　犹记得第一次听说你，是在一次聚餐上，一群女子谈论你谈得天花乱坠，而我却像一个傻子，愣愣地，一句话也插不上。

　　你说："我问佛，为何不给所有女子美丽的容颜？"

　　佛曰："那只是昙花一现，用来蒙蔽世俗的眼，没有什么美可以抵过一颗纯净仁爱的心，我把它赐给每一个女子，可有人让她蒙上了灰……"

　　我不要做惊世骇俗的女子，我害怕昙花一现，错过的今生，用来世弥补。

　　来生，我要踏着你的足迹去寻你，然后住进你的生命里，为你痴，为你狂。

　　你说："你见，或者不见我／我就在那里，不悲不喜／你念，或者不念我／情就在那里，不来不去／你爱或者不爱我，爱就在那里，不增不减……"

　　真的是这样吗？见或者不见，悲喜、深情和爱都在吗？

　　我早已经被她们口中的你深深地吸引！

　　为何你却偏偏成了一个情诗王子？

　　你一生深情地爱着心中的女子，可每一段感情都是短暂的烟火，只在你的生命里绚烂一瞬。所以，你终究还是一生孤寂，这就是你将深情赋予文字的理由吗？

　　你的诗，都是万古绝唱，令多少人肝肠寸断？令多少人心生向往？

　　雪域高原，你是最大的王，可你，却守护不了那个一往情深的女子。

　　一双深情的眸，一句动情的话，一段刻骨铭心的爱恋，最后都只能挥手告别!

大学时，我寝室有一个藏族女孩阿罗多姿，曼妙的身段极其美丽。你的情人是不是都如她一样貌美倾城？

长睫毛，大眼睛，薄薄的嘴唇镶嵌在精致的脸蛋上，豪迈中带着柔情，风情万种！

很喜欢身着一袭藏袍的男子，不自觉透露出来的阳刚之气，带着狂野的魅力，也透露着藏族人炙热的内心。

我也曾多次混进跳藏舞的人群，不小心被藏族男孩牵着手转圈，每一次，都紧张到不知该左转还是右转。

天天听你的诗，我总会想起那段时光，校园里，那些狂野不羁的味道。

布达拉宫，一座巍峨的殿宇，注定无法拴住高原王子的灵魂。

是不是所有雪域高原的男子，都如仓央嘉措一样深情？

你说："你穿过世事朝我走来，迈出的每一步都留下了一座空城，这时，一支从来世射出的毒箭，命定了我唯一的退路！"

你说："最好不相见，如此便可不相恋。最好不相知，如此便可不相思。"

你还说："我行遍世间所有的路，逆着时光行走，只为今生与你邂逅。"

文字，诗词，怎么可以那样美？

我爱文字，我爱诗词，我更爱深情的写诗人！

深宫高院中，孤灯摇曳下，你字字泣血。

三百多年后，有一个平凡女子，在你的诗词里，深情地念你，念你，千千万万遍！

苏轼为什么是我心中的挚爱

徐苗（笔名：徐小仙）

你是西蜀大地上的少年天才，你出生于清流书香门第，你是宋代文学史上难以逾越的高峰，你甚至是跨界美食家。

第一次，我与你相遇在中学时代的课本里。我在"大江东去，浪淘尽，千古风流人物"里，读出了你的豪情咏怀；在"十年生死两茫茫，不思量，自难忘，千里孤坟，无处话凄凉"中，读出了你的深情；在"竹杖芒鞋轻胜马，谁怕？一蓑烟雨任平生"中，读出了你的洒脱；在"日啖荔枝三百颗，不辞长做岭南人"中，读出了你的俏皮贪吃。

不管是当时的北宋，还是1000多年后的今天，你都收获了无数"粉丝"，当时的平民百姓、达官贵人甚至宫廷内眷，都喜爱你的诗文与才情。在当代，你的纪念堂、你的诗文展览、颂赞你的文章也不胜枚举。我常常在想，为什么那么多人对你情有独钟呢？林语堂在他的著作《苏东坡传》的序言里，曾经这样描述过你：

"他是一个不可救药的乐天派，一个伟大的人道主义者，一个百姓的朋友，一个大文豪、大书法家、创新的画家、美酒实验家，一个工程师，一个假道学的憎恨者，还是一个诗人，一个生性诙谐爱开玩笑的人。"

在我眼里，你是感情丰富、才思敏捷、有趣乐观、贪吃好玩的非常立体丰富的人物。千百年来像你这般妙趣横生的人，恐怕仅此而已，这或许是我们都爱你的原因吧。

（一）才华横溢，全才的你

无数人知晓你的第一步都是从你的诗词文开始的，你的第一个名号就是宋代的一代文豪。

1056年，21岁的你跟着父亲及弟弟一起从西蜀大地的眉州进京赶考。在赶考中，你在策论命题《刑赏忠厚之至论》中的"皋陶为士，将杀人。皋陶曰杀之三，尧曰宥之三"俘获了主考官欧阳修的心。他颂赞你的作品，觉得颇为豪迈、创新。在名流的推荐下，年少的你开始名动京师。每有佳作，必被传阅。

你的诗、词、书法、绘画皆为大家。诗题材广阔，清新豪健，善用夸张比喻，独具风格，与黄庭坚并称"苏黄"；词开豪放一派，与辛弃疾同是豪放派代表，并称"苏辛"；文纵横恣肆，散文著述宏富，豪放自如，与欧阳修并称"欧苏"，为"唐宋八大家"之一。此外，你善书，为"宋四家"之一，还擅长文人画，尤擅墨竹、怪石、枯木等。

你的作品实在太多，不胜枚举，列入中小学课本里的有近20篇。其中我最爱你的哲理诗，你和李白有一次描写庐山的正面交锋。李白写"飞流直下三千尺，疑是银河落九天"，这样瑰丽夸张的想象力，恐怕无人可及。而你却避开景色，写出"不识庐山真面目，只缘身在此山中"的千古佳句。比起李白的单纯写景，我更爱你上升到哲学高度的智慧。

（二）豁达洒脱、政绩斐然的你

文化场是你勤勉好学、天资聪颖可得的，而仕途却是历史机遇的选择。很不幸，你短短65年的人生际遇里充满了坎坷。名动京师后，你在文化场备受认可，官场生涯却浮浮沉沉，颠沛流离。

在赶考提名榜眼后，你开始了自己的仕途生涯。因在政见上与新锐变法的王安石不合，你自请出京，初任杭州通判，后迁至徐州。1079年，你在乌台诗案中得罪了新党，入狱103日，最终免过杀身之祸，从此开启了一路谪迁的生涯。起初，你被贬到偏远黄州，正处于青壮年大展宏图之时，你却遭遇牢狱之灾，官场失意，那是一生苦闷的低谷。但你写下了豪迈、洒脱、豁达的诗文，如《赤壁赋》《定风波》《念奴娇》。后来，你被起用再回朝堂，二任杭州，人生的后半程却始终在谪迁途中，从岭南惠州到天涯海角的儋州，最终身逝常州。

你为官的城市，遍布中国的华东、华南、华中、华北，你的经历丰富多样。虽然诗文中偶尔透露出失意、苦闷，但更多的是豁达、乐天知命。无论在何时何地，都懂得自处，哪怕多次被贬途中俸禄微薄，在黄州、惠州、儋州生活困顿。

为官的你，政绩斐然：在徐州治水患，除土豪；在杭州除瘟疫，筑堤坝灭水患；在儋州开荒破土，办学堂，传文化，治农桑。那些对百姓的厚德仁爱、心怀天下，让世人对你肃然起敬。为官之地，都留下了你的苏公堤、东坡路、东坡语等。

官场上，你不再是文弱多情、文采飞扬的书生，而是敢于担当、心怀大义大爱，颇有明官风范的大家。有人曾评价你：入仕可安邦定国，出仕可悠然享山水之情。

（三）生性率真、丰富有趣的你

拥有前两个特质的人不在少数，也有为官清廉、才华横溢的名仕，如白居易、欧阳修等。但你比他们更招无数人喜爱的，是你的真实率真、充满生活乐趣的性格。

你生性率真旷达，四处结交名人豪杰。你曾说："吾上可陪玉皇大帝，下可陪卑田院乞儿。"你的朋友圈有当世文豪、高僧道士、侠士小儿，甚至颇受两任太后喜欢。对于家人，你有无限的深情与热爱，与弟弟苏辙情同手足，写下"但愿人长久，千里共婵娟"的思念之情；对结发妻子王弗，你写下深情厚谊的"小轩窗，正梳妆"；对于后生，你提携有爱，培养了众多得意门生。

你热爱生活，喜欢游历山川大河，更好美食，品佳茗，常自己制作茶饮美食。你一路贬，一路吃，从黄州的猪肉、黑头鱼到岭南的荔枝，再到海南的生蚝，活色生香，无一不是你的盘中餐。你的贬谪生活时有清苦，但却未阻挡你吃货的嘴，还亲自动手制作，给我们留下了千古名菜"东坡肉"。你的饮食版图，甚至可以作为当下的美食指南。

你是如此丰富有趣，你是我们普通人心中永远热爱的苏东坡，没有天才文豪的距离感，只有接地气的烟火气息。

你是千百年来一个奇妙的人：

赞叹你在诗词文画领域里的登峰造极，钦佩你逆境中的坚韧不拔与乐天知命，欣赏你对家人、朋友、百姓的深情厚爱，更喜爱你贪吃好玩的普通人性格。

写你的文章、书籍多如牛毛，众人对你熟悉知晓，但我却依然要提笔来表达对你的那份挚爱。

因为你教会我的，是无论身处何境，都要豁达自处，一生都在爱生活、爱诗文、爱他人、爱自己中走完，恣意挥洒出生命的热情。

而这恰好是我所向往的人生活法。

如果时间也有记忆

沈宏薇［笔名：Rebecca（安安）］

我们回不到那个古老的年代了。

浸糯米，洗粽叶，编绳带，腌咸蛋，蒸松软的重阳糕，炸巧果儿，用凤仙花汁染红指甲。

在祭祀祖先的日子里，总有甘甜的水果和比平常更丰盛的家常菜，细细咀嚼时，我不免在心中感激神和祖宗的福祉。

儿时，我常牵着母亲的手去菜市场买菜，拉着父亲的手一起逛书店，或者躲在被窝里，享受礼拜天早晨的一个烘山芋。跳皮筋，绕麦芽糖，偷偷在墙上写：王小毛是个大坏蛋！

"如果童年的记忆是一幅画，我觉得那是午后太阳射进了屋子，院子里头有芭蕉树，它们逆着光，所以芭蕉叶特别透明，好像翡翠一般。我的母亲正坐在椅子上缝补衣服，收音机里播着一首歌……"作家刘墉描述的童年，美如画。

时间是没有记忆的，像一列开过春夏秋冬的列车，不断重复无动于衷。

悲喜交加的故事是乘客的，被迫上车，又不知何时会被赶走而心中忐忑。

有时夜晚仰首苍穹，一颗颗恒星闪着微光，这已经是它几十亿光年之外的光芒了吧，我在未来读着它的从前，而它的现在竟与我无关。

于是，我惊觉自己已经失去了太多，试图收集那些断瓦、瓷片、红木案几，廊下的一只粗坯陶碗。那些经人手工细细琢磨的物件，印着无数乘客的记忆，我在里面无望地寻找关于我的一章。

池塘里早已"接天莲叶无穷碧，映日荷花别样红"，绿树阴浓里"蝉鸣声声响，忽觉夏日长"……

夏至新生，生命处处敞亮。它笑着跑来，带着阳光和果香，带着暖风与麦气。

44年前的这个时节，一个婴儿诞生了，从此她的出生就和夏至这一天紧紧相连。因为父亲是家中唯一的男孩，祖父一心希望生个男孩，继承自己的家业。

祖父的希望没能实现，于是家庭风波汹涌而来，性格温和的父亲放弃了上海所有的家产，为了家庭的稳定，毅然选择定居苏州。

从此，苏州成了我的第二故乡，严格意义上来说，苏州是我的第一故乡。而大都市上海留给我的每一段伤心往事，都已经留在了记忆的昨天……

如果时间也有记忆，她会选择忘记。

每年夏至，生命的年轮在时空中又画了一圈。人生至半，在向生命终点迈进的时候，我多了一份淡定和从容，不再苛求生命的质量，不再妄自菲薄，不再好高骛远。

而是，我告诉自己应该活在当下，每天的生活都应当安排妥当，有幸福的家庭，有自己喜欢的职业，有自己的奋斗目标，更在余生的日子里，可以笔耕不辍，有胜似闲庭信步的心态……

如果时间也有记忆，她终将带领我们走向美好的未来。曾经的努力，儿时的梦想，在此刻犹如一枝向日葵，慢慢绽放，直到生命老去……

把秋天活成自己的意境

罗轶（笔名：四维谦君）

秋天是一个万物成熟的季节，它不似春的温暖、夏的热情、冬的冷酷那般纯粹，敢爱、敢恨、敢做，而是深沉得无法用我的内心去衡量。

秋来秋去，这么多年了，我不敢说已经读懂了秋天的心思。但是，随着生活的磨炼和年龄的增长，我也渐渐地知道了，秋天其实活在我们每一个人的心境中。

你活在怎样的心境中，秋天就会活成怎样的模样。你的心境是清风白云，那么，秋天里就会有大雁南飞，枫叶流丹；你的心境是残阳寒霜，那么秋天带来的，只能是秋风落叶和枯雨残荷。

懂事后，我第一次融入秋天的心境，竟是在小学读到雷锋日记的时候。

那句"对待敌人，要像秋风扫落叶一般毫不留情"，让我感受到的是秋的凌厉与肃杀，不由对秋天生起了几分敬畏，映入眼帘的皆是地上被秋风扫落的枯叶树枝。

也许，那个时候，我小小的心境就已经深深地烙上了那个时代的印记。然而，这样的刻板印象随着岁月的沉淀，渐渐地消融得无影无踪。

我触摸到的是一个个五颜六色的秋天，橙红的枫叶、金黄的稻谷、湛蓝的天空、五彩的菊花，这样的秋色谁人不为之沉醉呢？

秋来秋往，岁月沉淀在心境中的，终究是一份秋的成熟，这是一份经历了春的勃发、夏的恣意之后的淡然，满眼皆是收获之后的喜悦和赏心悦目。

这个时候，看那天空，似乎高远了许多，一眼望去，心境也随之荡漾开来。秋风也好，枯叶也罢，留下的都是一份从容和诗意。

秋的成熟，带给我的一切是那么恰到好处，水到渠成。

恍如从年少轻狂到历经世事沧桑，苦苦拼搏之后，没有了昔日的葱茏，剩下的却是成熟的金黄，以及一份只属于自己的过往的收获与快乐。尽管内心饱经沧桑，但秋风抚过，唯有舒心和安然。

是啊，秋天的诱惑在于收获，但是别忘了，秋天的情分却在于落叶归根。自古以来，无论你离家多远，哪怕是相隔千山万水，到了中秋月圆夜，赶回家乡的，都是那些归心似箭的游子。

是呢，秋的心境，更多的是一种思念。每每这个时节，到处飘散着收获的气息，但我们总会留下最好的那个果实，赠给自己最亲的思念。

这个时候，我总会忆起许多年前那支秋的曲子，还有那个黄昏、溪水、残叶，以及树梢的落日。

我曾问身边的朋友，你听到秋的声音了吗？朋友顺着我的目光听去，然后迷惑地望向我，什么也没有哦。

但是，我分明听见，哼曲子的是个少女，一袭拖地的暖色长裙，就那么幽幽地立在铺满残叶的溪水旁，望向天际尽头。她是在思念自己的亲人还是青梅竹马的恋人？

我告诉朋友，那个少女就是秋的声音，一份独上高楼的心境，纯净如水，涌出的是汨汨的恋愁。

此情此景，我忽然念起李白的《秋风词》，写尽了古人悲秋的心境，满纸皆是相思之苦。"秋风清，秋月明，落叶聚还散，寒鸦栖复惊。相思相见知何日？此时此夜难为情！入我相思门，知我相思苦，长相思兮长相忆，短相思兮无穷极。早知如此绊人心，何如当初莫相识。"

秋风、秋月、落叶、寒鸦，随风漫卷的，是大片大片的残花落寂和愁肠百结，这样的心境下，感受到的更多的是生命的枯竭与消逝，然后渐渐归于沉寂。现在回味时，涌上心头的，依然是些许无奈和悲思。

不过，回眸天地间这片沉甸甸的金黄，我感受到的却是一番生命的轮回。虽然片片枯叶落入尘泥，但它们孕育着来年的再生，那秋风扫落叶带来的不只是萧飒的肃气，更是一种新生的气息。

是啊，虽然秋的尽头是严寒的冬季，但是，这片成熟的金黄，放眼望去，一定会迎来繁花似锦的春色。

我想成为一枝紫罗兰

李寒（笔名：沐兮）

（一）

紫罗兰的花语是永恒地追求爱与美。2021年11月7日，立冬那天，漫天飘雪，整整下了一天。到傍晚的时候，雪厚得已经没过了脚面。

我的爸爸和妈妈，踩着满脚的冰凉，给我拿来两盆花，一盆叫吊兰牡丹，另外一盆叫紫罗兰。我爸爸说："你就像这盆花，没有那么出众的外表，可是全身的紫色独树一帜。更让人惊讶的是她顽强的生命力，不那么娇滴滴的。"

我喜欢花，喜欢五彩斑斓的颜色。可是我并不懂花。想来也许这世间的所有生命都有其存在的意义，对于花来说就是它象征的含义。那么对于人呢？有人说，每个人都有他的使命。

我很久没有养花了，会开花的那种。我的窗台上都是绿萝，还有多肉，其貌不扬，可是好养活。

上一次养这样的花，是十四五岁的时候吧。那时我上高小五年级还是六年级来着，具体记不清了。

我从爷爷那里搬来了一盆和紫罗兰差不多的，也是开紫色花朵的花，那个开的花比较大。从远处望过去，像盆上长了个小喇叭，我很喜欢。

我喜欢浪漫的紫色，我喜欢一切的美好。可是那盆花到后来却被我养死了。我只顾着整天和小伙伴到处玩，只顾着写不完的作业，还有帮家里干活。所以在我搬来一个星期左右的时候，叶子就耷拉了；过几天我再来看，花早已枯萎，花盆里的土都干得裂开了几道缝。

凡事都是这样，如果你不用心对待它，就不会有好的结果回报你。紫罗兰也是这样，虽然她的生命力顽强，可是也需要爱这种能量的滋养。

（二）

我最后一次见到爷爷，也已经是 10 年前了。

我是跟爷爷奶奶长大的，从小喜欢东跑跑西跑跑，有那么一两次，甚至晚上都不回家，睡在小伙伴家里。我不爱学习，喜欢和小伙伴一起玩，却也在妈妈的严格管教下，考出过升级考第一名的好成绩。我从小数学不好，可是出奇地喜欢语文。

在我们县重点高中第一年实行扩招的政策下，我意外地被录取了。扩招就是扩大招生，在公布的录取分数线名额满了之后，再降低几分。我记得我当年是降低了七分录取的，赶上了最低分的尾巴。

可就是这区区的七分，却改变了我的命运，把我从一个不知天高地厚的懵懂少年变成了怀揣梦想、追求美好的热血青年。尽管后来高考没有考好，可我依然深深感谢那段不顾一切拼尽全力的日子。那段单纯的时光，一下子就过去了。

我还没有来得及好好享受，三年时光就在上课下课的音乐铃声中，以及无数个埋头做题的自习课里，转眼就过去了。我无比怀念那段日子，很简单没有任何杂念，很充实每天都像小蜗牛一样，背着大大的梦想不停地往前爬，好像一偷懒，未来就会消失不见似的。

高中的那三年，我从来没觉得累，可是压力却格外大。到后来，我那甜蜜的梦想变了质，变成了无情的皮鞭将我抽打。那是我青春年少里最遗憾的事，重重地跌落之后，我再也没有了逆风翻盘的机会。

有些东西，错过了就是一辈子。

我总以为我还可以有下次。我总以为记忆里的那些人总会在原地等我，等我回家，等我一起玩，一起写作业，一起哭，一起笑……

人世间有一种不能相信的解释，就是我以为是这样，我总以为是这样。

回忆之所以称为回忆，就是我们再也回不去了。

而我总是后知后觉，总是在人们都走光之后，才明白永别这回事。

我奶奶是，我爷爷也是。从小死亡这件事就深深地刺痛着我。长大之后，我还是不能理解这件事。

不能理解也要接受，这是长大的无奈。所以我总是想回到小时候，回到一切都没有发生改变之前。

花有重开日，人无再少年。

（三）

人始终是孤独的，从头到尾都是。因为我们一生都在不停地告别，告别亲人，告别朋友，告别昨天，还有告别昨天的自己。

或许人活着的意义不在于努力争取什么，而是终其一生学着对得不到的东西释怀，对把握不住的东西放下，将不属于你的东西归还。

我很喜欢白雪映衬下的紫罗兰，任外面的天气多么的恶劣，我依然绽放得勇敢自然。

我们总是很贪婪地想把所有都拥有，却忘了世间万物都有因果轮回。

我再也找不到当年热血沸腾、不知疲倦的感觉了，我再也见不到那些从小陪着我、上学迟到都舍不得叫醒我的面庞了。无论在现在的工作生活中多么努力，遇见多好的人，我都再也没有了当时那种简单纯粹的想法，以及念念不忘的心情了。这是至今都让我无比难过的事。

物是人非，风车转呀转。

我把我所有解不开、放不下的心事，都融化在了风里，让它乘着时间的翅膀，飞到我一直想去的那一边。

看到这株花儿，我总是心生欢喜。花儿落了会再开，花儿开过就会落。朝夕之间，我不曾为残败而伤感，也没有因为独特的绽放而骄傲。跨过雨露和星辰，我还是一如既往的样子。

也许我们只能一路披荆斩棘地往前走，带着月光上路，才对得起曾经那么努力热爱过的全部吧！

这一刻，我心心念念的紫色梦境，竟然出现了！

生活就是这样。总是在没有预料的那一刻，突然就开出了花。

每种花儿都有其独特的芬芳和意义。我独爱我的紫罗兰，象征着爱与美，时间即永恒。

我知道，这也是我来这个世界的意义。

谢谢你，爸爸

曲晓明（笔名：溪树）

谢谢你，爸爸。

谢谢你，从来没有嫌弃我，尽管二胎的我是个女儿，但爸爸仍然欢喜地去给我姥娘报喜。

谢谢你，当妈妈没有力气抱我的时候，你就整夜抱着我，在地上走来走去。

你白天干木匠活出汗的汗味，一定是我最爱闻的吧？

因为我小时候一哭就吐，你就这样拖着劳累的身体，一边哄我一边抱我到深夜，只要你一抱，我立即就不哭了。

是的，妈妈说，别的小孩儿哭的时候是找妈妈，我倒好，是找爸爸。

爸爸，谢谢你陪伴我度过了童年时光！

谢谢你，让我在收音机的歌声中，陪在你的身旁。

你用大锯子锯木头做家具，我用小木块垒成一个个小房子。

那么小，我就有原木的积木呢，呵呵。

谢谢你，陪我一起去等妈妈赶集回家。
我一直记得那个傍晚，妈妈赶集没有回来，我闹着要去找她。
你就用自行车带着我，到老鸦岭那个高高的山坡上，
在那个妈妈赶集回家的必经之路上，一起等妈妈。
夕阳辉映着一个个回家的人的身影，里面没有妈妈。
你给我买了一串糖葫芦，
那个卖糖葫芦的叔叔一定很高兴，在回家的路上还有收入吧？

小小的我，举着糖葫芦，安心地等待。
我一点儿也不慌张，因为爸爸温和地笑着，
在我身边。
妈妈来了，推着一辆自行车，
穿着白色的确良衬衣，
问我们为什么大老远跑到这里来。
爸爸，你也许早忘了这个平常的傍晚，
但我一直记得，我是多么欢喜，
能和你、和妈妈一起回家。

爸爸，谢谢你。陪我去医院拔牙。
谢谢你，教会我下象棋。
谢谢你，给姐姐和我买在那个时候很贵的蜡笔，
让我们可以画画。
谢谢你，给我们做了漂亮的小方板凳，
至今，那些板凳还招人喜爱地摆在院子里。

谢谢你，给我们买的《365夜故事》，

那个发光的封皮，那一个个有趣的故事，
因为承载着你的爱，让我们的童年变得那么美好。
我至今还记得上面的很多故事和插图，
比如那个袒胸露肚吃西瓜的猪八戒，
那些欢天喜地娶媳妇的小老鼠和它们的花轿，
那个把鸡蛋装在冬瓜里的小姑娘，
还有把西瓜当宝宝的胖嫂……

谢谢你，谢谢你，爸爸。

谢谢你，每次出去卖家具、卖花，
你都捎回好吃的零食。
也许只是一两块的小玩意儿，但在那个缺吃少穿的年代，
真的是让人很期待啊！
一个火烧配咸鸭蛋，一个鸡腿，
一个煎饼果子，还有你那特意让我们品尝的绍兴白斩鸡。

爸爸，你知道吗？当我读了大学，在上海吃小绍兴白斩鸡时，
回忆起的都是那个年少的味道。那个时候的白斩鸡最好吃，
因为里面有一个父亲简单的爱，力所能及地付出的爱。

谢谢你，爸爸。谢谢你，当我的腰受伤时，
骑自行车载我去南宅村看医生。
整个行程都是上坡，我眼睁睁地看着你的背上冒出来的一片汗渍。
其实，你完全可以叫我下来走，等上完坡，或者你休息一会儿再走。
但是，你就是一直用力蹬着、蹬着……

谢谢你，爸爸。谢谢你陪我去补习数学，
谢谢你陪我到上海读大学。你知道吗？
在我的心里，有件最疼的事，就是没有陪你去逛外滩和人民广场。
你那么想去看，我却说："很累，不愿去。"
结果，你就回去了。看着你的背影不见了，我心里真的很抱歉。
直到现在，还没有再陪你去上海，陪你去各处走走。
多希望这两年能和你一起，实现你那旅游的愿望。

爸爸，我爱你。是的，我要说，我爱你。
当这个词，我也可以不再羞涩，亲口对你说出时，
我想，我要正式地告诉你，谢谢你，我爱你。

我并不埋怨你没有什么本事，家里没有什么钱。
我喜欢自立，我很高兴从小能够跟着你，过这样普通的生活。
是你，在我单调的童年里，给予我那么多温暖。
爸爸，谢谢你，用你温暖的怀抱拥抱我。

是的，现在你老了。但你每天还是冲香喷喷的鸡蛋汤给我们喝。
这不光是我的最爱，
也是我女儿的最爱。
我女儿每天早晨一睁眼，第一句话往往就是：
"有没有鸡蛋汤？"
谢谢你，你像爱小时候的我一样，加倍地宠爱外孙女。
谢谢你，你给我们生炉子，种菜。
谢谢你，我记得那个寒冷的冬天，我忙着照顾幼小的女儿，你一个

人忙里忙外。

外面照顾蔬菜田地，家里烧饭洗碗。

是的，你会有埋怨。但是，那是爸爸对女儿的管教。
"你洗碗的时候要先把筷子冲干净""抽烟机不要忘了关""炉子上要记得一直烧着水，不要让火闲着"……
是的，这样的唠叨，我还能听多少年呢？

当你老了，头发白了，谁还爱你那苍老的脸上的皱纹呢？

爸爸，我爱你。我不敢说，我有多么孝顺你。
你和妈妈常常说起那些不孝的儿女，如何对待他们的爹娘，
叹息自己的晚年不知怎样。
每次，我总是默然不语。
爸爸啊，我不敢说在前头。我不知道，自己能不能像你和妈妈那样，
宽容地对待偏心的爷爷，给他洗脚，为他做饭。

我不知道，当你们也需要端屎端尿的时候，
我能不能像对待年幼的女儿那样，充满耐心，
我能不能像你抱着小时候的我那样，认真地服侍你。
我怕我做不到，可你们对待爷爷都那么好，
一点儿也不计较他曾经的错待，
我怎么能不好好孝敬你们呢？因为你们从小给了我那么多的爱。

我爱你，爸爸。我真高兴，你越来越年轻。
六十多岁的你，腰板硬朗，面色红润，好像五十多岁的人一样。

285

你的歌声，嘹亮又好听，
看看你的同学、同龄人们，或被酒所毁，或老眼昏花，
哦，爸爸，我真替你高兴。
愿你的内心一天新似一天。

是的，我常常忍不住替你着急，
看你一边看电视，一边微笑点头的样子，实在可爱。
为了不吵到妈妈，你一直都看"默片"。
但这样，也免不了我们的责怪。
请你不要放在心上，我们只是希望你能成就梦想，
不把时间浪费在那些无用的事情上。

你又想练书法，又想学钢琴；
姐姐买的二胡摆在家里，太极剑的光盘很久没有动过了。
……
其实，我们从来没有想你能够做成什么，
只是你那"童稚"的心里，还存着各种年轻时的梦想。

爸爸，请你原谅我用"童稚"这个词，
我真的觉得，有时候，你很像一个小孩，
单纯地相信别人的话，认为广告都是真的。
街上的卖家最喜欢你去买东西，产品质量有问题你都看不出来。

爸爸，醒醒吧！从你那年少的梦里。
人生已经走过了六十多年，梦想、梦想，
那么多不曾跨出的梦想，那么多刚开一个头的"事业"，

其实都不重要。
你给我们的爱，已经证明你是一个成功的父亲，
你不需要再另外去验证你的价值。

爸爸，我从来没有对你说，甚至在这样写出之前，
我自己都没有这样觉得。
不过，现在，我发现了，
好爸爸，你是我的荣耀！你是我的荣耀！
我为有你这样一个好爸爸觉得心满意足。

《围城》：每个男人都需要一位女性启蒙老师，方鸿渐也不例外

廖爱琳（笔名：廖倩）

小说《围城》里，方鸿渐一共结识交往了四个女人，她们分别是：鲍小姐、苏文纨小姐、唐晓芙小姐、孙柔嘉小姐。

鲍小姐是方鸿渐的第一个女人，也是他的两性关系启蒙老师。

在女人的眼里，鲍小姐是一位不漂亮，但却很放浪的女人。孙太太说鲍小姐又黑又粗，嘲讽她和方鸿渐是"有缘千里来相会"。苏小姐（苏文纨）觉得鲍小姐穿着太过暴露，伤害中国国体，而且鲍小姐明明有未婚夫了，却还公然勾引方鸿渐，这一点尤其令苏小姐嫌恶和愤怒。

在男人们的眼里，鲍小姐是热烈、性感且开放的，他们对鲍小姐的身体看得心头起火、口角流涎，他们乐于就鲍小姐开着男人之间的玩笑。

在方鸿渐眼里，鲍小姐是新鲜的、奔放的。虽然他对鲍小姐的言行过于开放，觉得有些害臊和发窘，但是，他的内心却是渴望、乐于接受的。

方鸿渐在高中时，父母给他定了一门亲事。方鸿渐并未见过未婚妻本人，只看过一张半身照。对他来说，这个未婚妻等于不存在，既无任

何联系，也无一点感情。

他到北平上大学后，第一次见识男女同学的风味。他也只是眼红一下别人谈情说爱罢了，自己却从未斗胆尝试。一是受传统思想的束缚，二是性格使然。

大学期间，方鸿渐看到女同学就脸红，被同学们笑称"寒暑表"：就是他的脸红程度取决于同女生的距离，距离越近就越红。就这样一个内向腼腆的男人，在出国留学几年后，习得一身浪荡气，但对两性关系仍然陌生和胆怯得很。

直到在船上遇到了鲍小姐，方鸿渐才得以在两性关系方面实现了零的突破。

方鸿渐看上去笑嘻嘻的，有点油滑的样子，其实不过是装出来糊弄人的，本质上是个怯懦腼腆的男人。当然，他糊弄人的把式骗骗苏小姐还可以，哪里逃得过鲍小姐这种老江湖的眼睛。

鲍小姐是混血儿，从小被父母差使惯了，早早就明白机会要自己争取、快乐要自己寻找。所以，她选择跟一个比自己大十二岁的老男人订婚，用未婚夫的钱出国见世面，也领略了许多男人。在回国的船上，路途遥远，漫长的时间如何打发？除了跟船上的男人们打情骂俏，她还需要一个相对固定的消遣伴侣。

鲍小姐看方鸿渐是坐二等舱的，经济实力还可以，而且外形打扮、言谈举止，也大致过得去，于是，方鸿渐成了鲍小姐的狩猎目标。

第一步：试探。

方鸿渐坐在椅子上抽烟，鲍小姐向他伸手，方鸿渐递给她一支烟。方鸿渐正准备用打火机给鲍小姐点烟时，鲍小姐忽然将叼着烟的嘴迎上去，在方鸿渐抽着的烟头上一吸，把烟点着了。方鸿渐囧得够呛，仿佛甲板上的人都在看自己。心里责怪鲍小姐太过分了，嘴上却啥也没说。鲍小姐一眼看出了方鸿渐在男女关系上的青涩。

289

第二步：搭讪。

方鸿渐在船栏杆处吹风，鲍小姐搭讪说："方先生，你让我想起了我的未婚夫，你的相貌和他像极了！"一句话撩拨得方鸿渐又害羞、又得意。即便方鸿渐觉得鲍小姐行为不太检点，但是，心里却兴奋极了。

第三步：出击。

晚上起了海风，船有些颠簸。方鸿渐和鲍小姐在甲板上散步，一个大浪把船晃得厉害，鲍小姐站不稳，方鸿渐扶住了她的腰，然后有了亲吻之举。方鸿渐是第一次，鲍小姐却是情场高手。等方鸿渐热情如火时，她却机灵地推开方鸿渐，留下方鸿渐寂寞难耐。

有了第一次亲吻，方鸿渐的胆子见长，加上鲍小姐的主动投喂，方鸿渐在男女之事上可算是开了窍。

船到西贡靠岸，有些人上岸，当晚不回船上住。与鲍小姐同舱的苏小姐不回来，方鸿渐晚上也是一个人睡。于是，鲍小姐友情地提醒一句："咱们俩今天都是一个人睡。"一句话激得方鸿渐周身的血液都涌到脸上来了。

就算他再傻，也知道这句话的含义。

鲍小姐这种主动型的女人，方鸿渐都不需要做啥铺垫，只是洗完澡，躺床上，听到越来越近的脚步声，打开门迎接那个裹着爽身粉香味的人……

第四步：迅速降温。

一夜风流过后，方鸿渐本来想着继续和鲍小姐加深感情，说些好听的话哄哄她。不料因为管舱房的阿刘捡到方鸿渐床上的三只女人夹头发的钗，让鲍小姐颇为难堪，方鸿渐只得用三百法郎打发了阿刘。

之后，方鸿渐说的话，做的事，通通不对路。俩人说话斗气、吃饭不顺，哪儿哪儿都别扭。表面上看似方鸿渐的确不会哄女人开心，实际上是鲍小姐已经将这个消遣伴侣"打入冷宫了"。

船即将靠岸结束行程，鲍小姐要快刀斩断她和方鸿渐的私情，以免节外生枝。

　　第五步：撤退。

　　下船的前两天，鲍小姐睡了一天，说是因为吃坏了肚子，这样就躲了方鸿渐一天。后来，虽然还是和方鸿渐一起玩，但是明显收敛了自己言行，常和苏小姐寸步不离，让方鸿渐没有任何机会。抓住下船搬行李的机会，方鸿渐想送鲍小姐下船，替她出点儿力气。鲍小姐很疏远地拒绝了，说自己的未婚夫会上船来接自己，不劳烦方鸿渐了。鲍小姐消遣完方鸿渐，现在要做的就是清理——就像自己和方鸿渐从来没有发生过什么事一样。

　　方鸿渐一时半会儿还没有明白，为什么鲍小姐的热情温度迅速降到了零度。当他看到鲍小姐扑向一个半秃顶的黑胖子（鲍小姐的未婚夫）时，方鸿渐顿悟了：从一开始，鲍小姐就是在引诱自己、玩弄自己、取笑自己罢了。

　　虽然鲍小姐浪费了方鸿渐几天的感情，但是，方鸿渐并不觉得吃亏。可以说，鲍小姐启蒙了方鸿渐的两性关系，这对他来说，是人生很重要的一课。

　　鲍小姐的启蒙，彻底打通了方鸿渐与女性交往的任督二脉。之后与其他女性交往起来，方鸿渐可谓娴熟了许多。

风雨中的坚持

丁冬萍（笔名：热情的丁香花）

我和爸爸买化肥。

那是 20 世纪 80 年代初，初夏的一天。那时候的我七八岁，具体什么时候我也记不起来了。那天，因为爸爸说要带我去乡供销社买化肥，我特别开心。

鸡叫三遍，天刚蒙蒙亮，妈妈就起床给我和爸爸做早饭。那时候家里没有钟，也没有手表，更不要说有手机、电视可以看时间啦，就连钟也是有钱人家才会有的，普通的老百姓是根本买不起的，早晨大家都是靠着鸡鸣和天色来掌握时间早晚。

早晨兴奋得睡不着，于是我就随着妈妈一同起床，帮妈妈打下手，一起做饭。没一会儿，爸爸也起床了，挑了几担水，装了满满一水缸。这时妈妈把早饭也做好了。因为天刚亮，妈妈没有和我们一起吃早饭，我和爸爸吃好早饭后，拉着板车出发了。

乡政府离我家有十三公里的路程，我们推着板车，一路有说有笑，爸爸心疼我，怕我走累了，就让我坐在板车上，也许是因为高兴，我浑身都是力气，我坚持要和爸爸一起走。就这样，我和爸爸一起推着板车来到花园乡供销社，凭着大队发的化肥票买了两袋化肥。

中午，爸爸带我在一家小饭馆里吃了两个馒头和一碗稀饭，吃好后，我们便打道回府。两袋化肥足足有两百斤了，这下可没有来的时候那样轻松了。

爸爸在前面拉，我在后面推，到了祠村，差不多走到一半路程时，忽然满天乌云密布，耳边狂风呼啸，只见天空翻腾的云浪，仿佛一条黑色的长龙从天而降，又像是一个从天上落下的大锥子，又像是一个巨大的陀螺，像是天上有人在不停地抽着鞭子，使那巨大的陀螺不停地旋转，从远处滚滚而来。

顷刻间，狂风大作，飞沙走石，个别粗壮的大树也被拦腰折断，屋顶上的瓦片也随着陀螺般的狂风融为一体。陀螺般的龙卷风将整个天空都翻滚了起来，将空气撕成了小碎片，瞬间将一切卷入自己的景象之中。呼啸的风声、轰隆隆的雷声、噼里啪啦的暴雨声，仿佛世界末日来临了，让人倍感恐惧。

爸爸急忙将我带到拱桥下面避躲风雨。我透过桥洞向外看去，远处的天空上飘着一个"降落伞"，又好似一个"氢气球"，仔细一看，原来是农民伯伯用来装稻谷的箩筐，上面还挂着一根扁担，像个尾巴似的不停地在空中摇晃。

爸爸看着我惊恐的眼神，一把把我搂在怀里安慰着我、鼓励着我。于是，我也学着爸爸那样坚强起来，很快心里就没有那么害怕了，而是想着怎样和爸爸一起克服眼前的暴风雨给我们带来的困难。

过了好一会儿，雨停了，天也亮了起来，巨大的"陀螺"终于消失了，感觉整个世界都变得安静了。我和爸爸的衣服早已被淋湿了，幸好爸爸事先准备好了，用塑料纸包裹住了化肥袋，否则这两百斤化肥就得报废了。

我和爸爸拉着板车继续赶回家。虽然是初夏，但浑身湿漉漉的衣服贴在身上在微风中仍让人感到寒冷。爸爸把他身上唯一的一件衬衫脱下来给我披上，虽然是湿的，但总比没有要好，能挡一点风寒。

　　也许是一天几十里的路程让我感到疲惫，或许是刚才那场暴风雨让我受到了惊吓，最初的兴奋和力量完全消失了，我实在走不动了，爸爸让我坐在板车上。那时候还是土路，不像现在的水泥路，大雨过后，一路上泥泞不堪，再加上一天的劳累，爸爸拉着板车也很吃力。于是，下坡时我就坐在板车上，上坡时我就下来在后面帮爸爸推车。

　　终于到了金榨，来到了一个老熟人的铁匠铺，这对夫妇是从外地来这里的，好像是浙江人，带着徒弟一起在这里暂住，以打铁为生。他们看到我们父女俩这副狼狈的样子，赶紧给我们泡上热茶，找来干净的衣服让我们换上。

　　我们稍作休息，就继续出发，继续往回赶路。不过这次比刚才舒服多了，不再那么冷，感觉也没那么疲惫了。回家的路除了平路就是上坡，我几乎不能再坐在板车上了。

　　爸爸在前面拉着，我在后面推着。我那小小的身材穿着铁匠师娘的衣服又肥又大，被卷起的又肥又大的裤管和袖口部分没走几步就会往下掉，一路上，我就扯着这身衣服，跟在爸爸后面推着板车，艰难地往前走着，我那小小的身躯穿着大袍子，简直就像武大郎唱大戏。但无论如何，这样穿着干衣服总比穿着湿漉漉的衣服舒服得多。

　　风雨虽然大，我们也很疲惫，但我们坚持不懈。爸爸拉着板车，我在后面推着，我们相互扶持，共同面对困难。虽然每一步都需要我们付出更大的努力，但我们坚持着，不断前行。爸爸的坚持和毅力成为我前进的动力，我也努力尽自己的一份力量，用力推着板车，尽量减轻爸爸的负担。一路上，我们父女两人相互鼓励着，一步一步坚强地向前走。

　　我们到家时，已经是傍晚了，妈妈一边收拾着满地的碎瓦片，一边望着路口，等待着我们回家。当她第一眼看到我们时，心疼得不得了，一边询问我们的经历，一边端出她提前准备好的饭菜和热水，看到我们已经换上了干净的衣服，便让我们喝口热水再吃饭。

经过这场龙卷风的侵袭，许多农作物和建筑物被毁坏，给老百姓带来了巨大的损失。所有的房屋都不同程度地受损，有的房屋倒塌了一面墙，有的房屋倒塌了一个墙角，有的房子的屋顶被掀掉了。我家也不例外，同样无法幸免，屋顶上的瓦片散落一地，完全变成了露天的房子。

虽然我的身体疲惫不堪，但内心充满了满足和成就感。这一天的经历让我明白了坚持和勇气的重要性，也展现了一家人共同面对困难的凝聚力，更让我学会了感恩和珍惜。无论未来的路有多么艰难，我都相信只要我们怀揣坚定的信念，勇敢地面对困难，就一定能够战胜一切，迎接美好的未来。

那个初夏的一天，我和爸爸一同经历了风雨，也一同成长。这段经历将一直留在我的记忆中，提醒我在面对生活中的挑战时，不要轻易放弃，要坚持走下去，因为只有经历了风雨，我们才能看到美丽的彩虹。

风雨中的坚韧和温情让我明白了生命的脆弱和可贵，也让我懂得了珍惜每一个瞬间。无论未来的风雨如何，我将怀揣着爸爸教给我的勇气和坚持，勇往直前，追寻自己的梦想。因为我相信，只要心中坚韧，风雨终将过去，阳光终将再次照耀大地。

书到用时方知好

吕枫叶（笔名：梦逸清秋）

读书是为了什么？

这是很多人的疑惑，即便是那些经常读书的人，偶尔也会蹦出类似的问题。

知乎上有一个热门提问："我读了很多的书，但后来大部分都忘记了，那读书的意义是什么呢？"

有一个非常精辟的回答："当我还是个孩子时我吃了很多的食物，大部分已经一去不复返而且被我忘掉了，但可以肯定的是，它们中的一部分已经长成我的骨头和肉。"

读书，拓宽的是我们的视野，增长的是我们理解这个世界的能力。

那些读过的书，你以为已经忘记了的内容，可能在某一时刻刚好解决了你遇到的问题。

今年行情不好，即便是做传统制造行业的人也开始在网络平台上找客户了。孩儿她爸半个月前也正式步入抖音平台的怀抱。

这天晚上，两宝都睡得早，终于有时间关心一下孩儿她爸了。聊到他最近发布的视频效果如何时，他打开后台本想展示一下的，没想到发现他当天发布的视频居然没有任何播放量。是审核慢了？十几分钟后再次打开，发现播放量寥寥无几。孩子爸疑惑到底出了什么问题。

发布的时间不合适？之前也在相同的时间段发布过的，播放效果还不错。

是内容不吸引人？不吸引人顶多就是2秒跳出率高一些，数据不好看而已，也不会没有展现量呀！

到底是出什么问题了？查了一圈也没有找到答案，无奈之下，孩儿她爸说明天把视频删掉再重新传一下试试。

突然想起之前在一本书中看到过，遇到这种问题，最简单的测试方法就是去投"dou+"，能投就说明视频本身没问题，等着就行。不能投那就是视频出问题了。

抱着试试看的想法，我们打开了今天新发的这条视频，发现确实无法投"dou+"，而且在投放界面提示了视频可能存在的问题。又去测试了其他有数据的视频，发现都可以投放。看来书中的这个办法确实是有用的。

当时看这本与抖音有关的书时，我也只是想简单了解一下相关的信息，因为所处行业的缘故，一直没有下手尝试，本以为看过后就忘记了，没想到在今天遇到问题的时候，居然很快就想到了书中的内容。

真是书到用时方知好啊。平时读过的书都会浸入思想之中，只待一个线索就能被调取出来。

樊登老师在讲课时多次说过："人生中百分之九十九的问题，都能在书里找到答案！因为无数前人都曾遇到过你面临的问题，他们已经通过努力找到了解决的方法。所以，遇到问题多读书，没毛病。"

遇到问题多读书，是奔着解决问题去的，有目的性的阅读。那时的阅读虽累，却能直观地看到效果。而容易让人产生疑惑的是那些"无用"的书，看的时候根本就不知道自己是否会用到，看的时候疑惑，看完更是迷茫，用不到也就很快留在了脑海深处，让你"忘记"它的存在。

人生是多变的，谁也不可能一成不变地过完一生。多读书，多读不同类型的书，在扩展知识面的同时，也提升自己的综合能力，拓宽自己的边界。

杨绛先生说："你迷茫的原因在于读书太少而想得太多。"

别迷茫了，快读书去吧，书到用时方知好！

那个唯一懂我痛的人

孙旭（笔名：一窗云）

我和D已有十年没有见面了。

和她，也只相处过一个月的时间。

我们是病友。可能因为年龄相仿，所以很快就变成了好朋友。

D家的条件很优越。她的父亲虽然是开公司的，但是一家人都很平易近人，也很节约。那一个月里，我们一起出去吃小吃，她妈妈永远把饭一点儿也不剩地吃完，也让她的女儿把饭吃光。"否则，可惜了。"她妈妈说。

也就是在那一个月里，我们建立了深厚的友谊。

可惜，D因为吃海鲜过敏，有一次甚至昏迷不醒，便不得不回山西老家了。

起初，我们发短信，逢年过节时互相问好。后来，我们用QQ联系，虽不经常聊天，但每次聊天都是安慰彼此的话。

大概是四年前的一天，D在QQ上对我说："我如今也很不好，走路还要用拐杖呢。我真羡慕我弟弟，活蹦乱跳的……"

我看了鼻子一酸。我又何尝不羡慕呢，可是天不遂人愿。

倪萍在《姥姥语录》里曾经这样写道:"天黑了就是遇上挡不住的大难了,你就得认命。认命不是撂下,是咬着牙挺着,挺到天亮。天亮了就是给你希望了。"

我不知道该怎么安慰她。

我们就像两个不会游泳的人在海里不停地挣扎,既害怕又彷徨,真怕自己变成海里的泡沫。

难过了一会儿,我回复说:"老天创造了太多人。每个人都要经历苦难,只是程度不同罢了。"

她赞同我的看法:"今天,一是想跟你聊聊天;再有,就是想告诉你,河南有个残疾人学校,可以学一技之长,我们不能一直靠父母养活啊!一起去,我们也是个伴儿。"

听到能学一技之长,我特别激动。毕竟,身体有缺陷,就得有个特长才行,否则,将来怎么办啊?

我在极度兴奋中,可父母觉得不靠谱,不让去。

没过两个月,D告诉我说,那个学校不行,她也打道回府了。

她问我:"你想好将来干什么了吗?我觉得很无助。"然后,发了一个哭的表情。

我把自己的无助和苦恼都告诉了她。

我相信,虽然我们隔着千山万水,但只有我们才了解对方的痛楚。

不久,D说她在做微商,卖化妆品,让我跟着她做。

那段日子,我正痴迷图书,没心思去干什么微商;再说,我不太喜欢在朋友圈发那些,感觉不尊重自己,也不尊重他人,所以,我告诉D不想做。

D说,可以先在她那里买点儿试试。

D一直夸她的产品多么好,说来说去,把她的心事暴露了:她不是要帮我，而是要推销自己的产品。

我推脱说："我和我妈妈用同一个牌子的化妆品，不想换。"她立刻发过来语音，带有质问的语气："这么说，你不买喽？因为你是我病友，我才想让你有点儿事做。既然你不想，我也不跟你说了，拜拜。"

我不知所措。

当年，她出院的时候，她妈妈把一些日用品都给了我，我始终记得她妈妈的好，所以我不想因为没买她的产品而破坏了我们之间的友谊，毕竟，她是我的朋友中唯一能懂我痛苦的人。

我想，过段时间，就好了。

当我再一次联系D时，她已经在自己家的公司上班了，仍然在做微商。她说："赶紧找份工作吧！否则，人会憋坏的。"

我为D感到高兴。

毕竟，像她那样过日子，也是很好的：每天发20条以上的朋友圈，常常有新剧全集可以看。

《欢乐颂2》热播时，一天更新两集太慢了，我就让她给我发过来，她却让我发给每一个朋友，我不想打扰朋友，于是推脱说："太麻烦了，那我慢慢追吧！"

不大一会儿，D发过来一条语音，用一种很讥讽的语气说："如果连这事儿都干不成，你将来就啥都不是，只能一辈子啃老了。"

这次，D彻底伤害了我。

我无法相信，这还是我认识的D吗？

我从来都没有想过有一天，她竟会这样说我，伤害我的自尊心，我也有自尊心啊！

我想顶撞她，可一想，如果吵得不可开交又有什么意义呢？

道不同不相为谋。她变了，我也变了。那一刻，我心里五味杂陈，几个小时后，我把她的微信删除了。

十年的友情，终究抵不过岁月的变迁。

我想，这样也好，选择从她的朋友圈里默默地消失，而不是把关系弄僵。

我和D，也许还会想起彼此。希望她想起我的时候，是美好的。

陶公祠游记

刘佩瑶（笔名：不老月亮）

我家在安徽池州东流，这是一座千年古镇，鱼米之乡。这里曾诞生了一位家喻户晓的诗人——陶渊明。

那天我去陶公祠游玩。走近陶公祠，一棵棵郁郁葱葱的大树立即映入眼帘，它巧妙地遮挡住陶公祠的美景，使人十分好奇。这时从远处飘来的风姑娘缓慢而轻柔地擦去我脸颊上的汗滴，汗滴渐渐消去，我脸上顿觉阵阵凉爽。

进入陶公祠，渐渐可以看到陶渊明的遗产——陶公院。这时，管理工人打开了陶公院的门。我被陶公祠后门外的美景吸引了，走到了宁静美丽的后院。

后院没有墙围着，可以尽情欣赏满眼的葱翠，这里的树木枝繁叶茂，根深本固，枝叶反射出太阳的光与彩，美轮美奂，说不出的动人，地上还有稀稀疏疏的蓝花和黄花，清新的空气中还弥漫着一缕芳香。

天空也显得格外湛蓝明朗，太阳绽放出的光芒，宛如一个个姑娘开心温和的笑脸。我沉浸在其中，这时不知哪种鸟雀大声地叫醒我，我才想起该做"正事"了，于是慢慢踏进陶公祠的后门。

终于进入陶公祠院内，谁知一进门便是一堵高大的凑巧挡住"客厅"的水泥墙，我惊讶极了，觉得是自己眼花，可又是真实存在的，我带着这个问题，进入我右手边的房间。

　　在这里，最能用三个字来形容我的心境了，那就是"空空空"，这里家徒四壁，除了墙就是墙，可能和年代久远没有东西有关，或许像老师说的陶渊明一生贫穷，入不敷出。

　　左边的房间让我又惊喜又意外，这里跟右边的房间截然不同，满眼都是古代名人的诗词和手稿，我欣喜若狂地看着眼前的诗词，只可惜不能把它从玻璃窗里拿出来看，诗词与画令人兴奋不已，看完后我看到这个房间还有另外一扇门，便好奇地走近它，发现它是古代的红色圆形门，我连忙走了进去……

　　发现这个门连着走廊，而走廊连着正殿，正殿前有红色的开着的古代门，踏入门槛，直接看到了一座高大雄伟的古人石像，我想这百分百是陶渊明的石像。陶渊明是令人尊敬的，陶渊明的家底很厚，祖辈都是当官的，可到了他这一代就不怎么样了。陶渊明是个怪人，家里人给他找关系当上了官，但是他却看不惯官场上的那套风气，他讨厌奉承讨好上面的官员，所以，当官没多久他就坚决不干了。

　　他又因老实善良使自己的日子过得紧紧巴巴，他还把当官赚的钱发给了穷人。后来，他自己种田，却常遭遇旱灾和水灾，家中的房子又被大火烧了，他再度陷入穷困之中。

　　看了右边的房间后，我觉得他更是令人敬佩，不仅如此，在他最需要食物和钱财的时候，一位官人亲自送来大米和肉，让陶渊明跟他干，他却拒绝说："我不会因为五斗米而折腰的。"说罢拂袖而去，因此他被世人称为"五柳先生"。

　　这时我来到走廊前，观赏这满园的菊花。陶渊明酷爱菊花，因此写下了千古名句"采菊东篱下，悠然见南山"。正因如此，东流的人家里大多种有菊花，这里的菊花很是美丽，有鲜艳美丽的红色菊花，也有典雅高贵的紫色菊花，还有纯洁如雪的白色菊花……

配上这外面的一圈嫩绿和不时的鸟鸣，就好像自己穿越到了古代似的，心情也变得更加舒畅。当然东流古镇可不只有这些美景。

后来我又来到了由青砖绿瓦建成的秀峰塔。秀峰塔也有它的由来：古代的人们非常迷信，东流常常发大水，人们就以为是河妖在作怪，便派人建了这座秀峰塔，用它来镇河妖。这秀峰塔迄今已建成了好几百年。

我踏入秀峰塔，这里又窄又小，但一想到，在没有任何机器设备的古代，人们能将塔建成这样，已经很了不起了。

我慢慢地登上了塔顶，可能因当时的窗户都是用纸做的，日子长了，纸经风吹雨打，已经不复存在了，感觉有些危险，但我还是坚持靠近窗户，凭窗子眺望远处的景色。

远处，奔腾不息的长江，犹如被风吹拂的蓝色绸带一样飘荡在大地上。这是傍晚，夕阳跳出来了，给透明的蓝色绸带染上各种艳丽的颜色，美丽极了，四周还有绿色光亮的树木做衬托，更是显得美妙绝伦，正所谓"红花虽然好，但要绿叶衬。"

这次游玩，我满载而归，我为自己的家乡而感到自豪。可惜的是，一年到头，外地来的游客没有多少，在这里，我希望有更多的人能够知道千年古镇——东流以及古镇上的陶公祠，欢迎大家都来我的家乡游玩。

我的妈妈生病了

黄珍（笔名：柒七）

印象中，我总觉得妈妈的身体很好，而忽略了妈妈也是一个普普通通的人，也是会生病的。

2023年暑假，我陪妈妈度过了一个漫长的假期。我这才发现，妈妈真的在日渐老去，岁月在她的身上留下了厚厚的印迹。以前我总认为来日方长，直到最近妈妈总是自己偷偷地跑回家，我才发现，原来明天和意外真的不知道谁会先来。

现在的我真的很羡慕别人的妈妈，因为她们的妈妈可以照顾自己，我的妈妈还很年轻，她才五十多岁，就患上了"三高"，很多东西不能吃，几年前检查出来妈妈患有轻微的抑郁症，我们忽略了抑郁症带来的后果，那时妈妈还可以上班，可以照顾自己，我们姐弟几个人读书的读书，刚毕业出来找工作的找工作，没有人真的往这方面去考虑，去了解抑郁症的后果。这几年，妈妈的记忆力明显下降，但是在别人的眼里，妈妈是没有什么变化的。

妈妈可以和我们正常地聊天沟通，但是她却不能一个人出门，只要她一个人出门了，就常常不记得回家的路，而且每次出门的时候，妈妈的身上常常没有带钱和手机。暑假，陪着妈妈的时候，因为我有事，让妈妈帮我看一会儿小孩，我出去一下就回来，等我忙完回来后，却没有看到妈妈和宝宝，我吓得半死，整个小区也找不见妈妈的踪影，后来还是别人告诉我，见到了妈妈，我连忙打电话给爸爸，大家一起找，这才找到了她们，我当时真的吓坏了。

我的妈妈才五十多岁，正是可以安享晚年的时候，可以不用再辛苦劳作时，却患上了阿尔茨海默病，我们几个子女为了生活又不能在身边照顾她。今年妈妈有两次一个人出去了，第一次妈妈以为爸爸去了乡下，自己也就跟着打车去了乡下，那一次妈妈顺顺利利地一个人去到乡下，在乡下住了一段时间；第二次爸爸在上班时通过监控看到妈妈在家，后来妈妈把监控关了，傍晚爸爸下班回到家的时候，看到妈妈不在家，就知道妈妈又出门了，可人没到乡下去，手机又没电停机了，当时我们真的好着急，怕妈妈出什么意外，家里的亲戚全部都在帮忙找妈妈，找了几个小时才找到，原来妈妈还是打车去了乡下老家，因为我们老家是一座小岛，晚上六点过后就没有船通行了，正巧司机也是那边的人，把妈妈送到渡口，却因为没有船了，后来他问妈妈要去哪里，妈妈又回答不上来，司机把自己的手机借给妈妈，这才拨通了爸爸的电话，从而把妈妈送回了市区。那位司机师傅说看着妈妈很眼熟，载过妈妈很多次了，不然我们家里人真的急死了。

妈妈现在的生活习惯越来越像外婆了，喜欢到处收东西藏起来，也不管有用没用，我们也不能动她的东西，对她来说，那些东西就是她的宝贝。

现在爸爸每天出去上班，一开始爸爸打算送妈妈去乡下住，但是我们不放心，因为妈妈天冷不知道加衣，天热不知道脱衣服，该吃饭的时候不知道吃，东西坏没坏她也不知道，很怕她一个人在乡下生活出了事，好在小姨说以后妈妈一个人在家里的时候她就接妈妈过去，让妈妈陪她和她的小外甥女玩。

　　一开始我是打算让妈妈到我这边来的，无非就是自己辛苦一点儿，至少可以照顾妈妈，避免一些意外发生，但是妈妈死活不肯过来，所有人都同意了，就妈妈一个人不肯，也就只能作罢啦！

　　我记得妈妈年轻的时候特别能吃苦，每天天不亮就起来做饭给我们吃，那会儿家里种了很多棉花，妈妈起早贪黑去捡棉花，从来没有任何的怨言。那时候，即使生活很辛苦，但妈妈对我们总是充满爱心，我们做错事她也从来没有大声责怪过我们，总是给我们讲道理。妈妈一直想方设法把好东西留给我们吃。妈妈一生中生了三个子女，分别是我、姐姐还有弟弟。现在我们为了生活，一个个都不在她的身边，多少都有点不孝，但是我们以后会努力的，希望有一天可以陪在妈妈的身边照顾她。

写作对于我来说意味着什么

王亚君（笔名：鲁豫紫）

你最初选择写作的原因是什么？赚钱，写着玩，疗愈自己，情怀还是一种当作家的执念？

每个人开始写作都有一个驱动力，不论是什么动机，我们都已经走在写作这条路上了。

从前，我总觉得作家是一个既高大上又神圣的职业，他们的文章会被收进学生的课本里，他们的书籍会出现在各大书店和图书馆里，出现在一切与文明相关的场所里。

那时候，对我来说，作家就像天上的神仙一样，你可以听说，但是永远不可能见得到。对我来说，成为像他们一样的人，简直就像做梦一样。但是，现在我竟然一步一步朝着那个方向，为了成为他们中的一员而努力。

多么神奇呀！儿时，我有很多梦想，长大以后一个也没有实现，并且认为那都是一些不切实际的幻想，现在想来，有一个梦想我一直未曾放弃，那就是成为一名作家。

想到这里，竟让我有点儿感动，原本以为长大和小时候从此一别两宽了，没想到，潜意识中，写作的小火苗居然在暗夜里亮起了光。这让我觉得，我还有机会给小时候的自己一个交代，星星之火，可以燎原。

不是我选择了写作，而是写作收留了我。

踏上了写作这条路，我慢慢发现，许许多多的同道中人，不论最初的想法是什么，我们的目标却是相同的。我们边走边聊，偶尔从其他小伙伴的口中听说前方有哪位大神时，也会唏嘘不已，不禁加快脚步，恨不得立马追上那位大神，即便在后面看着他的背影也是好的。

还有一些小伙伴，因为得知前途未卜，中途放弃了。写作路上，不断有人超越我们走在前方，也不断有人被我们超越，我们偶尔也会迷茫，也会有想要放弃的时候，但是，想一想，没写出个什么结果，总觉得不甘心。

在这条路上断断续续地坚持了一年多，有段时间会迷茫，遭遇创作瓶颈，写作也跟着停滞了。但是心中总有股执念，让我在做其他事情的时候总是会不由自主地想起它。我和写作就像是一对恋人，经历过高山、险滩，体验过彼此的美好，现在说分就分，心里还是舍不得的。有时候想想，人的一生中能有多少事情是值得我们坚持的，如果放弃了，那么今后做任何事情都不会再有如此坚定的信念了。

每当迷茫和焦虑涌上心头，我就知道，我写作的初心又发生了变化，又沾染上了欲望的味道。因为我急于想要通过它来获得些什么。这和鼓励不一样，鼓励是你本来不知道做这件事会给你带来某个结果，得到之后，是一种惊喜和感动。而迷茫和焦虑是你总想要得到，但是未来并没有给你，从而导致你产生灰心丧气的感觉。

人生路上，任何一件事，想要做好都需要埋头深耕，在能力不足的时候，一定要记住，不可紧盯眼前的利益，要时常眺望远方，才能看清楚自己脚下的路。双眼紧盯着利益，眼前是万丈悬崖也会奋不顾身地跳下去。

"有心栽花花不开，无心插柳柳成荫"，很多在某个领域做到极致的人，最初都不是以利益驱动的，他们热爱自己手上所做的事情，只有爱与精力倾注其中才能开出美丽的花朵。人的精力是有限的，当我们过度关注结果时，就不会在创作本身上下功夫了，自然就写不出精华来。

最后，我的感悟是，与其总是充满欲望地劳心劳力，不如脚踏实地地坚持纯粹，或许这才是通往你想要到达的彼岸最正确的方式。

愿未来可期，风雨同在

王建平（笔名：扬帆扬）

人生犹如浩瀚的大海，底层人的逆袭之路更似一叶孤舟，在遇到简书之前，我曾漂泊半生……感恩遇见，感恩这一载！

（一）我在底层漂泊了半生

"你所赚的每一分钱都是对这个世界认知的变现，你所亏的每一分钱都是对这个世界认知的缺陷。"

曾经，我觉得自己很努力，但是依然没有过好这一生……

过去，我看的书很少，基本上是浮皮潦草，应付学校作业……

步入社会之后，我并没有取得很好的成绩，我的人生也没有交出满意的答卷。

说实在的，在遇到简书之前，我并不是一个自律的人，甚至有些懒散。

不知道从什么时候开始，社会各界的工作，被人分成了三六九等，各个阶层。如果说非要分个上层和底层的话，毋庸置疑，我是个底层人，从走出校门后,就没有再好好地读过一本书,在我看来,"书中自有颜如玉,书中自有黄金屋"这句话,在现实面前显得那么沧桑,摇摆不定……

所以,我迫切地需要用体力劳动来赚取报酬,来满足自己的日常生活所需和自己曾经那些贪婪的欲望。

我似乎觉得自己很努力,但是理想很丰满,现实很骨感,这句话的的确确应验在了我的身上。

我干的工作很辛苦,在工地上做过几年小工,做过泥水匠,也做过工地上的电工,开过出租车……

战术上的勤奋,掩盖不了战略上的懒惰。

我是一个在底层很努力,但缺乏思想的人……出卖着自己的体力,出卖着自己的劳动时间换取相应的报酬,然后又疯狂地去消费,天亮的时候我努力工作,夜深的时候我辗转难眠……

在底层的大坑里待得太久了,甚至有些麻痹……未来、人生、梦想对于我来说,就像在浩瀚无垠的大海里遨游,我滑着孤寂的小舟寻不到一丝方向……

不知道未来会怎样?没有一丝准备。我在迷雾中歇斯底里地呼喊着,挥舞着双手,找不到一根救命稻草……

未来,于我而言就是时间日复一日地流逝,时间依旧在时间里,滴滴答答……

(二)不期而遇,要感恩齐帆齐老师

我是从《人人都能学会的写作变现指南》这本书里下载的简书。

"写作是普通人改变命运门槛最低的方式,你要不惧嘲笑和打击,和自己死磕到底。"

"我们无法改变自己的出生环境,但我们可以改变自身……"

这些话是齐帆齐老师在《人人都能学会的写作变现指南》中写的。

穷人最怕的就是没钱，但比没钱更可怕的就是天灾和人祸，当我用体力赚钱的身体出现了问题，同时，又降临了一场天灾，那个时候我就像一根长在谷底的狗尾草，任凭风雨的摧残，随时都有可能被折断……

我的腰椎坏了，要动手术，躺在病床上，傻傻地望着医院的天花板，有时精神恍恍惚惚，不知道能做什么，更不知道我曾经历了什么。那种刻在骨子里的愁，到现在都记忆犹新……

如果有些技能，如果我有副业变现的渠道，如果……可惜世上没有那么多如果……

那残存的一丝不甘心，被骨科病房里边病友们的鬼哭狼号声消磨得苟延残喘……曾几何时我甚至想逃出这个病房，但我真的无处可逃……

如果有一天我真的站不起来了，能用什么样的方式来维持自己的温饱，又能用什么样的方式来呵护自己的家庭？

都说读书可以治愈人的一切病痛，就算那是一种欺骗，我也要去试一试，我打开了手机，下载了微信读书。

也许，我可以通过写故事，也许我可以通过写小说，也许我可以通过给报社写文章，等等，赚取一些收入……

"每个人都有缺陷，就像上帝咬过一口的苹果，有的人缺陷很大，那是因为上帝更喜欢她的芬芳！"

缘分让我在微信读书里搜索到齐帆齐老师的书籍，伙伴们都说我是齐老师的铁粉，其实我更想说——她是我人生坎坷之路上启发我磨砺自强的贵人，更是浩瀚大海中第一个指引我人生方向的灯塔……

齐老师的人生逆袭之路给了我很大的启发，也给了我人生继续前行的动力和勇气！

在距腰椎开刀手术的前三天，我躺在病床上读完了齐老师的《人人都能学会的写作变现指南》。虽然是囫囵吞枣，走马观花，但那些点点滴滴的感动依然给我的内心留下了深刻的印象……

每个光鲜亮丽的面孔背后都隐藏着一个千疮百孔的灵魂，我更是如此。

有那么一刻，我不再觉得自己是一个有缺陷的苹果，那种对人生的坦然，让我对病魔有了抵抗的勇气，不再惧怕那些锋利的刀具！

甚至在手术的前一刻和麻醉师开起了玩笑，我迷迷糊糊进入了梦乡，在梦中我看到自己插上了美丽的翅膀飞向蓝天……

（三）收获的不仅仅是思考的勇气……

循着老师的足迹，我下载了简书，把它当成了记录日常、书写人生的笔记本，简书是一个忠诚的朋友。她从来不在意每一个人的高贵、贫穷和美丑，在每一个无助的黑夜里，她宛如一个老友，搬起凳子坐在那里不厌其烦地听我唠唠叨叨地讲述那些人生的点点滴滴……

佛祖度人，也是优先选择愿意自度的人。

在简书里，我遇到了很多有正能量的小伙伴，她们的遭遇有的和我很相似，有的却比我更悲惨，在每一个漆黑的夜里，小伙伴们都在勇敢地前行！

通过简书，我链接到五湖四海的朋友，一句肯定，一个大拇指，一个赞，有时候真的比什么都珍贵！不同的人生却有着相似的梦想，那就是——我们都是用文字书写人生，用文字启发人生，用文字疗愈人生的人！

曾经烦躁的内心变得平静而坦然，幸福不仅仅是人生的金钱富足，更是对生命的一种敬畏和平凡里的幸福……

我虽身在底层，但是我已经拥有了一架隐形的梯子，在慢慢地向上爬，美丽的天空离我越来越近，泥土的芬芳夹杂着山顶的野花香味，那是从未有过的味道！

那一刻，我终于明白了幸福是什么……

（四）与简书扬帆起航

左手生活，右手梦想。

在简书里写文章互动点赞都会有一定的收益。这种收益旨在鼓励每一位自媒体写作者，鼓励他们夜以继日地辛苦创作！

在 2022 年 10 月 22 号夜晚，23 点 17 分，我毫不犹豫地下载了简书，并开通了铜牌会员，平时写文和伙伴们互相点赞，加上偶尔看看广告之类的，除去会员费，我这一年的副业收益自己也很满意。

通过读书写作，我的思考力、逻辑力、表达力与沟通力均有所提高，更收获了身在底层无法拥有的一种隐形的竞争力，为我插上隐形的翅膀，让我缓缓地飞出那个布满荆棘的泥坑……

回首这一年与简书相伴的美好岁月，感恩我是幸运的，我不再是汹涌大海里的一叶孤舟，我已拥有思考人生的勇气和飞跃底层的信心！

未来风雨同舟，不离不弃，试试打开简书！我们一起扬帆起航吧！

国庆节的粽子别有味

陈秋凤（笔名：爱上旗袍的彦彦）

（一）忆

国庆节放假前妈妈就说，这次回家，要包一次粽子，因为很久不吃粽子了，自从上次端午节包粽子到现在，也过去几个月的时间了，趁这次国庆假期回家包一次粽子吃，然后分给你们这些姐妹。

上次端午节的时候，我也写了一篇关于粽子的文章，不过上次的不是专门写如何包出美味的粽子的，这次就要具体说说我们家的粽子是怎样包出美味的。

国庆节包粽子，也许很多人就会问，国庆节不是吃月饼吗？怎么还包上粽子了。是的，我们家对于这个传统节日还是很看重的，每逢佳节都要回老家农村过节，这样显得特别有气氛，另外就是杀鸡拜祖宗，这是必不可少的。关键是兄弟姐妹团聚在一起，过上一个和和美美的中秋和国庆节。

不过在节日里具体吃什么，就显得有些随心和随潮流了。记得以前的时候，阿妈阿爸得闲了就会到山里找粽叶回来包粽子，这个粽叶可不好找，步行到山冲里个把小时能找到粽叶就算是幸运的了。后来，他们在山里挖了粽叶的根，移到自家门前的菜园边，种上一排，想吃粽子的时候就不用再费时费力地到山里找粽叶了。每次摘粽叶的时候，阿爸阿妈总会说句有些自责的话，嘟囔着说那时候好笨，不知道挖它的根回来种。看现在长势多好啊，吃粽子也方便多了。

现在好啦，阿爸阿妈菜园边的粽叶长得特别好，想要吃粽子的时候到菜园边摘几片叶子就可以了。

国庆节期间有一天是下雨的，阿妈说在家包粽子。所以，那天一大早阿爸就骑小电驴到圩镇买肉去了。我家包粽子，一般都是阿爸负责买肉，阿妈负责在家准备其他的材料。

买肉一定得趁早，你要是稍微迟一丢丢，就买不到好肉了，因为包粽子用的肉是要上好的五花肉，在农村，这个肉是很容易被卖掉的，大部分的农村人都比较喜欢买五花肉，所以要早早去才行。

除了阿妈包的粽子，其他人包的粽子我基本上是不吃的，不是我特别的挑，是我吃不出那种喜欢的味道，那种软糯，那种温暖。

回家前我就想好了，这回我要当好妈妈的助手，之前总是依赖她，总是仗着他们对我们的疼爱，当大小姐似的从来不动手，坐等吃。

话说回来，这个粽叶一定要提前一天准备好，不然当天的话有点儿太匆忙，没有足够的时间包和煮粽子。

所以头天下午趁太阳下山前，天气也没那么热，我跟着阿妈阿爸到菜园边摘粽叶，说是帮忙摘，其实我是在旁边拍照闲逛的，一句话就是偷懒。

阿爸负责拿镰刀看砍哪个梗下来，阿妈则在旁边负责把一片一片的叶子摘下来，摘的时候一定要小心了，否则它可是不长眼的，稍微不留心手就会被叶子的边缘给划伤。阿妈说我小时候被划伤过，手流了很多血,后来好长一段时间不敢碰这个东西。

(二) 包

一个粽子需要 5 到 6 片叶子,看你包的大小,一斤糯米正常情况下可以包 5 个粽子,如果喜欢小一点儿的可以包 6 个。

阿妈包粽子不喜欢太小和太大,喜欢适中,所以我们家包的粽子,一斤糯米都是包 5 个,大约是二两米一个,刚好够正常人一餐的分量,大了吃不完又不好留显得浪费,小了的话吃得意犹未尽又差那么点。所以阿妈一直习惯了这个适中的做法。

刚才说到,一个粽子需要 5 到 6 片叶子,不过也要看叶子的大小,所以我们摘叶子的时候,也基本上按需来摘,多了费人工,等到叶子干了下次也不能再用了。

阿妈说这次包 20 斤米的粽子,这样算来就能包 100 个粽子了。阿妈说,趁你们都放假,都有空回家,假期结束的时候带回去放冰箱里冻着,想要吃的时候拿出来蒸热就可以了。

每次我都是拿得最多的,儿子最爱吃,早上上学我偷懒不想煮早餐的时候,就给他直接放蒸锅里一热就可以吃了。

摘叶子时,阿妈会把新摘下来的叶子一张一张整齐地叠在一起,在叶子中间部位往背面的方向内折一下,因为包粽子叶子太长了,不好下锅焯水。

摘叶子这件事看似简单,也足足花了个把小时,才能凑够包 20 斤糯米的数量。

这次摘叶子还算顺利,就是阿爸被爬到粽叶上的黄蚂蚁给咬了几个包,阿爸说这点不算什么的,还一个劲儿地叫我在边上,说你做不惯这些事的,说蚂蚁多,咬人很痒的,不用动手了。

不管多大年龄，我们在他们的眼里永远是长不大的孩子。

看到他们这样，我的心中多有不忍，毕竟他们就快到伞寿的年纪了，旁边人说一点儿也看不出他们已到这个年纪了，经常笑着说你爸妈做起工来顶多也就六十岁。好吧，我真希望如你们所说。

阿妈捆好粽叶，利索地往篮子里一堆，刚好一大篮子，说足够了，反正预多不预少，就怕有些叶子在焯水或者清洗的时候会裂开不能用。

我把叶子搬回来，焯水和清洗这个环节由我来负责了。我先用家里那口直径1.5米的大锅烧柴火焯水过青。待会包好粽子后也是在这口大锅里熬。

焯水：叶子必须焯水去青，这样煮出的粽子才香，关键是叶子软一点，容易包。先把水烧开，放下叶子，煮至叶子全部转色变黄即可，捞起来放凉。

清洗：把一捆一捆的粽叶全部拆出来一片一片地清洗，把两头尖的多余的部分用剪刀剪去，清洗的时候叶子是不长眼睛的，很锋利，很容易划伤手，所以在清洗的时候最好带上胶手套，避免手受伤。

在我清洗粽叶的时候，阿妈就去准备其他材料了。

浸泡：泡米这个工作早上起床的时候阿妈就做好了，因为糯米需要用草木灰的水来泡2~3个小时才入味。粽子很讲究用什么灰水，阿妈常用的是：柚子和橘子树的枝叶、果皮及油茶壳等烧成的灰（提前烧好储存备用），然后放下山泉水搅拌均匀过滤出灰水。这种灰水泡出来的米淡黄淡黄的，很清香。

接着把泡出来的糯米加入花生1公斤（10公斤糯米的量），红腰豆0.5公斤（这个花生和红腰豆之类的可以根据个人喜好添加，阿妈喜欢放这两样东西，根据经验来说放这两样比较好吃，其他的绿豆、红豆、板栗都没有这种效果）。另外要加入适量的盐，不能太咸，因为猪肉也是要放盐的。

腌制：猪肉放多放少根据个人喜好而定，阿妈说猪肉量也是要合适了才好吃，一个粽子大约配一两的猪肉。

阿妈说一定要五花肉，太瘦了没有油性不够滑爽，太肥了吃起来太腻。虽然我不吃肥肉，但做成粽子还是用五花肉的口感好。

准备好五花肉，切条，加入食盐、酱油、蚝油、茶油，以及爆炒好的黑芝麻、白芝麻。全部放在一起搅拌均匀。

阿妈把材料已准备就绪，我负责洗的粽叶也清洗干净。阿爸去楼上搬出大箩筐和簸箕，我这会儿去把绑粽子的干稻草也放入水里浸泡一会儿，然后放在旁边备用。

阿妈负责包，阿爸和哥哥负责绑，我负责打下手，确切地说是拍照。不过这次和以往不同，这回我是边玩边学习了，打算传承阿妈的好手艺。

开包：阿妈先把叶子阶梯似的叠在一起，在叶子中间放入二两糯米，划开一条长槽，把猪肉条摆进去，再用旁边划开的米盘回来包裹。

放好材料，接着把叶子两边包回来，两头的叶子往中间折回来。然后递给阿爸绑起来。这样就算包成一个粽子了。放入30年前装稻谷的大箩筐。

我们边包就边说忍不住要吃了。原来每次都喜欢这么等吃粽子的过程，盼望着快点能够吃到口中。

（三）味

熬煮粽子需要6个小时才够软糯，中间要持续添加柴火。

想起小时候物资匮乏的年代，等粽子吃是最幸福的事情，那时候干农活忙，很久才得机会包上一次粽子，要么等到农忙结束，要么要等到下雨天不做农活的时候，每次阿妈包粽子的时候，我都感觉像是快要过年一样快乐。

现在物资充足了，虽然没有以前的期待，但是总感到最值得回味的还是妈妈包的粽子。

吃粽子的时候，我们习惯地搬一张凳子坐在院子里，一边看着眼前的美景一边吃粽子，那真是神仙般的享受。

慢慢剥开粽叶，一股粽香扑鼻而来，香飘四溢，黄澄澄的"肌肤"娇嫩得让人垂涎欲滴，轻轻地咬上一口，这软糯的口感，真是香而不腻，黏而爽口，好吃极了。嗯，对，是阿妈的味道！